Vladimir Pištalo
Millennium in Belgrad

Vladimir Pištalo

Millennium in Belgrad

Roman

Aus dem Serbischen von
Brigitte Döbert

Herausgegeben von
Nellie und Roumen Evert

Dittrich Verlag

Die *editionBalkan* im Dittrich Verlag
ist eine Gemeinschaftsproduktion mit
CULTURCON*medien*

Dieses Buch wurde unterstützt vom
Ministerium für Kultur in Serbien und

traduki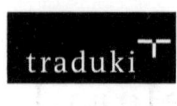

traduki

Bibliografische Information der Deutschen
Nationalbibliothek
Die Deutsche Nationalbibliothek verzeichnet diese
Publikation in der Deutschen Nationalbibliografie;
detaillierte bibliografische Daten sind im Internet
über >http://dnb.ddb.de< abrufbar.

ISBN 978-3-937717-61-6

Die Originalausgabe erschien unter dem Titel
»Milenijum u Beogradu« im Verlag Agora, 2009
Lektorat: Dagmar Schruf
Umschlaggestaltung: Guido Klütsch
unter Verwendung eines Bildes von Dimitrije Tadic

www.dittrich-verlag.de / www.culturcon.de

Inhalt

PROLOG

Die Legende von der Gründung Belgrads besagt,
dass ein Mann in der Morgendämmerung der Zeit
die Kentauren beleidigte, die am Avala lebten. Die
Hufe der aufgebrachten Chimären erschütterten die
Erde. Ihre Schreie zerrissen den Himmel. Der Mann
rannte um sein Leben und sprang in den Fluss. Er
hörte Pfeile durch die Luft sausen und ins Wasser
prasseln. Die Kentauren bremsten scharf, wieherten
und scharrten mit den Hufen im Uferschlamm. Der
Mann holte auf halber Strecke durch die Save Luft.
Er schluckte viel Wasser, bevor er die andere Seite er-
reichte. An der Mündung der Save in die Donau ließ
er sich erschöpft unter dem Felssporn Kalemegdan
fallen und schloss die Augen.
　　Er träumte die Stadt.
　　Er träumte Tempel und Paläste, träumte das Theater am Platz der rezitierenden Poeten. Er träumte fein
gekleidete alte Männer und Frauen, die beschwingt
im Park spazieren gingen, und Liebende, die sich
einer am Atem des anderen berauschten. Er träumte steinerne Figuren an Fassaden und öffentlichen
Plätzen. Er träumte tausend Gaststätten, in denen die
Speisen von tausend Völkern serviert wurden, träumte Weinstuben, so gut sortiert wie Bibliotheken. Er
träumte eine Stadt, deren Sorgen samt und sonders

von zwei Flüssen fortgespült wurden, so dass sie sorglos zurückblieb.

Er träumte Buchhandlungen und Teestuben, in denen man gern alt werden würde. Er träumte eine kleine Stadt, in der es ein Vergnügen ist, den Wechsel der Jahreszeiten zu verfolgen. Er träumte einen Ort, der ihn mit Details verführte und im Ganzen verliebt hielt. Er träumte *die* Stadt. Es war die Stadt des ewigen Mittags, die weder Dämmerung noch Schatten kennt. Durch die Straßen wandelten Engel, und Frauen schüttelten prall mit Bonbons gefüllte Kissenbezüge aus den Fenstern. Von geräumigen Balkonen winkten dem Träumer weiße Hände zu.

Als der Mann die Lider öffnete, stand ein Engel über ihm mit Augen, wie er sie noch nie gesehen hatte. Der Engel wies auf den Felssporn über den Wassern und sagte: »Siehe!«

Der Blick des Mannes folgte dem Zeigefinger des Engels und – alles war da! Auf dem Felssporn stand die Stadt. Wände, weißer als Sepiaschalen, leuchteten in der Sonne. Architektonische Massen wetteiferten miteinander in lieblicher Unordnung.

Das war lange, bevor ich in Belgrad geboren wurde, Irina kennen lernte und mich in sie verliebte. Trotzdem berichte ich von diesem Ereignis als Augenzeuge. Denn es geschah im Zeitalter der Träume, das der Zeit vorhergeht, auf sie folgt und mit ihr verwoben ist. Es geschah im heiligen Frühling, in der Ewigkeit, in der »Allzeit-Überall-Zeit«. Deswegen kann ich bezeugen, wie sehr sich der Träumer über die Mauern gefreut hat, die ihn endlich vor der brüllenden Wildnis schützen konnten.

Mit großen Augen verschlang der Träumer seinen Wirklichkeit gewordenen Traum. Jetzt musste er nur noch das Tor aufstoßen und in der Stadt heimisch werden. Doch plötzlich fühlte er sich zu klein, um die Verantwortung für seinen Traum zu übernehmen. Er hätte wimmern mögen. Er hätte schreien mögen. Er hätte sich verkriechen mögen. Jetzt, da der Traum Wirklichkeit war, hätte er platzen können wie eine Seifenblase. Der Mund des Träumers verzog sich zu einem Lachen über sich und seinen sehnlichsten Wunsch. Mit weichen Knien wich er zurück. Erst einen Schritt, dann zwei, dann drei Schritte. In dem Augenblick, in dem er der Stadt für immer den Rücken kehrte, hörte er den Engel von den weißen Mauern schreien. Ohne sich umzuwenden, ließ der Träumer den nicht ausgeträumten Traum hinter sich und rannte in die brüllende Wildnis zurück.

Die Götter, die den Wunsch des Mannes erhört hatten, belegten die Stadt daraufhin mit einem schrecklichen Fluch:

Dieser Ort soll eine Wunde sein. Sobald sich auf der Wunde Schorf bildet, soll er von dreckigen Fingernägeln heruntergekratzt werden. Kein Sohn soll vollenden, was der Vater begonnen hat. Die Einwohner dieser Stadt sollen stets verhöhnen, was sie sich am meisten wünschen.

Das war die Strafe der Götter für den Mann, der seinem Traum den Rücken gekehrt hatte.

I. Kapitel

*Von der Beerdigung des Königs und dem geistreichen
Gespräch, das wir bei dieser Gelegenheit führten*

Bumbumm, bumbumm, bumbumm ...

Das erste Programm von Radio Belgrad übertrug
den Herzschlag des Marschalls von Jugoslawien, Josip Broz Tito. Als es still wurde, sagte Bane: »So hört
sich Geschichte an.«

Am vierten Mai 1980 titelte die »Politika« in einer
Sonderausgabe: »Ein großes Herz hat aufgehört zu
schlagen. Unser Präsident, Marschall Josip Broz Tito,
ist tot.«

Und in dem Text unter dieser Überschrift jammerte die Belgrader Tageszeitung: »Ein heftiger
Schmerz und tiefe Trauer erfassen die Arbeiterklasse,
die Völker und Volksgruppen unseres Landes, jeden
einzelnen Staatsbürger, Arbeiter, Soldaten, Bauern,
jeden unserer Kulturschaffenden, jedes Mitglied von
Pionieren und Jugendverband, Mädchen und Mütter.«

Beim Spiel Hajduk gegen Crvena Zvezda ruhte der
Ball in der 43. Minute, Tränen flossen.

Eine siebentägige Staatstrauer wurde ausgerufen.

Die jugoslawischen Zeitungen verfielen in ein drei
Tage währendes, orgiastisches Lamento. Der Mar-

schall wurde an meinem Geburtstag beerdigt, vier Tage nach dem offiziellen Todestag. An dem Tag waren Boris, Bane, Zora und Irina bei mir. Wir tranken einen Riesling und sahen uns die Übertragung der Beisetzung im Fernsehen an. Den Ton hatten wir abgedreht und hörten fünf Mal hintereinander »Sultans of Swing« von Mark Knopfler.

Boris hat sich in der Schule für mich geprügelt. Sein Gesicht strahlte eine ruhige Männlichkeit aus. Er konnte Bierflaschen mit den Zähnen öffnen.

»Was schreiben die Zeitungen?«, fragte er.

Ich wusste es nicht, wohl aber Bane. Er deklamierte die Schlagzeilen mit dem leiernden Pathos eines Zigeuners: »Mehr als drei Stunden lang erwiesen Abgesandte aus Afrika, Asien, Ost- und Westeuropa, Lateinamerika, den ASEAN-Staaten, der Arabischen Liga und den blockfreien Ländern dem verstorbenen Tito auf der Vollversammlung der Vereinten Nationen die Ehre. 700 Berichterstatter aus 44 Ländern ermöglichen eineinhalb Milliarden Menschen, die Beerdigungsfeierlichkeiten zu verfolgen. Tito war eine große Persönlichkeit, Tito gehört der ganzen Menschheit, Titos Tod ist ein Verlust für jeden fortschrittlich denkenden Menschen auf der Welt.« Während seiner Darbietung griff Bane mit der Linken nach den Sternen und legte die Rechte auf die Brust, damit sein Herz nicht heraussprang. Seine Stimme brach, er wischte eine nicht vorhandene Träne weg: »Er war … er war … der Architekt der Blockfreienbewegung.«

Das geschah zu einer Zeit, als die zauberhafte Irina nicht mehr Boris' und noch lange nicht meine Freundin war.

»Hör mal, das sollten wir uns wirklich anhören«, sagte Irina und stellte den Fernseher auf laut.

So erfuhr ich, dass mich, den untröstlichen Jugoslawen, die große Zahl der nun zu seiner Beerdigung gekommenen Staatsmänner trösten müsse, mit denen mein verstorbener Präsident in den Jagdrevieren der Föderativen Republik Jugoslawien zuvor eigens unter Drogen gesetzte Bären erlegt hatte. Die Könige von Schweden, Belgien und Norwegen waren bereits in Belgrad eingetroffen. Italien wurde bei Titos Beerdigung von Sandro Pertini vertreten, die Sowjetunion von Leonid Breschnjew, Großbritannien von Margaret Thatcher, Amerika von Walter Mondale, Frankreich von François Mitterand, Deutschland von Willy Brandt, Indien von Indira Gandhi, Sambia von Kenneth Kaunda, China von Hua Guofeng. Weiterhin waren der dänische Prinz Henrik, der Herzog von Edinburgh, der nepalesische Prinz Gyanendra und die holländischen Prinzen Claus und Bernhard dabei. Der Generalsekretär der Vereinten Nationen, Kurt Waldheim, hatte sein Kommen ebenfalls zugesagt.

»Dass der kommt, ist wirklich gut«, sagte Boris einfältig.

Der Fernseher unterrichtete uns, dass Vertreter der Unesco, der Arabischen Liga, des Europäischen Parlaments und des Europarats in der Hauptstadt Jugoslawiens gelandet seien.

»Wirklich gut.«

Auf wackeligen Beinen betrat die Mutter des amerikanischen Präsidenten, Lilian Carter, den Belgrader Flughafen. Breit grinsend stützte sie der Vizepräsident der Vereinigten Staaten von Amerika, Walter Mondale. In 53 Ländern hatten die Regierungen Staatstrauer verfügt.

»So wird unser Größenwahn genährt«, sagte Zora, ohne den Blick vom Bildschirm zu wenden. »Der Fall wird nicht lange auf sich warten lassen und seine

Höhe von der Höhe abhängen, zu der wir uns jetzt versteigen.«

»Leg wieder eine Platte auf!«, verlangte Boris.

»Nein, ich will das hören«, bügelte ihn Zora ab.

»Zora, gib mir noch 'ne Flasche aus dem Karton da.«

Zora bedachte mich mit einem bösen Blick.

Aus dem Fernseher schossen Informationen wie Wasser aus der Regenrinne bei einem Wolkenbruch.

Es war tröstlich zu wissen, dass

1. die ganze geteilte Welt die Fahnen auf Halbmast gesetzt und sich auf die Anerkennung Titos geeinigt hatte.

2. Tito überall mit einem Lächeln empfangen worden war und nun überall mit Tränen verabschiedet wurde.

3. unser Präsident eine in den Herzen der Arbeiterklasse verwurzelte Eiche war, deren Fall die Welt erschütterte.

4. Millionen Menschen mit den Völkern und Volksgruppen Jugoslawiens trauerten.

Bane blies sich eine Haarsträhne aus den Augen. An Titos Todestag hatte ihn Marija, seine Freundin, verlassen. Marija war Leadsängerin und Saxofonistin von »Akustischer Schatten«, einer Band, in der Bane seit einem Jahr spielte. Nebenbei bemerkt hat die Gruppe ihren Namen von der Tatsache, dass sich das Schlachtgetümmel aus der Entfernung meist besser anhörte als im unmittelbaren »akustischen Schatten«. Bane gab sich vorsätzlich die Kante.

»Was machen die Völker und Volksgruppen Jugoslawiens jetzt?«, fragte er und schnalzte.

Zora sagte: »So viel ich gelesen und mir gemerkt habe, gehen die Slowenen mit Trauer im Herzen zurück an die Arbeit. In Kroatien hat jeder einen Teil von sich verloren. Die Bosnier leiden aufrichtige Schmerzen. Die Vojvodina jubelt: Titos Werk lebt! Die Montenegriner sind stolz in ihrer Qual. Den Mazedoniern geht das Herz über. Die Krajina ist in männlich-hartem Schmerz erstarrt. Tränen netzen die Ebenen Syrmiens.«

»Vorbei ist es mit Banes Musik«, sagte Bane.

»Meine Mama mag keine Musik«, rief Zora. »Meine Mama mag Tito. Schau, sie weint.«

Ich saß an meinem Geburtstag in einem Leben, von dem ich nichts wusste, vor dem Fernseher und lauschte der Zusammenfassung der Ereignisse: Erst wurde Titos Leichnam mit einem Sonderzug von Ljubljana nach Belgrad überführt. Dann wurde der geschlossene Sarg im Parlament Jugoslawiens aufgestellt. Erstickt vom Schmerz, durften zweihundert hoch dekorierte Nationalhelden dem Aufgebahrten als Erste die letzte Ehre erweisen. In den folgenden Tagen defilierte jeder fünfte Jugoslawe am Sarg vorbei.

Ich fand es toll, dass Belgrad die ganze Nacht hell erleuchtet war – ein Wunder! Eine unabsehbare Menschenmenge wartete, um dem toten Tito zuzunicken.

»Schau dir diese Schlange an«, sagte ich zu Bane, während wir im Schatten der doppelten Baumreihe auf der Straßenseite gegenüber vom Parlament in einer taghell angestrahlten Stadt voll stummer Menschen standen. »Das Herz der Stadt ist derzeit eine Leiche.«

»Das gefällt mir ungemein«, antwortete er. »Es ist so unwirklich. Dieses Belgrad hat Paul Delvaux gemalt. Bei den Begräbnisfeierlichkeiten führte Louis Buñuel Regie.«

Im surrealistischen Belgrad warteten eigens angereiste Menschen den ganzen Tag, um am Sarg vorbeizugehen und von Tito Abschied zu nehmen. Schweigend standen sie vom Zeleni Venac bis zum Parlamentsgebäude Schlange. Grün Uniformierte mit dem Abzeichen des Roten Kreuzes verteilten an den Kindergärten »Terazije« und »Skadarlija« Wasser. Die einzelnen Gruppen wurden von Ärzten angeführt, falls jemand umkippte. Die jugoslawische Presse schrieb, dass die Polizisten, die nur »gewiefte Gesetzeshüter« genannt wurden, Fußgänger auch abseits der Fußgängerüberwege passieren ließen, wenn diese »anderen Fußgänger« eilten, um sich dem Kondolenzzug anzuschließen. Solchen Fußgängern, gab der Zeitungsartikel zu verstehen, müsse die Polizei wie Traumatisierten beistehen …

Es war interessant, die »schweigenden Trauermärsche« mit eigenen Augen zu sehen. Ja, Angehörige der Völker und Volksgruppen Jugoslawiens zogen vors Parlament, standen stundenlang in Reih und Glied an und fielen wegen der Hitze in Ohnmacht. Alle waren, wie ein Kommentator geistreich anmerkte, »ganz Ohr und Träne«.

Einem anderen, nicht minder geistreichen Journalisten war aufgefallen, in Belgrad stehe alles still, nur die Flüsse flössen.

Boris schenkte sich von dem Riesling nach, stellte die Flasche zurück und kratzte sich hinterm Ohr. »Werde ich je wissen, wie Tito wirklich war?«

Die tränennassen Zeitungen hatten eine Antwort auf seine Frage parat. Die Zeitungen formulierten ihre Antwort wie folgt:

»Tito war ein großer Menschenfreund. Er hat stets für die Menschen gekämpft. Und er hat nur den allerletzten Kampf verloren! Tito war ein Symbol seiner Generation! Sein Werk ist Stolz und Verpflichtung! Er hat einen unschätzbaren Beitrag zur Wissenschaft geleistet. Er war groß auch in kleinen Dingen! Ihm lagen das Schachspiel und die Schachspieler am Herzen! Doch große Geister verlassen diese Welt nicht. Deswegen sei uns der Schmerz Ansporn.«

»Ansporn für was?«, fragte Boris aus dem Mundwinkel.

Bane befand, Gläser seien eine überflüssige Konvention, und trank aus der Flasche. Dann fing er an zu schreien: »Irina!«

Die zauberhafte Irina stellte sich taub.

»Irina!«

»Was ist?«

»Wann wolltest du zum ersten Mal bumsen?«

Irina schwieg. Während Bane eine Antwort auf seine triviale Frage erwartete, stellte der Fernseher die essenzielle Frage nach der menschlichen Sterblichkeit und der Vergänglichkeit dieser Welt: »Im größten Kaufhaus von Belgrad werden fast nur Andenken mit Titos Bild und schwarze Kleidungsstücke verkauft«, sagte der Sprecher. Der Schriftsteller Tone Svetina erläuterte uns anschließend, wie Titos edle Charakterzüge bei der Jagd zum Ausdruck gekommen waren. Auf Titos Grab, so erfuhren wir, würden die Namen all unserer Siege eingemeißelt.

»Irina!«

Wie jeder Durchschnittsjugoslawe verfolgte Irina die Beerdigung mit einer Mischung aus Erschütterung und Abscheu und überhörte Banes besoffenes Krakeelen.

»Mann, das geht jetzt wirklich zu weit«, sagte Boris zu Bane.

»Und seit wann holst du dir einen runter?«, fragte Bane ernsthaft zurück.

In diesem Moment steigerte sich das Fernsehen in ein Crescendo, die Stimme des Sprechers kippte ins Falsett: »Tito überragt seine Epoche um Längen! Die größte Persönlichkeit der Geschichte! Bravo! Der bedeutendste Humanist! Er lebe hoch! Die größte Persönlichkeit unserer Geschichte ist gestorben.«

»Seit ich dreizehn bin«, antwortete Boris, »alles andere wäre doch seltsam.«

Die dem Anlass entsprechend ernste Sprecherin nahm keine Rücksicht auf die Trivialitäten, über die in unserem Zimmer gesprochen wurde. Sie referierte pedantisch, bei Titos Beerdigung hätten sich die Vertreter von 121 Nationen getroffen, die politischen Repräsentanten von drei Milliarden siebenhundert Millionen Bewohnern des Planeten.

»Wieviel Mal pro Tag?«, Bane ließ nicht locker.

Boris kratzte sich im kurz geschnittenen, roten Haar. »Plus minus fünf Mal. Öfter wäre mir lieber gewesen, aber ich hatte nicht so viel Zeit.«

»Das ist das Unglück«, warf Zora ein. »Das Unglück ist, dass die Jugoslawen den pharaonischen Größenwahn ihres Präsidenten teilen. Wir reden nur noch in Superlativen von dieser Welt.«

»Warum sind diese vielen Menschen nach Belgrad gekommen?«, fragte der Fernseher in diesem Moment und lieferte sogleich die Antwort auf die rhetorische Frage: »Sie kommen von nah und fern, um sich vor Tito zu verneigen, einer der größten Persönlichkeiten unserer Zeit … Ein universaler Mensch … Auf dieser Beerdigung trifft sich die ganze Welt … Sein Werk wird über Jahrhunderte Bestand haben. Er hat einen einzigen Kampf verloren: den gegen den Tod!«, stammelte der Fernseher. »Was hier geschieht, ist historisch ohne Beispiel.«

Kurzatmig japste ein Mann ins Mikrofon: »Was ich gefühlt habe, während ich an Titos Sarg vorbeiging, davon werde ich meinen Kindern und Kindeskindern erzählen.«

»Die Arbeit geht weiter, aber nicht so wie sonst, so etwas habe ich noch nie erlebt«, sagte ein Arbeiter mit gewählten Worten. »Ich schäme mich nicht für meine Tränen.«

»Mich laust der Affe«, fluchte der besoffene Bane. »Ich fick euch in den Arsch. Die ganze Welt.«

Ich liebte und achtete die Welt. Ich glaubte an Durkheims Idee, die Gesellschaft habe alle Attribute Gottes. Da die Menschheit die größte Gesellschaft auf Erden war, waren die Vereinten Nationen für mich – Gott.

»Das ist das Ende unseres aufgeklärten Absolutismus«, merkte Bane an.

»Und was kommt jetzt? Ein unaufgeklärter Absolutismus?«, polterte ich, zufrieden mit meinem Scherz. Doch kaum schlossen sich meine Lippen wieder, begriff ich, dass es wirklich das Ende einer Epoche war. Eine kosmische Kälte wehte durch das Zimmer und hüllte mich ein. Mit veränderter Stimme fragte ich: »Was kommt jetzt?«

»Jetzt kommt die Pest«, sagte Zora. »Und von der bleiben nur Erzählungen. Wie im Decamerone. Auf einmal stand Irina neben mir, drückte mir die Lippen auf die Wange und sagte: »Herzlichen Glückwunsch zur Volljährigkeit.«

II. Kapitel

Verklärung

Niemals konnte man in Belgrad bessere Rockmusik hören als nach dem Tod von Josip Broz Tito. Gemeinsam mit seiner ewig geliebten und gehassten Marija hat mein Kumpel Bane Janović eine New-Wave-Band nach der anderen gegründet, die sich »Akustischer Schatten«, »Jung aber dick«, »Angstkrüppel« und zuletzt »Wilde Eidechsen« nannten.

Mit der »neuen Welle« entlud sich die Anspannung in unserer Stadt mit einem solchen Enthusiasmus, dass selbst die Statuen Bauklötze staunten. Durch die Straßen von Belgrad hallte ein aufgeregtes Klappern. Augen funkelten. Endlich konnte ich sagen: Das ist ein Teil von mir. Meine Stadt ist meine Stadt. Das ist meine Welt.

Es begann mit einem Tapferkeitsorden aus dem Zweiten Weltkrieg. Bane Janović klappte den Deckel seines Benzinfeuerzeugs auf und glühte eine Nadel aus. Er durchstach seine Brustwarze und hängte den Orden ins nackte Fleisch, biss die Zähne zusammen und sagte: Los, gehen wir! Bane formulierte sein musikalisches Credo in aller Kürze wie folgt:

1. Ich bin verzweifelt.
2. Ich habe keine Freundin.
3. Ich kann kein Instrument spielen.

4. Die meisten, die ein Instrument spielen, haben nichts zu sagen.

5. Ich habe etwas zu sagen, aber ich weiß nicht wie.

Bane und Marija rezitierten, solange sie noch kein Instrument beherrschten, zu rhythmischen Maschinengeräuschen Texte aus einer ABC-Fibel. Sie brachten Texte einer Avantgardegruppe aus den zwanziger Jahren, »Zenit«, unters Volk, parodierten den Sozrealismus und Schlager aus den sechziger Jahren. Die »Angstkrüppel« lösten sich kurz vor der ersten gemeinsamen Schallplatte auf. Der beste Keyboarder der Stadt hatte sie im Stich gelassen, um sich mit schwarzer Magie zu befassen. Sie riefen einen Freund in Zagreb an und sagten das Konzert im Kulušić ab. Nach der Gründung der »Wilden Eidechsen« grinste Bane oft auf Bildern in der »Džuboks«.

»Die Wirklichkeit in unserer Stadt ist reichlich defizitär«, sagte er in einem Interview.

»Ich ertrage andere Menschen nicht«, sagte er in einem anderen Interview. »Einfach weil sie anders sind, und überhaupt, womit sollte ich sie ertragen.«

»Hast du das Gefühl, berühmt zu sein?«, fragten sie ihn.

»Ich bin berühmt, wenn ich glücklich bin«, antwortete Bane mit einem Zitat von Ian Dury.

An einem Maiabend des Jahres 1982 spielten die »Wilden Eidechsen« in dem klotzigen Palast, der früher Haus der Offiziere – Oficirski dom – geheißen hatte. Aus diesem Gebäude waren 79 Jahre zuvor Dragutin Dimitrijević Apis und seine Mitverschwörer zu dem Attentat auf das serbische Königspaar Aleksandar Obrenović und Draga Mašin ausgeschwärmt. An der Stelle, an der einst die Mitglieder der »Schwarzen Hand« ihren Schwur geleistet hatten, wirbelten jetzt die »Wilden Eidechsen« Staub auf. Wenn ich an Bane und Marija denke, muss ich immer auch an ihr erstes Album denken: »Wie viele haben wir und wen?«

Der Arm ihres Bassisten erinnerte an das Bein eines Hundes, der sich kratzt. Der Schlagzeuger sah in den Qualm auf der Bühne kaum seine Trommeln. In einem Jackett mit gewaltigen Schulterpolstern wirkte Bane wie Frankenstein. Der Scheinwerfer zeichnete einen Kreis um ihn auf den Boden. Mein Freund richtete sich auf und warf das Jackett weg. An seiner nackten Brust glitzerte der Orden aus dem Zweiten Weltkrieg. Das Publikum tanzte wie ein einziger gesichtsloser Körper. Das Publikum war der schwarze Quasimodo. Es reagierte auf Banes Erscheinen mit anfeuerndem Geschrei.

Was ich dort erlebte, erinnerte an eine Mischung aus Makumba und neapolitanischer Oper aus dem 19. Jahrhundert. Die Bühne wurde zu einem magischen Ort der Verklärung. Der ganze Boden zitterte von den Lautsprechern. Die Bässe versetzen unsere Nieren in Schwingungen.

Im Scheinwerferlicht zog Bane den Kopf ein. Er zuckte mehr vor Nervosität, als dass er zur Musik getanzt hätte. Ich spürte, wie er mit seinem Leib kämpfte und allmählich die Kontrolle über ihn gewann. Dann hatte er das Lampenfieber besiegt und röhrte ins Mikrofon. Er fing an, mit schweren, abgehackten Bewegungen zu tanzen. Die Masse explodierte. Bane Janović, der gerade eben noch kaum mit dem eigenen Körper zurechtgekommen war, spielte jetzt mit allen Körpern im Publikum.

Ich dachte, das und nichts anderes bedeutet New Wave in Belgrad – sich selbst erobern. Einen so ernsten Bane hatte ich mein Lebtag nicht gesehen. Er war der Indianerhäuptling Verrücktes Pferd. Er war ein tanzender Derwisch in Trance. Bane hielt das Mikrofon mit beiden Händen und stampfte mit dem Fuß im Rhythmus. Ich war stolz und neidisch zugleich. Er hatte gewagt, was ich nie wagen würde. Er hatte gewagt, der zu sein, der er war. Auf der Bühne tanzte Bane wie auf glühenden Kohlen. Er wurde zum Propheten, dessen Blick die Himmel aufreißt und dessen Fersen Quellen fließen lassen. Hinter Bane wallte der Rauch, aus dem die wunderbarste und schrecklichste Sache der Welt quoll. Banes Anblick während des Konzerts zeigte mir, dass alle Institutionen dieser Welt nichts als Schutzwälle gegen Charisma sind. Die prophetische Kraft des Charismas kann die Wüste in eine Oase verwandeln, Aufstände provozieren, zur Raserei anstacheln, Tränen in die Augen treiben.

Das Licht wechselte, und mit ihm wechselte Bane seine Farbe. Jetzt war er grün wie der Geist des Peyote. War das der Mann, mit dem ich aufgewachsen war? Mir lief es kalt den Rücken hinunter, als Marija mit dem Saxofon auf die Bühne stürzte. Auch sie war verklärt.

Bane war stolz und tragisch ernst. Die Brust mit dem Tapferkeitsorden weitete sich. Der Schweiß lief ihm über die Stirn. Er sang nicht mehr. Er hatte nur noch Augen für Marija. Marija hob das Saxofon und blies hinein. Es war, als pfiffe Behemoth in »Der Meister und Margarita«. Sie blies, und ein schrecklicher Wind erhob sich. Sie blies, und die Vorhänge flatterten wie wild. Sie blies in die Segel unserer Seele. Ein heftiger Windstoß trug uns davon. Marija beugte sich wie ein Segler nach vorn und fesselte uns mit dem Klang des Saxofons. Der Saal mit den tanzenden Menschen wurde zum Schiff des fliegenden Holländers. Marija blies in seine Segel, und das Schiff flog über die Stadt und über die Welt hinweg. Wir glaubten schon, wir würden alle gemeinsam ins Weltall fliegen, der Wohnstatt finsterer Medusen, Riesen und von den Geistern des Peyote.

III. Kapitel

Zoras Porträt nebst Rede über die
Würde des Menschen

Als Zora Stefanović und ich als Neugeborene auf einer Belgrader Säuglingsstation lagen, sagten die Parzen: »Diese Babys werden Freunde sein.« Vom ersten Augenblick an war mir Zora ungemein sympathisch, und das hat sich nie geändert. Ich kannte sie von Kindesbeinen an, kannte ihre Ängste, und ich mochte sie, so wie sie war.

»Als ich sieben Jahre alt war, ist mein Vater gestorben«, sagte sie einmal zu mir. »Damals hat sich alles verdüstert, ich habe mich nie davon erholt.«

Nach dem Tod des Vaters erschien Zora regelmäßig eine Frau im Traum. Mal erschien sie als junge Dame, mal als Greisin. Immer strebte sie in Zoras Nähe und wollte sie anfassen. Die Frau saugte das Leben aus ihr heraus. Zora wachte fix und fertig auf. Zum fünfjährigen Todestag des Vaters erschien die Vampirin in einem Ballkleid. Sie lächelte so, dass man ihre Zähne nicht sah. Sie warf Zora einen widerlich einschmeichelnden Blick zu und kroch auf allen Vieren in ihre Richtung. Da erschien Zora im Traum der Vater, er stellte sich zwischen Tochter und Vampir und brüllte: »Lass sie in Ruhe.«

Das kriecherische Gespenst machte kehrt, verließ das Zimmer und kam nie mehr zurück. Doch Zoras Albträume hörten damit nicht auf. Fortan erschien ihr Nacht für Nacht der Vater im Schlaf. Die Großmutter nahm Zora mit auf den Friedhof, riet ihr, ihm weiße Akelei aufs Grab zu legen und einen rituellen Tauschhandel anzubieten:

»Bitte gib mich frei für die weiße Akelei.«

Danach hörten die Albträume auf.

Als Zora in die Pubertät kam, nannte ihre Mutter sie öfters ein hässliches Mädchen, »damit sie sich nichts einbildet«. Die Mutter erzählte gern, dass manche sie – sehr witzig – für Schwestern hielten. Zora wuchs in ihrer Familie wie Aschenbrödel auf. Ich weiß nicht, ob sie je einen Freund hatte, ob sie je geküsst wurde.

Die Augen meiner Freundin waren wie aus einem schöneren Gesicht gestohlen, aus einer schöneren Welt. War es bewölkt, hatte Zora graue Augen wie Pallas Athene. War sie wütend, glichen sie einer Schmeißfliege in der Augustsonne. Wir haben alle viel gelesen, aber keiner las mehr als sie. Sie war der Philosoph unserer Clique.

Als Boris Petrović mit einem Sieg über Joška Varežin die Jugend-Judo-Meisterschaft gewann, äußerte Zora ihm gegenüber Unverständnis, dass er so unermüdlich dafür trainiere, andere zusammenzuschlagen. Boris legte den Arm um sie und rief: »Weh dem, der ihr ein Haar krümmt, das ist meine Schwester.«

Als Bane Janović im Interview sagte: »Die Wirklichkeit in unserer Stadt ist reichlich defizitär«, bläffte Zora: »Wie willst du eine Wirklichkeit haben, wenn du nichts dafür tust?«

Bane wurde böse: »Du wirst dein Leben lang vernünfteln oder Leute trösten, denen es besser geht als dir.«

»Danken wir Gott, dass es Menschen wie Zora gibt«, ich ergriff ihre Partei. »Was wäre das für ein Leben ohne gute Menschen wie sie? Das wäre kein Leben ...«

Zora hielt alle Frauen mit großen Brüsten für »vulgär«, alle außer Irina Bojović. Wenn die beiden zusammen waren, redeten sie über Männer und die besten Kuchen der Welt und kicherten wie Backfische.

Normalos wie mir gelingt es nicht, zu vielen Menschen intensive Beziehungen aufzubauen. Die vier Freunde, über die ich in diesem Buch spreche, waren die vier Säulen meiner Welt. Auf ihnen ruht die Geschichte, die ich über mich und meine Stadt erzähle. Wie sich herausstellte, haben uns die Parzen sehr verschiedene Schicksale zugedacht. Ich wurde Historiker. Irina hat ein Diplom als Architektin, aber nie in ihrem Beruf gearbeitet. Bane war und blieb Schürzenjäger und Musiker. Boris wuchs sich vom Judomeister zum, na sagen wir mal ... Geschäftsmann aus. Zora, die als Kind »Hurra, hurra die Schule brennt« gesungen hatte, brachte es zur Assistentin an der Fakultät für angewandte Kunst in Belgrad.

Zora war der größte Kosmopolit, den ich kenne, obwohl sie nie verreiste. Sie hat ihr Leben lang davon geträumt, Gaudís Barcelona und den Grand Canyon in Colorado zu sehen. Beides hat sie nicht geschafft. Zoras löbliche Aufgeschlossenheit für alles Fremde hatte manchmal etwas Selbstzerstörerisches.

»Erst im Alter von achtzehn Jahren habe ich begriffen, dass ich in Jugoslawien lebe«, sagte sie einmal. »Es wird wohl die Strafe für ein Verbrechen sein, das ich in einem früheren Leben begangen habe.«

Ich kniff die Augen zusammen und sagte: »Wir müssen uns nicht schämen für das, was wir sind.«

Zora antwortete: »Wir müssen aber auch nicht Ja zu dem Leisten sagen, über den uns die Umstände schlagen.« Dann sprang sie auf, holte Pico della Mirandolas »Rede über die Würde des Menschen« und las mir den Abschnitt vor, in dem sich Gott an die Menschen wendet: »Keinen bestimmten Platz habe ich dir zugewiesen, auch keine bestimmte äußere Erscheinung und auch nicht irgendeine besondere Gabe habe ich dir verliehen, Adam, damit du den Platz, das Aussehen und alle die Gaben, die du dir selber wünschst, nach deinem eigenen Willen und Entschluss erhalten und besitzen kannst. Die fest umrissene Natur der übrigen Geschöpfe entfaltet sich nur innerhalb der von mir vorgeschriebenen Gesetze. Du wirst von allen Einschränkungen frei nach deinem eigenen freien Willen, dem ich dich überlassen habe, dir selbst deine Natur bestimmen. In die Mitte der Welt habe ich dich gestellt, damit du von da aus bequemer alles ringsum betrachten kannst, was es auf der Welt gibt. Weder als einen Himmlischen noch als einen Irdischen habe ich dich geschaffen und weder sterblich noch unsterblich dich gemacht, damit du wie ein Former und Bildner deiner selbst nach eigenem Belieben und aus eigener Macht zu der Gestalt dich ausbilden kannst, die du bevorzugst. Du kannst nach unten hin ins Tierische entarten, du kannst aus eigenem Willen wiedergeboren werden nach oben in das Göttliche.«

Oft überlege ich, was ich aus diesem Abschnitt gelernt habe. Im Rückblick halte ich ihn auf jeden Fall für religiös. Meine Zora, wo bist du heute? Du hast immer so gute Ideen und Anregungen gehabt. Du hast dich für alle Schamlosen geschämt. Über weite Strecken handelt diese Chronik von dir. Es ist die Chronik von wunderbaren Eigenschaften, die über das Versuchsstadium nicht hinauskamen.

IV. Kapitel

*Von einem Mann, der keinem Kampf
aus dem Weg ging*

Zora maß Boris mit einem Blick und giggelte: »Weißt
du, dass du richtig gefährlich aussiehst?«

»Klar weiß ich das«, sagte Boris.

Zora berührte vorsichtig die Schulter unseres
Freundes: »Weißt du, dass du wirklich richtig gefährlich aussiehst?«

»Klar! Und weißt du auch, warum?«, rief Boris.
»Weil ich gefährlich bin!«

Boris sah aus, wie Xenofon die Thraker beschrieben hat: rothaarig, sommersprossig, ziegenäugig. Er
lächelte das verhaltene Lächeln eines Weinkenners.
Er sah kein bisschen wie der Bösewicht im Puppen-
theater aus, der auf die Bühne stürmt und knurrt:
»Grrr! Ich bin schrecklich böse.«

Ich erinnere mich an einen Nachmittag, als Boris
und ich die Schule schwänzten. Wir rauchten »Filter
57« und spuckten im Tašmajdan-Park aus. Auf der
nächsten Bank saß der sommersprossige Hansi mit
seiner Freundin. Man kann seinen Mitmenschen nicht
verächtlicher ansehen als Hans an diesem Nachmittag mich. Wir gingen mit einem spöttischen Grinsen
im Gesicht an seiner Bank vorbei. Das Problem lag

in Hansis Überzeugung, dass ich sein Grinsen sehr wohl zu ertragen hätte, er meins jedoch nicht.

»Was gibt's da zu grinsen?«, fragte er. Das war ziemlich mutig, schließlich waren wir zu zweit. Ich antwortete nicht, presste nur ein sauschweres Buch mit zwei Romanen von Knut Hamsun an mich – »Hunger« und »Pan«.

Hansi folgte mir und wiederholte: »Was gibt's da zu grinsen?«

Wortlos drehte ich mich um und knallte ihm den Hamsun ins Gesicht. Ich hoffe, dass der Aufklärer Dositej Obradović in diesem Moment im Paradies freudig gerufen hat: »Bücher, Brüder, Bücher statt Glocken und Schellen!«

Hansi war von den Socken. Bis heute ist mir nicht klar, welche Reaktion er in Gottes Namen erwartet hat. Wir gingen aufeinander los. Boris sah eine Weile zu. Dann griff er ein und versetzte meinem Gegner zwei Faustschläge. Ciao, Hansi! Diesen Dienst werde ich Boris nie vergessen. Ich werde auch nicht vergessen, wie Hansis Freundin kreischte: »Lasst ihn los, Mörder!«

Zora wollte uns immer davon überzeugen, dass der Mensch nicht von seiner Umgebung geprägt wird, sondern von seinen tiefsten, innersten Überzeugungen. Boris glaubte an etwas völlig Entgegengesetztes: »Du wirst von deiner Familie bestimmt«, belehrte er mich. »Mein Bruder ist ein Depp und du bist mein Freund. Aber dir würde ich zehntausend Mark nicht einmal leihen, und wenn er mich darum bittet, bekommt er das Geld geschenkt.«

Boris' Vater stammt aus dem südlichen Serbien, aus dem Dorf Donje Brijanje, seine Mutter kommt aus einem Dorf bei Niš, Tutunović Podrum. Boris wurde oft wegen der Herkunft seiner Eltern gehänselt. Dass es in einem Agrarland wie Jugoslawien eine Schande war, Verwandte auf dem Land zu haben, ist nur ein Beispiel für das verzerrte Selbstbild und die Scheu, in den Spiegel zu schauen. Die Klassenkameraden zogen Boris durch den Kakao und mit seinem Dialekt auf, obwohl er gar keinen Akzent hatte. Seit er im Judoverein trainierte, wurde der Spott leiser. Aus seinem Judoverein gingen später zur Hälfte Polizisten und zur anderen Hälfte Mafiosi hervor. Bei Wettkämpfen waren Boris und sein späterer Kumpel Dupli unzertrennlich.

Boris' Vater war Unteroffizier. Auf dem Truppenübungsplatz musste er die Soldaten mit »Atomaren Angriffen von links« malträtieren, aber zu Hause war er ein absolut anständiger Mensch. Die Mutter war Hausfrau. Seit der Hochzeit sparten sie, damit sie das größte Haus in Tutunović Podrum bauen konnten. Die Eltern von Boris waren gewissermaßen Gastarbeiter in der Stadt. Sie schufteten bis zum Umfallen, damit die Dorfbewohner sie irgendwann mal beneiden würden. Sie geizten und sparten sich diesen künftigen Neid vom Munde ab. Die Mutter verwendete das Öl zum Ausbacken mehrfach, der Vater lief durch die Zimmer und löschte das Licht. Sie waren so sparsam, dass sie am Anfang ihrer Ehe sozusagen hungerten. Gemeinsam spazierten sie an einem Restaurant vorbei und ließen sich den Bratenduft um die Nase wehen: Auch eine Art auszugehen. Sie glaubten, wenn ihr Haus erst einmal fertig wäre, würden alle Generationen gemeinsam darin wohnen, so wie sie es aus ihrer Kindheit kannten. Doch die über Deutschland, Schweden und das ehemalige Jugoslawien zerstreute Familie kam nie zusammen.

Boris stöhnte, wenn er sagte, sein Vater sei »anständig«, als handele es sich um eine unheilbare

Krankheit. Der Vater hatte sein Leben lang keinen einzigen Arbeitstag versäumt, er ging selbst mit hohem Fieber arbeiten. Boris' Mutter war als junge Frau schön gewesen. Wenn ich die Familie besuchte, hörte ich Tante Maca in der Küche Sarma zubereiten und murmeln: »Bin ich froh, dass ich eine Frau bin und launisch sein darf.«

Boris' Vater pflanzte sich neben mir auf und rief: »Maca, mach mal schnell zwei Kaffee.«

»Mit Zucker oder ohne?«, fragte Tante Maca von der Küche aus.

»Mit ein bisschen Zucker, aber nicht viel … so wie ihn Arbeiter trinken.«

Boris erzählte mir lachend, wie sein Vater um seine Mutter geworben hatte. In einer Sommernacht war er ganz normal neben Maca hergelaufen. Plötzlich zuckte er zusammen, zeigte mit dem Finger in den Himmel und rief gut gelaunt: »Siehst du den Stern da?« Dann legte er seine Hände auf Macas Schultern und meinte begeistert: »Du bist genau wie dieser Stern!«

»Wer hätte dieser Taktik widerstehen können?«, fragte Boris.

Boris' Eltern lächelten, wenn sie das Wort »Dorf« hörten. Boris' Freundin, Irina, hasste Dörfler. Sie hasste alles, was sich in der Kindheit den Popo mit Pflanzenblättern abgeputzt und hinter Schafen »brrr« hergerufen hatte. Einzige Ausnahme war ihr Vater, den sie für den klügsten Mann auf Erden hielt. Boris' Eltern mochten Irina nicht. Einmal »machten« Boris und Irina in seinem Zimmer »Liebe«, und Tante Maca hustete die ganze Zeit im Flur und klopfte mit dem Schrubberstiel an die Tür, weil sie ausgerechnet in diesem Moment den Boden wischen musste … Boris riss die Tür auf und sagte der Mutter ins Gesicht: »Verpiss dich mit deinem verfickten Schrubber!«

Obwohl ihre Nasen fast aneinander stießen, hörte Boris' Mutter den Sohn nicht. Sie hörte ihn nicht, weil das, was er gesagt hatte, im Universum der möglichen Dinge nicht vorgesehen war. Maca blinzelte Boris mit unbewegter Miene an, als hätte er nichts gesagt.

Als ihn Irina verließ, fing Boris fürchterlich zu saufen an. Er ging mit gesenktem Kopf durch die Straßen. Ohne auf die Umgebung zu achten, stieß er auf dem Terazije-Platz mit einem Passanten zusammen. Er komplimentierte ihn mit einem Kinnhaken vom Bürgersteig, ohne auch nur den Kopf zu heben.

»Ich sank immer tiefer«, erzählte er mir später, »und erst als ich ganz unten angekommen war, entwickelte ich wieder Ehrgeiz.«

Später, als wir die Plätze getauscht hatten und ich mit Irina zusammen war, sagte Boris nichts dazu. Aber als wir mal in einer Kneipe nebeneinander standen und ich ihm die Hand auf die Schulter legte, knurrte er: »Fass mich nicht an.«

»Warum?«, fragte ich.

Boris zeigte mit beiden Zeigefingern auf sich: »Weil ich unberechenbar bin.«

Ich zog die Hand zurück. Man sollte sich nicht mit jemandem anlegen, der einem Arme und Beine brechen kann, ohne außer Atem zu kommen.

Boris schloss ein Ingenieurstudium ab, Fachrichtung Verkehrswesen, und gründete mit Dupli eine Firma. Die Geschäfte liefen gut. Trotzdem zitierte Boris Konfuzius: »Um mich herum sehe ich nur Nichts, das sich als Etwas ausgibt, Leere, die sich als Fülle ausgibt, Mangel, der sich als Überfluss ausgibt.«

Boris ergab sich dem Glücksspiel. Zu seinem Vater, der aus Sparsamkeit die Lichter im Haus löschte, sagte er im Streit: »Du kriegst im Ganzen so viel Rente wie ich für einen einzigen Chip hinblättere. Irina behielt Boris in guter Erinnerung. »Wenn er will, ist er der geistreichste Mann auf Erden«, sagte sie.

»Ja, geistreich ist er«, gab Bane zu. »Aber ziemlich streitsüchtig, wenn er betrunken ist.«

»Boris geht keinem Streit aus dem Weg«, bestätigte ich. »Er denkt, dass es früher oder später sowieso zum Streit kommt, also bringt er es lieber gleich hinter sich.«

»Daran zeigt sich, dass er ein Mafiosi ist«, meinte Bane.

»So war er schon immer«, widersprach ich. »So war er schon in der Schule.«

Bane zuckte die Achseln: »Das heißt doch nur, dass er als Mafiosi geboren wurde.«

V. Kapitel

Unerreichbare Irina Bojović

Als wir ins Gymnasium gingen, wusste ich nicht, was ich mit Irina reden sollte. Die mandeläugige Irina stand immer mit ihren Freundinnen zusammen, ich ging hin und sagte: »Schöner Tag heute.« Irina und ihre Freundinnen sahen mich an, als hätte ich etwas Unanständiges gesagt. Dann kam Boris und sagte: »Schöner Tag heute«, und sie waren hin und weg.

»Ein schöner Tag, wirklich schön!«, schnatterten sie. »Wunderschön! Einfach herrlich!«

Keine Ahnung, was da los war. Vermutlich habe ich die Augenbraue falsch bewegt. Zum Teufel! Für Irina und ihre Freundinnen war ich unsichtbar. Wie der russische Dichter Welimir Chlebnikow

… erschrocken
begriff ich, dass ich von niemandem gesehen wurde,
dass man Augen säen,
dass ein Augensäer kommen muss.

Damals versuchte ich, etwas zu werden, aber bekanntlich ist Werden nicht gestattet, nur Sein. Die ganze Welt nervte mich. Ich war überzeugt, dass die Institution Familie eine Erfindung der Inquisition war, erdacht als Folterinstrument. Ich wollte aus der

Umzingelung von Gymnasium, sonntäglicher Sarma und Sportschau ausbrechen. Ich spazierte morgens um zwei Uhr durch Belgrad und hoffte, »jemanden« zu treffen. Ich betrat alte Aufzüge und drückte auf den Knopf fürs oberste Stockwerk, um auf den Mond zu reisen. Hasserfüllt musste ich feststellen, dass die altertümlichen Aufzüge mit ihren Kristallspiegeln und saffianbezogenen Bänkchen in ganz Belgrad durch die Pressspanplatten-Verbrechen der Firma »David Pajić« ersetzt worden waren.

Unser Leben im sozialistischen Jugoslawien war nicht so schlecht, aber verlogen. Die Angestellten flogen übers Wochenende nach Rom zum Kleiderkaufen. Die Arbeiter rollten im Sommer die T-Shirts hoch, tätschelten sich die Wampe und knurrten: »Der gute alte Sozialismus.« Im Fernsehen brummelten die Bären was von »konstruktiv« und »destruktiv«. In meiner Jugend war alles Interessante verdächtig. Das Gehabe der heimischen Politiker machte die Langeweile zum Mittel gesellschaftlicher Kontrolle. Leider habe ich es nicht geschafft, alle Namen zu vergessen. Der Agilste von allen runzelte im Fernsehen ständig die Stirn: Der Vertreter Bosniens, Branko Mikulić, verstand keinen Spaß. Der Serbe Draža Marković hatte ein Bärtchen wie ein Provinzkellner, wir warteten nur darauf, dass er im Fernsehen tagesfrische Kutteln empfehlen würde. Der Mazedonier Krste Crvenkovski erinnerte an eine Fledermaus. Der Slowene Stane Dolanc glich einem Nilpferd.

Ich wunderte mich über das Aussehen der Männer, die über mein Schicksal entschieden. Aber ich wunderte mich auch über Bilder von mir; ich hatte nicht das Gefühl, echt zu sein. Auch die Granitfassaden längs der Straßenschluchten sahen nicht wie richtige Häuser aus. Der Film, in dem ich und Belgrad auf-

traten, musste doch bald reißen; die Gebäude mussten sich doch bald im körnigen Rauschen hinter der
Wirklichkeit auflösen. Ich wollte, meine Arme hätten
bis an die Dächer gereicht, ich hätte mich gern aus
den Straßenschluchten herausgezogen, um den Himmel zu küssen. Ich bekam keine Luft.

Und Irina?

Irina war langweilig und unbegreiflich und uner-
reichbar, wie ein Wesen von der Venus. Ich erinnere
mich, dass sie sich in zwei Stufen vorstellte. Zuerst
sagte sie: »Ich bin Irina.« Und dann warf sie sich in
die Brust, als wolle sie sagen: »Und das ist mein Busen.« Wann immer sie sich in die Brust warf, wurden meine Knie weich. Was könnte ich noch über sie
erzählen? »Eine wohlgeformte Nase« ist in französischen Balladen des 13. Jahrhunderts das Synonym
für große Schönheit. Irina hatte »eine wohlgeformte
Nase«.

Die Frau lebte in der Welt der Antimaterie. Sie
gab sich nur mit *Vollidioten* ab. Für mich, der ich
Rimbauds »Illuminations« las, war jeder ältere Typ
mit eigenem Auto ein »Vollidiot«. Als Irina eine Beziehung mit meinem Kumpel Boris anfing, das war
schon etwas anderes. Durch Boris gehörte sie zur Familie. Aber Bane hatte mir vorher schon grinsend ins
Ohr geflüstert: »Du bist ja in sie verknallt.«

Was weiß ich. Möglich, dass ich schon im Gymnasium auf dieselbe Weise wie später an sie dachte.
Vielleicht schwebte die Liebe schon damals über mir
wie eine mit Diamanten besetzte Peitsche, die glit-
zerndste der Welt, die härteste der Welt. Manchmal
war ich überzeugt, dass ein Masochist Irina »süß
wie der Schmerz« nennen würde. Manchmal war ich
überzeugt, dass Irina, wäre sie ein Taifun und keine
Frau, Tausende von Schiffen versenken würde.

Aber Irina war nicht die Meine. Nichts auf der Welt war mein. Ich war wie von einem anderen Stern. Auf der Post sah ich mal einen Spruch der *Belgrader Traummanufaktur*: »Die Welt ist abgesperrt und der Schlüssel weg.« Genau! Ich war umgeben von Mauern und der Schlüssel fürs Tor verschwunden. Im Gymnasium habe ich mich so gelangweilt, dass ich meine Seele dem Teufel verkauft hätte, nur damit sich was ändert. Aber wo, das habe ich Bane oft gefragt, findet man an einem Sonntagnachmittag in Belgrad den Teufel?

VI. Kapitel

Bane Janovićs Traum von der Stadt

Im Jahr des Herrn 1921 befahl Banes Urgroßvater
Andrej Janović einem Bauern, ihm in der Belgrader
Pferdetram seinen Platz zu überlassen.

»Fick dich«, grummelte der Bauer.

Banes Großvater wollte ihn mit der Peitsche Mo-
res lehren. Im nächsten Augenblick gingen sich der
serbische Bauer und der russische Adelige an die
Gurgel und wälzten sich mit Hurra auf dem Boden.

»Da hat sich schon abgezeichnet, dass es meiner
Familie in Belgrad nicht gut ergehen würde«, seufzte
Bane.

Und es erging ihnen nicht gut.

Banes Vorfahren gehörten zu den Serben, die sich
im 18. Jahrhundert auf Einladung der Zarin Katharin-
na der Großen in der Ukraine ansiedelten. Nach der
Oktoberrevolution kehrte die Familie in das Land
zurück, das sie zwei Jahrhunderte zuvor verlassen
hatte. Banes Urgroßvater Andrej versoff in Belgrad
sein Vermögen, während er den traurigen Liedern der
Olga Jančevecka lauschte. Banes Vater, Ivan Janović,
verstand bereits kein Wort Russisch mehr. Der Titel
seiner Doktorarbeit lautete: »Das Rösten von Fleisch
als Thema der serbischen Literatur.« Ivan Jovanović

war ein gewalttätiger Mann. Er schlug den Fernseher, wenn der seinen Dienst versagte. Er schlug den Koffer, wenn der nicht in den Kofferraum ging. Er schlug Bane.

Wenn ihr mich fragen würdet, seit wann ich Bane kenne, würde ich antworten: »Schon immer!« Hätte ich ihm im Hort befohlen: »Iss Ameisen!«, er hätte sie gegessen. In den unteren Klassen der Grundschule machten wir uns einen Spaß daraus, die Mädchen an den Haaren zu ziehen. Obwohl Bane nach Novi Beograd gezogen war, besuchten wir gemeinsam das Achte Gymnasium. Damals ließen wir uns beide eine Glatze scheren. Nach der Schule hockten wir im Café »Unser Leiden« in Čubura. Wir stritten gern über belangloses Zeug. Ich fragte ihn zum Beispiel: »Wenn es von dir abhängen würde, welcher amerikanische Staat der Vernichtung entgehen soll, Alabama oder Oklahoma, für welchen würdest du dich entscheiden?«

»Ich würde Alabama retten. Oklahoma geht mir am Arsch vorbei«, antwortete Bane.

»Vielleicht besteht die Bevölkerung Oklahomas zu großen Teilen aus empfindsamen Menschen und Dichtern? Vielleicht sind die Einwohner Alabamas aufgeblasene Laffen?«

Solche Gespräche führten wir.

Bei anderer Gelegenheit fragte mich Bane beispielsweise: »Wenn ein Stier gegen einen Hahn kämpfen würde und beide wären gleich groß, wer würde gewinnen?«

»Was, der Hahn soll genau so groß sein wie der Stier?«

»Ja«, Bane nickte mit seinem Eierkopf.

»Der Hahn gewinnt, er würde dem Stier die Augen aushacken.«

Solche Gespräche führten wir.

Als Bane berühmt wurde, waren wir alle stolz. Sein erstes Album, »Wie viele haben wir und wen?«, war ein Familienprojekt. Bane und die Saxofonistin Marija machten die Musik. Zora fand eine Lösung für die Gestaltung der Plattenhülle (für die ich Irina als Ophelia mit Seerosen im Haar fotografierte). Boris war der Manager und für die Sicherheit bei den Konzerten zuständig.

Wann immer Bane und Boris aufeinander trafen, wurden ihre Stimmen tiefer als sonst. Boris vermisste bei Bane den »notwendigen Ernst«. Bane reagierte, indem er nur noch lachte, und zwar so, dass man nicht nur die Zähne, sondern auch das Zahnfleisch sah.

»Wie ein Schimpanse«, sagte Boris.

Frauen indessen fuhren auf Banes melancholische Augen ab.

»Die Frauen kosten dich noch mal den Kopf«, warnte ihn Zora.

Ich beneidete Bane um seinen Erfolg bei Frauen. Und mehr noch beneidete ich ihn darum, dass er im Gegensatz zu mir den Mut hatte, er selbst zu sein. Mir schien, dass er einen Lebensweg usurpiert hatte, der mir gebührt hätte. Und Bane mit seinen aristokratischen Frustrationen beneidete mich darum, dass mein Vater, den ich kaum kannte, ein berühmter Maler in Paris war. Er beneidete mich um die große Wohnung bei der Kathedrale des Erzengels Michael. Er beneidete mich um den Großvater, einen unausstehlichen Egoisten, der Breton gekannt hatte und Mitglied der Belgrader Surrealisten gewesen war.

Wie viele aus der Generation unserer Eltern meinten Banes Vater und seine Stiefmutter, sie könnten sich teils bescheuert und teils normal benehmen und im Schnitt als normal durchgehen. War Besuch da, achtete

Banes Vater stets darauf, mehr als der Gast zu essen. Er nannte Rocker »kreischende Päderasten auf Drogen«, was Bane so klasse fand, dass er das fast als Name für eine Band verwendet hätte. Wenn seine Stiefmutter im Fernsehen einen langhaarigen Gitarrenspieler sah, sagte sie oberlehrerhaft: »Schau dir diesen Narr an!«

Banes Vater hatte seine Frau sitzen gelassen und war mit einer Studentin durchgebrannt.

»Ich habe ihr gefallen«, rechtfertigte er sich. »Sie war jung. Was hätte ich da machen sollen?«

Als die neue Beziehung noch frisch war, überlebte Ivan Janović einen Herzanfall. Während des Anfalls kehrte er zu seiner Frau zurück und ließ sich pflegen. Als er wieder gesund war, kehrte er zu der Studentin zurück. Die ehemalige Studentin wurde Banes Stiefmutter. Im Zuge der Scheidung tauschten Banes Eltern die große Wohnung in der Palmotićeva gegen zwei kleinere. Bane zog mit dem Vater nach Novi Beograd in die so genannten »Pavillons« – gelbe Häuser voller Kakerlaken. Später fanden sie eine größere Wohnung im dreiundsechzigsten Block. Banes Mutter zog nach der Scheidung zu ihrem Onkel, Niko Manović, nach Amerika.

Je schlimmer die Situation in Jugoslawien wurde, desto häufiger überlegte Bane, ob er zu seiner Mutter nach Amerika fahren sollte.

Er erzählte immer wieder etwas anderes, je nachdem, was er sich am jeweiligen Tag wünschte: Gehen oder bleiben. Wollte er fort, war Belgrad eine fürchterliche Stadt voller Barbaren, die sich Knochen durch die Nase steckten. Wollte er bleiben, erschien Amerika als Schreckgespenst, ein geschichtsloses Land, in dem jeder Dritte übergewichtig war und die Politiker wie Walrösser grinsten. Er sagte: »Da will ich nicht hin, da singen sie andere Lieder.«

»Du hast wenigstens die Wahl, wir nicht«, sagte Zora aufmunternd.

»Pass auf, wer nicht die Wahl hat, wird alle hassen, die abgehauen sind«, warnte Irina.

Ich zuckte die Achseln und sagte zu Boris: »Ich werde aus Bane nicht schlau.«

»Wie auch, wenn er selbst nicht weiß, was er will«, Boris schnalzte verächtlich mit der Zunge.

Bane blieb, und wir tranken weiterhin unser Bier am Fuß der Monsterhäuser des 63. Blocks. Ich nehme an, dass diese vergeudete Zeit ihre eigene Schönheit hatte. Wir tranken regungslos Bier und sausten gemeinsam mit allen, die auf diesem Planeten leben, mit einer Geschwindigkeit von dreißig Kilometern pro Sekunde durchs Weltall.

»Schau dir das an«, mit einer Armbewegung umfasste ich das urbanisierte Niemandsland. »Diese Gebäude sind dem Unterbewusstsein entsprungen.«

»Weißt du was«, antwortete Bane leise hüstelnd, »wenn die Häuser von Block 63 in Novi Beograd wirklich von Le Corbusiers Theorien inspiriert sind, müsste man Le Corbusier exhumieren und seine Knochen mit Kanonen verschießen.«

Ich mochte Bane dafür, dass er Dinge aussprach, die jeder dachte, aber keiner zu sagen wagte. Oft guckte er ziegenäugig in die Ferne und brummelte: »Das Leben ist schon komisch …«

Melancholisch dreinblickend fügte Bane einmal hinzu: »Gestern habe ich geträumt, ich hätte eine Stadt gegründet. Die Stadt war weißer als Sepiaschalen. Sie war weißer als Kreide. Komischerweise bin ich am Schluss nicht reingegangen, sondern habe ihr den Rücken zugekehrt und bin in die brüllende Wildnis zurückgerannt.«

Ich verschluckte mich, starr vor Schreck. Wie hätte ich sagen sollen, dass ich denselben Traum mindestens ein Dutzend Mal geträumt hatte?

»Das träumen also alle«, begriff ich.

»Und diese Stadt ist komisch«, fuhr Bane fort. »Ich frage mich oft, wo ich eigentlich lebe. Ich würde die Stadt, in der ich lebe, gern um ein Interview bitten.«

Auch wenn ich der Historiker bin und Bane Musiker – es war seine Idee.

Bane hat mich auf die Idee zu dem Interview mit Belgrad gebracht.

VII. Kapitel

Interview mit Belgrad

Frage: Wie alt bist du?

Antwort: Bei Bauarbeiten zur Brauerei des Ignjat Bajloni wurden ein dreißigtausend Jahre alter Menschenschädel und zehn Mammutzähne gefunden. Den Besitzer der Mammutzähne kann man als den ersten Belgrader betrachten.

Frage: Worüber staunst du?

Antwort: Ich finde es seltsam, dass der christliche Märtyrer Donatus, den Diokletian ertränken ließ, immer noch jeden siebten Januar aus der Donau steigt und bis zum Morgengrauen durch meine Straßen rennt.

Frage: Wem gehörst du?

Antwort: Vom Anbeginn der Zeit wirbeln die Völker um mich herum wie das Herbstlaub im Wind. All diese Völker haben mich zerstört und erbaut und sich dabei gegenseitig umgebracht. Als Erste haben die keltischen Skordisker in meinen Mauern gefangene Römer den Göttern geopfert. Dann schwärmte die Vierte Römische Legion vier Jahrhunderte lang aus meinen Toren. Die Legion des Flavius führte Feldzüge gegen Sarmaten und Daker, Ostgoten und Gepiden. Für kurze Zeit wurden die Römer von den

Hunnen vertrieben. Aus meiner Umgebung hab‹ mongolische Awaren die skandinavischen Heruler verjagt. Die Slawen kamen, angeführt von den Awaren, wie blinde Kätzchen. Das Gleißen meiner Mauern ließ sie aufmerken, und so gaben sie den Fluren um Belgrad neue Namen.

Die Byzantiner, bewaffnet mit dem Griechischen Feuer, prügelten sich mit Petschenegen und Ungarn um mich. Dann wurden Bulgaren und Serben meine neuen Liebhaber, die mich zerstörten und wieder aufbauten. Mit den siegreichen Türken ließen sich Zinzarer, Tartaren und Armenier innerhalb meiner Mauern nieder. Die Sepharden klammerten sich nach ihrer Vertreibung aus Spanien und Ungarn wie Schiffbrüchige an meine Tore. Die Urenkel der Türken, die mich erobert hatten, waren alte Leute, als die Österreicher sie in einer endlosen Folge barocker Kriege zum ersten Mal vertrieben. Ich, Belgrad, war jahrhundertelang der Knochen, den sich die Doppelmonarchie und das Osmanische Reich wie zwei Köter gegenseitig aus dem Maul rissen. Als ich Hauptstadt der Serben wurde, siedelten sich viele Menschen in mir an. Als ich Hauptstadt der Südslawen wurde, zogen noch mehr Menschen zu. Nach dem Exodus infolge der Oktoberrevolution war jeder vierte Belgrader ein gebürtiger Russe.

In mir gibt es jüdische, ragusische, armenische, türkische, katholische Friedhöfe. Die Toten liegen in meinen Fundamenten. Immer noch schützen mich ihre gesammelten Gebete, Gebete, die mich oft genug nicht schützen konnten, als diese Menschen noch lebten. Jedes Volk und jeder Mensch war ein Blatt im Wind. All diese Menschen haben auf verschiedene Weise gekocht und gebetet. Und alle haben den Blick vom Kalemegdan auf die Vögel über dem Wasser schön gefunden. Alle liebten den Steilhang über beiden Flüssen, der zu Recht »Hügel zum Nachdenken« genannt wird. Jedes einzelne dieser Völker gehört zu deinen Vorfahren.

Frage: Wovon redeten diese Völker?

Antwort: Sie redeten von der Liebe. Sie haben sich gegenseitig umgebracht und unablässig von der Liebe geredet. »Liebe ist ein unwirklicher Traum«, wisperten die Heruler. »Auf dieser Welt ist Liebe unmöglich«, knurrten die Awaren. »Hier gibt es auch keine Liebe«, dachten die Serben und wunderten sich, als sich ihnen meine Tore weit öffneten. »Liebe finden wir erst in Allahs Garten«, meinten die Türken.

Frage: Erinnerst du dich an bestimmte Heilige und Heerführer?

Antwort: Ich erinnere mich an Diokletian, der in mir Zeugen im Gericht gesetzlich einführte. Jovian, der in mir geboren wurde, führte im Römischen Reich das Christentum wieder ein, nachdem Julianus Apostata es verboten hatte. Justinian erneuerte meine Stadtmauer und den Bischofssitz.

Ich, Belgrad, beherbergte die Slawenapostel Methodios, Kyrillos und Angelar. Der heilige Klemens von Ohrid nannte mich die »berühmteste Stadt an der Donau«. Eine Zeitlang war ich das Zentrum der Häresie, die nach dem alexandrinischen Geistlichen Arianus benannt ist. Auf dem Weg ins Heilige Land haben mich die Kreuzritter Godefroy de Bouillon und vor allem Walter der Habenichts geplündert und niedergebrannt. In mir hielt Friedrich Barbarossa über jene Gericht, die sich auf dem Weg durch Ungarn etwas zuschulden kommen ließen. Johann Hunyadi hat vor meinen Mauern den verwundeten Eroberer Konstantinopels zurückgeschlagen, Mehmed den Zweiten. In mir, die ich voller Sklaven war,

nahm Süleyman der Große zu Bajram 1526 Glück-
wünsche zur Eroberung Ungarns entgegen, aus dem
belagerten Szigetvár kam er als Leiche zurück. In mir
wurden am 27. April 1573 die Gebeine des Heiligen
Sava verbrannt. Der Wind trieb die Asche den Anwesenden in die Augen, und viele Blinde konnten
wieder sehen. In mir spielten Franz Freiherr von der
Trenck und der Freiherr von Münchhausen in der
Kneipe »Zum wilden Mann« Pharao.

Frage: Erinnerst du dich an deine Dichter?

Antwort: In mir richtete der gebürtige Belgrader
und serbische Despot Stefan Lazarević ein »Wort an
die Liebe«. An Stefan Lazarevićs Todestag sang sein
bulgarischer Hagiograph, Konstantin der Philosoph:
»Weine, weiße Stadt, hülle dich in Schwarz ...« In mir
trauerte der jüdische Schriftsteller Jehuda Lerma den
Augenblicken einer »wie Tränen im Regen« verron-
nenen Zeit hinterher. In mir hielt Rabbi Simcha Cohen schriftlich fest, Gelehrsamkeit sei weder Erfahrung noch befreie sie von der Notwendigkeit, Erfahrungen zu sammeln. In mir schrieb Nurulah Muniri
Belgradi seinen Kommentar zu Sa'dis Dichtkunst.
Er saß in einem Frühlingstag, als würde er mit einem
Kahn auf dem See treiben, und notierte: »Und ich las
die Vögel, aber ihr Buch war der Fischteich. Und ich
schrieb Wind, aber eine Wolke setzte den Punkt ...«
Der serbische Patriarch Arsenije IV. richtete einen
schicksalhaften Vers als Warnung an mich: »Der Eber
wird deine Kinder verschlingen ...« In mir schrieb
der Engel mit Brille, Dositej Obradović. In mir deklamierte der strubbelige Vladislav Petković Dis, nasal
wegen des Zwickers, die symbolistischen Verse:

Heute Nacht kamen die Toten zu mir
Neue Grabstätten, alte Zeiten

Näherten sich als dem Opfer mir,
In den Farben aller Vergänglichkeiten …

Frage: Hast du Spitznamen?

Antwort: Die Römer nannten mich nach dem keltischen Stamm der Singa Singidunum. Apollonios von Rhodos sagte zum Kalemegdan-Felsen »Kanalak«. Die Österreicher bezeichneten mich wegen des orthodoxen Glaubens als »Kriechisch Wysseburg«. Die originellsten Spitznamen haben sich die Türken einfallen lassen. Sie nannten mich »Mädchen des Sultans«, »Steinerner Grund«, »Dar ul Dschihad« – Haus der Glaubenskriege, »Paradiesstadt« und »Tor der Kriege«. Und die Bezeichnung vom »Hügel zum Nachdenken« für den Kalemegdan stammt auch von ihnen. Die schönste Kombination der verschiedenen Spitznamen ist mein richtiger Name:

Hügel zum Nachdenken über dem Tor der Kriege.

VIII. Kapitel

Axis mundi

Noch kann ich euch meinen Namen nicht verraten.
Ich habe ein Legitimierungsproblem. Wenn mich ein
Polizist nach dem Personalausweis fragt, krampft
sich in mir alles zusammen.

Ich bin Historiker. Das ist eine schmutzige Arbeit,
aber einer muss sie ja tun. Ich bin (falls das irgendetwas bedeuten sollte) ein anständiger Historiker.
Mir liegt nicht nur das Wohlergehen meines Volkes
am Herzen, sondern das aller Balkanvölker. Ungefragt werde ich euch etwas verraten – die Balkanvölker wissen nichts voneinander. Sie sind wie Zeich-
nungen, eine über die andere gelegt wirken die aus
einiger Entfernung wie eine einzige Zeichnung. Die
ist vielen meiner Kollegen vom Balkan nicht zugäng-
lich. Vielleicht ist sie auch mir unzugänglich, aber ich
nähere mich allmählich dem Punkt, von dem ich mir
einen Überblick verschaffen kann. Diese mühsame
Kletterei wird im normalen Sprachgebrauch als wis-
senschaftliche Arbeit bezeichnet.

Ungefragt verrate ich euch noch etwas:

Hätten mich meine Eltern gefragt, ob sie heiraten
sollen, hätte ich gesagt: Bloß nicht! Hätten die Leute,
die Jugoslawien geschaffen haben, das Land, in dem

ich geboren wurde, mich gefragt, ob sie es schaffen sollen, hätte ich gesagt: Bloß nicht! Auch in schlechten Ehen werden Kinder geboren! Und die schlechten Ehen werden für sie zur *axis mundi*, zur Weltensäule. Auf der ganzen Welt werden Kinder angelogen, die Entdeckung dieser Lügen ist der Kern des schmerzhaften Prozesses, erwachsen zu werden. Ich habe meine Freundin Zora Stefanović gefragt, warum Kinder auf der ganzen Welt angelogen werden.

»Erstens wissen es die Eltern selbst nicht besser«, antwortete die kluge Zora. »Zweitens beruhen Familie, Staaten und Ideologien im besten Fall auf Halbwahrheiten, und der Keim einer Lüge wächst in der Wahrheit schneller als der Keim der Wahrheit im Irrtum.«

Ich glaube, Zora hatte Recht. Seht euch doch den interessanten Fall an, dass die Vereinigung zweier Narren eine so genannte Familie erschaffen kann. Und die Vereinigung einer größeren Zahl von Narren erschafft einen so genannten Staat, und dann werden diese elenden, rostigen Konstruktionen Staat und Familie für jemanden zur *axis mundi*, zur Weltensäule, zum Beispiel für mich, der sich darüber höchstlich wundert.

Was das ist, eine Weltensäule?

Mircea Eliade redet in einem seiner Bücher – ihr könnt mich totschlagen, ich weiß nicht mehr wo – von der *axis mundi*, der Weltensäule. Er meint einen Totempfahl, der in einer bestimmten Religion – ihr könnt mich totschlagen, ich weiß nicht mehr welcher – Himmel und Erde verbindet. Laut Mircea Eliade legen sich die Stammesmitglieder, sollte das Totem zerstört werden, neben dem kaputten Pfahl auf den Boden und sterben. Das kommt davon, wenn fragile Konstruktionen einstürzen, auf denen jemands

Himmel ruht. Einige meiner Verwandten und Bekannten sind genau so gestorben, als das Kartenhaus
einstürzte, in dem wir lebten – Jugoslawien. Wirklich
genau so, glaubt mir. Sie legten sich auf den Boden
und starben.

Am Ende werde ich darauf zurückkommen: Ich
kann euch nicht sagen, wer ich bin. Was ich im Folgenden schreiben werde, geht aus Überlegungen hervor, die wohl kaum wissenschaftlich zu nennen sind.
Es ist die Geschichte von einer Liebe, drei Freund-
schaften, einem fürchterlichen Krieg oder einer Reihe
von Kriegen, der Zersetzung des Begriffs der Heimat,
dem ständigen Wegbrechen der Stützen, der Zersplit-
terung der Welt in lauter Einzelheiten und der verloren gegangenen byzantinischen Technik des Mosaiks.
Es ist die Geschichte von einem Spiegel zum Betrachten der Seele und meinem Versuch, mich in anderen
Menschen und der Stadt, in der ich lebe, zu spiegeln.
Es ist auch die Geschichte von der unaufhörlichen
Gründung einer Stadt, von Menschenfressern und
schönen Frauen, von Menschen, die Tiger streicheln
… und von einer Vielzahl von Nebenfiguren. Die
Nebenfiguren halten sich natürlich nicht für Nebenfiguren. Wie der Autor dieser wahren Historie reden
sie von sich als:

Ich.

Dies ist eine Art öffentliches Tagebuch, geschrieben in der Absicht, es eines Tages vielleicht zu veröffentlichen. Ich möchte, das habe ich bereits zugegeben, in diesem Tagebuch verschiedene, oft disparate
Details meines Lebens verbinden. Jeder meiner zehn
Finger ist mit einem dieser Details über einen Faden
verbunden. Manchmal halte ich mich für den Puppenspieler, und manchmal bin ich die Puppe, die an
diesen Fäden zuckt. Und weil ich es nicht eilig habe,

euch meinen Namen zu verraten, brauche ich ein Pseudonym.

Als ich promoviert wurde, nannte mich mein Freund Boris spaßeshalber Dr. Jekyll. Der Scherz ist ihm gelungen, finde ich, ein guter Witz. Ich habe nichts dagegen, er ist die Lösung. Ha, ha. Ich bin wirklich zufrieden mit meiner Wahl.

Dr. Jekyll.

* * *

Herrje, was ist das?
Ich war wirklich mit diesen Zeilen zufrieden. Dann habe ich das Heft hingelegt, bin eingenickt und habe im Traum Irina in Unterwäsche gesehen. Ich schreckte hoch, nahm das Heft und las von neuem. Neben mir hing ein Spiegel. Sein allsehendes Auge bildete eine Seite meines Tagebuchs ab. Ich sah hin und sah, dass die Buchstaben nicht spiegelverkehrt im Spiegel standen: Dort stand etwas völlig anderes, nicht das, was ich geschrieben hatte.

Dort stand:

VIII. KAPITEL, GESPIEGELT

In dem der Fieberwahn vom Millennium losgeht

Endlich pennt der Depp. Puh! »Ihm liegt das Wohlergehen am Herzen.« So ein Blödmann! Sich mit dem
einen Leib zu teilen, ist eine einzige Qual! Ihr wollt
wissen, wer ich bin? Wenn er der Offizielle Herr ist,
bin ich der Geheime Herr. Ich heiße Mr. Hyde. Jetzt
sage ich euch, was mir »am Herzen liegt«. Mir liegt
das Millennium am Herzen!

Wenn das Millennium beginnt, wird ein bren-
nender Stern auf die Erde fallen und sich ein Drit-
tel des Wassers in Blut verwandeln. Und die Erde
wird erbeben und die Vulkane fangen an zu speien.
Tiere fliehen in Panik. Felder werden schwarz von
Heuschrecken. Paviane kreischen tagelang. Menschen werden Hunde sehen, die ihre Gestalt ändern.
Das Leben ähnelt mehr und mehr einem schwarzen
Karneval. Mit jedem Tag werden die Menschen auf-
geregter, ach so aufgeregt! Das Millennium und die
Tag und Nacht über den Himmel flitzenden Kometen regen sie auf. Die Röcke der Frauen werden kurz
und kürzer. Die Männer hören auf, Hosen zu tragen,
die Hunde fangen damit an. Die Sonne geht tagelang
nicht unter, und durch die ständigen Eruptionen der
Vulkane wird es noch heller. Die Zeitungen veröf-

fentlichen keine Nachrichten mehr, nur noch Vorahnungen, und kleine Zeitungsverkäufer gehen umher
und rufen:

»Vorahnungen! Vorahnungen!«

Die Menschen geraten schneller in Aufregung und
ins Schwitzen. Alle Naselang wird über den Mord an
einem Popen berichtet. Außerdem sollte man nicht
verschweigen, dass die Menschen plötzlich mit frem-
den Zungen reden. Das gilt auch für mich, der ich auf
diesen Seiten im Zeitalter des Millenniums rede. Brüder, ich versuche eine Sprache zu sprechen, die ich
nicht kenne. Meine eigene!

IX. Kapitel

*Weniger wundersame, sondern wahre Begebenheit,
die Irina und mir widerfuhr*

Als ich in Zemun am Donaukai zufällig der mandeläu-
gigen Irina begegnete, vernahm ich ein leises »Klick«
und wusste, dass sich zwischen uns alles verändert
hatte. Dunkle Augen, in denen ich bisher Gleich-
gültigkeit gelesen hatte, waren interessiert. Vielleicht
war ich für Irina als Erbe einer großen Wohnung im
Zentrum der Stadt interessant geworden. Vielleicht
hatte sie einen meiner Auftritte im Fernsehen gesehen, bei denen ich über die Balkanvölker redete, die
verschiedene Religionen vorschützten und doch nur
an einen Gott glaubten: die Leidenschaft. Vielleicht
stand mir einfach das Bärtchen gut, das neuerdings
pikförmig um meinen Mund spross. Doch als Enkel
des Belgrader Surrealisten Teofil Đorđević glaubte
ich an die einfachste aller Erklärungen: ein *Wunder.*
Ein Wunder zog uns die Erde wie einen Teppich unter den Füßen weg. Irina erzählte mir zum ersten Mal
etwas von sich.

»Bis zur Matura schwamm ich mitten im Meer und
sah kein Land. Und noch lange danach habe ich die
Küstenlinie nur erahnen können.«

An jenem Nachmittag entdeckte ich, wie wenig wir über Menschen wissen, die wir zu kennen glauben! Wie sich herausstellte, hatte Irina in der Oberstufe Drogenprobleme.

»Davon hatte ich ja keine Ahnung«, rief ich überrascht.

»Ich dachte, das wüssten alle«, seufzte Irina.

Es gibt ein Gruppenbild, aufgenommen am ersten Tag der Entziehungskur. Irina dachte, alle würden vom Heroin loskommen. Aber inzwischen sind alle jungen Leute auf dem Bild tot – außer ihr. Biljana und Deki sah sie zum letzten Mal als hagere Gespenster, die sich außerordentlich zärtlich im Bus umschlungen hielten. Später las sie die Todesanzeigen in der »Politika«.

»Ich mag es nicht, dass Menschen sterblich sind«, Irina zitterte. »Es ist unheimlich, wenn ich nachts allein bin und darüber nachdenke.«

Irina vertraute mir an, dass sie für das Nachleben keine besonderen Ambitionen hegte und keinen Anspruch aufs Paradies erhob. Sie fand, die Hölle sei ein geeigneter Ort für sie.

Als Irinas Vater von ihrer Drogenabhängigkeit erfuhr, schickte Čedomir Bojović seine Tochter zu einem bekannten Spezialisten nach Moskau. Dank Doktor Popov hasste Irina nun ihr Leben, war aber von der Heroinsucht befreit. Noch lange nach der Rückkehr nach Belgrad empfand Irina an den Orten, wo sie sich einst die Nadel in die Venen gestochen hatte, eine Sehnsucht, wie wenn wir an der Wohnung einer verflossenen Liebe vorbeigehen.

»Zittrigkeit ist das richtige Wort für den Zustand, in dem ich ein Jahr lang lebte«, vertraute sie mir an.

»Warum hat Boris das mir gegenüber nie erwähnt?«

Irina zuckte die Achseln.

Vertieft ins Gespräch wanderten wir in die Oberstadt und über den Friedhof von Zemun. Ich zeigte ihr das Denkmal einer Frau mit schmaler Taille und riesigen Brüsten und erzählte, dass, wie ich rein zufällig wusste, so mancher Schüler aus Zemun auf dem Friedhof zu den Kurven dieser Bronzedame onaniert hatte ...

»Der Beweis, dass weibliche Schönheit den Tod überlebt«, lachte Irina.

Wir setzten uns in ein Café beim Hunyadi-Turm. Dann überzeugte ich Irina, dass Zemun vom Wasser aus am schönsten ist, weil es sich so gut zwischen den Flächen von Donau und Himmel behauptet. Meine Seele weitete sich, je mehr ich spürte, dass das Eis zwischen uns schmolz.

Ich gestand ihr, dass ich schon auf dem Gymnasium für sie geschwärmt hatte.

»Warum hast du nie etwas gesagt?«

Jetzt war es an mir, die Achseln zu zucken.

Wir gingen über das Kopfsteinpflaster zum Restaurant »Šaran« – Zum Karpfen – hinunter. Dort tranken wir Aprikosenschnaps zum Fischgulasch. Ein fliegender Händler mit dicken Tränensäcken bot allen Gästen billige Kettchen und Fadenmäuse an, die man über die Tischdecke flitzen lassen konnte. Ich kaufte Irina so eine Maus, und wir brachen zu einem Spaziergang am Donaukai auf. Auf dem Weg hüllte uns eine Plazenta aus Wärme ein. Irgendetwas bewog uns, beim Gehen ständig Ellbogen und Schultern des anderen zu berühren. Der Wind trieb goldene Lichtfetzen über den Strom. Boote schaukelten in der Sonne.

Irina sah in den strahlenden Himmel, blinzelte und lächelte. Sie nannte das »von Gottes Auge geküsst werden«.

»An so einem Tag zieht die Sonne in uns ein«, sagte sie. »Man schwebt wie sie über den Dingen.«

»Das ist wahrscheinlich einer der schönsten Augenblicke meines Lebens«, dachte ich.

Irina erzählte, dass sie Frauenzeitschriften mit den ganzen Hochglanzmodels, die weder Fisch noch Fleisch sind, offiziell verachte. Trotzdem klaute sie sie regelmäßig ihrer Mutter und verschlang Beiträge wie »Zehn Dinge, die Sie nackt niemals tun sollten«, »Wenn aus Interesse Liebe wird« oder »Fünf neue Looks für den Sommer« und »Erfrischung pur – Salate mit Gurken«. Wenn sie alles bis auf den letzten Buchstaben gelesen hatte, schlich sie sich ins Zimmer der Mutter, legte die Zeitschriften zurück und war wieder ganz die überlegene Intellektuelle.

»Diese Magazine haben etwas extrem Lebendiges«, sagte ich.

Ich erzählte von meinem Chef im Institut für südosteuropäische Geschichte, der ein Pedant ist und wie ein Tapir aussieht. Ich redete über meine Zweifel am Studienfach Geschichte. Mein Chef vergötterte Statistiken. Ich fand, dass Zählen nicht das Denken ersetzt. Was haben wir vom Christentum begriffen, fragte ich, wenn wir wissen, wie viele jüdische Männer im Alter zwischen 25 und 35 Jahren sich für den Messias hielten?

Eine Richtung der Gnostiker glaubt, dass die Welt durch Gottes Lachen geschaffen wurde. Ich glaubte das Echo dieses göttlichen Lachens in Irinas Lachen zu hören, mit dem sie meine Pointe quittierte.

Sie vertraute mir an, sie habe noch zu keinem Mann »Ich liebe dich« gesagt. Später musste ich feststellen, dass sie es trotz all der gemeinsamen Jahre auch mir nie gesagt hat. Wir erreichten die Savemündung und machten einen Abstecher zum Museum für zeitgenössische Kunst. Während wir die Bilder betrachteten, erzählte mir Irina von dem ausgeprägten Selbstbewusstsein ihrer kleinen Schwester. Wenn man Sanja sagt, du bist schön, schaut Sanja hoch und nickt: »Ja, ich bin schön.« Wenn man ihr sagt, du bist klug, nickt sie: »Ja, ich bin furchtbar klug.«

»Warst du als Kind auch so?«, wollte ich wissen.

Irina dachte nach. »Ich fürchte ja. Das hat sich erst später gegeben.«

Die Sonne schien noch, als wir das Museum wieder verließen. Im Westen erblickte ich die Umrisse der in glühendes Kupfer getauchten Stadt. Der Tag mit Irina war schön gewesen und wurde im Sonnenuntergang noch schöner. Der Himmel vibrierte. Die Erde glänzte. Während ich sie zum Bus brachte, klopfte mein Herz wie die Glocke der Kathedrale des Erzengels Michael. Die Leute drehten sich nach mir um. Ich konnte den Blick nicht von Irina wenden. Der Widerschein der Sonne blitzte in ihren Augen- und Mundwinkeln auf. Hätte Apollonios von Rhodos meinen Zustand beschreiben sollen, er hätte konstatiert, mich habe einer der unsichtbaren Pfeile Cupidos, abgeschossen von Aphrodite, mitten ins Herz getroffen, und das sei entflammt, während sich die Seele im süßen Schmerz verzehrte.

Ich habe mir versprochen, diesen Tag im April 1988 niemals zu vergessen. Es war eindeutig ein Ausnahmezustand. Ich fragte mich, ob das Gefühl auf Gegenseitigkeit beruhte. »So was beruht immer auf Gegenseitigkeit«, sagt man. Aus Erfahrung weiß ich, dass das nicht stimmt, aber der Gedanke gefällt mir trotzdem.

»So habe ich mich nur einmal im Leben gefühlt«, gestand Irina. »Da war ich auf Ecstasy.«

Ich hüstelte. »Die Droge könnte auch einen anständigeren Namen haben.«

Ich weiß nicht, was ich damit sagen wollte, aber wir mussten beide lachen. Wir warteten auf etwas. Während wir warteten, ließen wir zwei Busse wegfahren. Lange schwankte ich, ob ich sie anfassen sollte. Als sei sie alarmgesichert. Am Ende spürte ich doch Irinas weiche Lippen und erwarb das Recht, mit den Händen ihren Körper zu erkunden. In diesem Augenblick begann alles zu tanzen. Ich war ein Liebhaber. Ich war eine Figur aus Tausendundeiner Nacht.

Später besuchte ich Irina oft und trank Whisky mit ihrem Vater, Čedomir Bojović. Čedomir fragte mich mal, wie das mit mir und Irina angefangen hätte. Ich antwortete, wir hätten uns zufällig getroffen, und der Tag wäre lang und herrlich geworden. Auf dem Weg nach Hause hätten wir zwei Busse ausgelassen. Ich hätte mehr Mut gebraucht, um Irina zu küssen, als Dupli für die Abrechnung mit dem Abschaum aus Bulbuder.

»Und wie viel Mut brauchte Dupli für die Abrechnung mit dem Abschaum aus Bulbuder?«, fragte Irinas Vater interessiert.

Zackig fuhr mein Finger in die Luft, und ich rief: »Sehr viel!«

X. Kapitel

Interessante Geschichten von Dupli

»Als Dupli mit dem Abschaum aus Bulbuder abrechnete, herrschten andere Zeiten«, erklärte ich Irinas Vater Čedomir Bojović. »Die Schurken hatten Messer statt Pistolen. Damals saß Duplis Bruder im Gefängnis, und sein künftiger Partner, mein guter Freund Boris, leistete seinen Militärdienst ab.«

Dupli war allein.

Um sich auf die Abrechnung vorzubereiten, zog er einen schwarzen Mantel an. Unter dem Mantel trug er zwei Unterwassergewehre, die ihm und seinem Bruder gehörten. Die Schnüre, mit denen die Harpunen am Gewehr befestigt waren, hatte er durchgeschnitten. Am vereinbarten Treffpunkt trat Dupli wie in dem Film High Noon vor drei strunzdumme Bösewichte, die Gebrüder Vukotić und deren Freund Abaga. Abaga hatte eine krumme Nase und abstehende Ohren, und das Kinn saß direkt auf der Brust, weil Gott vergessen hatte, ihm einen Hals zu machen.

»Was ist, du kleines Stück Scheiße?«, begrüßte Abaga Dupli. »Dann wollen wir dir mal die Augen aus dem Kopf reißen.«

Abaga und der jüngere Vukotić zückten die Messer. Der ältere Vukotić schlug sich unablässig drohend eine Eisenstange in die Hand. Dupli ließ die drei an sich herankommen. Dann richtete er ein Unterwassergewehr auf den älteren Vukotić. Die Harpune, großzügig auf die Beine gezielt, verletzte ihn am Knie und machte ihn für den Rest seines Lebens zum Krüppel. Mit finsterem Grinsen richtete Dupli das zweite Unterwassergewehr mit beiden Händen auf Abagas Brust. Der kleine Vukotić warf das Messer weg und floh. Der ältere Vukotić sollte dem jüngeren nie vergessen, dass er ihm hinterhergerufen hatte: »Lass mich nicht allein, Mijo.«

Abaga zog sich Schritt für Schritt zurück. Dabei wiederholte er: »Nicht doch, Nebojša, bitte.« Dupli glaubte, statt dem geistig zurückgebliebenen Abaga die Stimme seiner toten Mutter, Desanka, zu hören: »Nicht doch, Nebojša, bitte.« Er ließ das Gewehr sinken und sagte: »Geh nach Hause.«

Nachdem Abaga das Weite gesucht hatte, ging Dupli zum verletzten Vukotić und versetzte ihm einen Fußtritt ins Gesicht. So verdiente er sich seine erste Haftstrafe.

»Ich hätte sicher länger gesessen, wenn ich nicht auf meine verstorbene Mutter gehört und Abaga umgebracht hätte«, sagte er später.

»Dafür hätten wir jetzt weniger Probleme mit den Vukotićs und Abaga«, antwortete Boris mit gerunzelter Stirn.

Seit ich Boris' Kumpel Dupli kennenlernte, weiß ich, dass der Bart eines Mannes wie aus Marmor gehauen wirken kann. Nach seiner Entlassung fragte ich ihn naiv: »Gibt es im Gefängnis gute Menschen?«

Er sah mich mit seinen dunklen Augen an: »Schon, aber nicht viele.«

Dupli erzählte gern Geschichten aus dem Knast. An seiner Zellenwand stand: »Vertrauen zahlt sich

nicht aus.« Dupli spielte Fußball mit einem langjäh-
rigen Insassen aus Paraćin – der Kerl war zu zwanzig Jahren Haft verurteilt –, einmal umarmte ihn der
in der Hitze des Gefechts und sagte: »Ich liebe dich
wie meinen Sohn.« Dummerweise saß der, weil er
den eigenen Sohn im Suff umgebracht hatte. Dupli
erinnerte sich an einen Gauner aus Vinkovci, der in
der Haft die Bibel für sich entdeckte. Der Gauner
hatte kapiert, dass die Bibel ein ziemlich gewalttä-
tiges Buch ist. Er hatte begriffen, dass Gott ein noch
größerer Gauner ist als sämtliche Gauner, die er in
Vinkovci oder Belgrad getroffen hatte. Deswegen las
er die Bibel.

Außer seinen Geschichten über die Zeit im Gefängnis gab mir Dupli gern Tipps für den Umgang
mit Frauen: »Weiber brauchen hin und wieder eine
Ohrfeige«, belehrte er mich. »Eine Frau darf nie denken, dass sie dich kennt. Wenn sie denkt, sie kriegt einen Kuss, scheuerst du ihr am besten eine, und wenn
sie glaubt, dass du ihr eine scheuerst, gibst du ihr einen Kuss. So kriegt sie dich nie zu fassen, weil du ihr
immer wieder entwischst.«

Diese tiefgründige Männerphilosophie erinnerte
mich an Überlegungen, die mir Irina einmal auseinander gesetzt hatte: »Je mehr mich ein Mann an sich
binden will, desto weiter rücke ich von ihm ab. Ich
weiche ständig aus.«

Sowohl vor wie nach der Haft kam Dupli wegen
Wirtshausschlägereien mit dem Gesetz in Konflikt.
Dupli behauptete unerschütterlich, dass er bei diesen
Vorfällen das Opfer war. Seine Version war stets die-
selbe. Er sitzt friedlich in der Kneipe und trinkt ein
Bier. Kommt ein Typ rein und fängt an, rumzustän-
kern. Dupli erklärt ihm, dass das nicht angeht: »Jun-
ge, rede nicht so, das ist nicht schön.«

Der Typ pöbelt weiter, ja, er wird richtig ausfällig.

Dupli versucht es noch einmal im Guten: »Reiß dich zusammen, Junge, sonst setzt es was.«

Der Typ stellt seine primitive Anmache aber nicht ein. Irgendwann erträgt es Dupli nicht mehr, knallt dem Typen eine, packt ihn am Kragen und wirft ihn durchs Fenster aus der Kneipe. Aufs Äußerste erregt, vermöbelt er noch den Kellner und die beiden Männer vom Nachbartisch. »Ich habe alles getan, um das zu verhindern!«. Wenn sich die Kneipe dann mit Polizisten füllte, breitete er hilflos die Arme aus.

Irina beschwerte sich einmal bei Boris über drei Halbwüchsige aus der Nachbarschaft. Nicht nur, dass sie ihr unverschämte Blicke zuwarfen, sie drehten die Musikanlage bis in die frühen Morgenstunden bis zum Anschlag auf. Einmal dröhnte ihre Musik herüber, als wir uns gerade in Irinas Zimmer niederließen. Boris verlor die Nerven und stand auf.

»Boris, geh nicht rüber, bitte«, bettelte Zora.

»Ich gehe nicht selbst.«

Boris drehte die Wählscheibe: »Dupli? Boris hier. Ich bin bei Irina. Kannst du mal rüberkommen?«

Eine halbe Stunde später öffneten drei Brüder die Tür, aus der die Höllen-Musik explodierte. Die Sonne verdunkelte sich. In der Tür stand Dupli. Sein bärtiger Kopf erinnerte an die geflügelten Stiere Babylons. Dupli kratzte sich an der Nase und sagte mit seinem gespielt gutmütigen Ton: »Hört mal, Jungs. Im Nachbarhaus wohnt mein Onkel. Das ist ein älterer Mann. Er kann bei dem Krach nicht einschlafen. Das macht ihm Sorgen. Wie fändet ihr das, wenn ihr nicht schlafen könntet? Das wäre schrecklich. Das wünscht euch niemand …«

Die Jungs entschuldigten sich stotternd … Fortan herrschte in Irina Nachbarschaft eine Stille, tiefer als

66

in der Wüste Kalahari. Seit er Judo konnte, prügelte sich Dupli nicht mehr. Er eröffnete ein Blumengeschäft gegenüber vom Zentralfriedhof und bezahlte eine Armee von Zigeunern dafür, dass sie die Blumen von den Gräbern klauten und er sie noch mal verkaufen konnte. Mit seinen Blumen wurden im Schnitt drei Verstorbene betrauert. Dupli bekam den Hals nicht voll, und so begann er einen Schwarzhandel mit Lederjacken aus Istanbul und Elektronik aus München. Boris arbeitete anfangs mit ihm zusammen, schimpfte aber bald über die blamable Zeitverschwendung.

Dupli hatte einen Bruder, Dada, vor dem Zora und ich Angst hatten, weil seine Augen ausdrucksloser als Kaffeebohnen waren. Ein räudiges Pferd auf einem Bild von Paolo Uccello hatte mehr Ausdruck als dieser Mann. Dada wurde in mehreren europäischen Staaten polizeilich gesucht. Gelegentlich zog er eine schusssichere Weste an, setzte sich ins Flugzeug und brachte in München oder Zürich einen »Feind Jugoslawiens« um. Anschließend hing er wieder friedlich in Belgrader Kneipen ab. Dada war eins der frühesten Beispiele für die Verflechtung von Geheimpolizei und Mafia. Als der Krieg ausbrach, handelten Boris, Dupli und Dada mit allen möglichen Schmugglern aus Kroatien und besorgten Benzin aus Rumänien. Während der größten Versorgungsengpässe, als Jugoslawien mit Sanktionen belegt wurde, schwamm Dupli in Benzin. In einem Anfall von Überheblichkeit ließ er seinen weißen Mercedes mit laufendem Motor vor einer Kneipe stehen. Der Motor arbeitete rund zwei Stunden im Leerlauf. Es war die Zeit, als Benzin in Belgrad flaschenweise verkauft wurde, als die Leute nicht genug Kraftstoff hatten, um ins Krankenhaus zu fahren, deswegen lief ein Rentner panisch zu Dupli: »Mein Herr, Ihr Wagen ist noch an.«

Dupli grinste und sagte mit seiner hinterhältigen Freundlichkeit: »Reg dich nicht auf, Alter, du kriegst noch einen Herzinfarkt. Dann ist er halt an.«

Das ist fast die ganze Geschichte von Dupli. Vieles davon geschah erst später. Irinas Vater habe ich nur den ersten Teil erzählt. Čedomir kniff nur unzufrieden die Augen zusammen und sagte: »Entschuldige, wenn ich lache, aber der Mut, den Dupli für das Duell mit dem Abschaum aus Bulbuder brauchte, und der Mut, den du gebraucht hast, um Irina zu küssen, das ist doch kein Mut.«

XI. Kapitel

Von der Befreiung Belgrads

Nachdem er Dupli und mir jeden Mut abgesprochen hatte, trank Irinas Vater siegestrunken einen Schluck Whisky.

»Wie meinen Sie das?«, fragte ich.

»Das ist nichts im Vergleich zu dem Mut, den wir für die Befreiung Belgrads brauchten.«

»Na gut, Onkel Čedomir, wie viel Mut habt ihr denn für die Befeiung Belgrads gebraucht?«

Čedomir Bojovis Blick folgte seinem ausgestreckten Zeigefinger, und er sagte: »Großen Mut.«

»Möchten Sie mir etwas darüber erzählen?«

»Ja …«

»Jetzt?«

»Ja. Im Oktober 1944 kam meine Brigade aus dem Sandžak über Užice und die Suvobor-Berge nach Dedinje. Von dort aus rückten wir in die Stadt vor. Ich sah zum ersten Mal eine richtige Großstadt. Für uns waren Kruševac und Niš schon groß. Belgrad war damals eine Festung. Du fragst mich, welchen Mut wir brauchten, um die Hauptstadt zu befreien? In einer Stadt kann man Schüsse nicht orten. In deinem Kopf hämmert es, und du drehst dich wie eine Wetterhahn, weil du von überall her getroffen werden kannst.

Die Deutschen hatten sich in den Gebäuden verschanzt, die Türen waren mit Sprengfallen gesichert. Teller- und Schützenminen forderten viele Opfer. Die Russen gingen mit ihren Detektoren herum und markierten Durchfahrtszonen für Panzer. Der Urvater aller späteren Graffitis an den Belgrader Häusern war das ›Minenfrei‹ auf Russisch.

Belgrad war komplett zerstört. Die gesamte Bebauung war zerbombt oder zumindest schwer beschädigt. Von vielen Häusern war nur noch ein Haufen Ziegel übrig. Manche hat man nicht mehr aufgebaut, sondern auf dem Grundstück Parks oder Parkplätze angelegt. Das Denkmal für Knez Mihajl war durchsiebt. Das Theater hatte rund um die Fenster unzählige Treffer abbekommen.

An den Kreuzungen qualmten die Bunker. Aus dem Luftschutzraum im Haus der Armee stank es entsetzlich. Er war angefüllt mit Dutzenden aufgeblähter Leichen. Die ganze Stadt war geplündert und kaputt, die Läden und alles andere geschlossen. Aber die Leute freuten sich und versorgten sich mit Waffen. Die Einwohner kamen zu uns und sagten: »Dort sind Deutsche, von dort schießen sie.« Wir haben das Gebäude dann angegriffen. Du fragst, welchen Mut ich brauchte, um Belgrad zu befreien? Wenn Maschinengewehrfeuer um dich herum einschlägt und deine Ohren voller Explosionen sind, kannst du deinen Körper nicht mehr kontrollieren. Du liegst und zitterst so, dass du wie ein Fisch auf dem Trockenen springst. Die Angst ist der Normalzustand, es ist unnatürlich, sie zu besiegen. Unnatürlich, aber möglich. Wir Partisanen sind zusammen mit den Russen zu den Fenstern gekrochen, aus denen die MG-Schützen feuerten. Gemeinsam haben wir versucht, Verwundete aus dem Kreuzfeuer zu ziehen. Ich habe gesehen, wie zwei Partisanen und ein Russe bei dem Versuch umkamen, einen unserer Verwundeten zu bergen.

Viele tote Deutsche wurden vor dem Eisenbahnministerium begraben. Der kleine Park vor dem Gebäude ist in Wirklichkeit ein Friedhof. Daran muss ich jedes Mal denken, wenn ich vorbeigehe. Das nur nebenbei. Die Kämpfe beruhigten sich langsam. Die Befreier fingen an zu tanzen. Wir Partisanen und die Russen schleppten einander wie Jesus sein Kreuz, eingespannt in den Kolo. Ich reihte mich vor dem Haus am Ende der Francuska Ulica in den Reigen ein. Wir ahnten nicht, dass wir vom dritten Stock aus beobachtet wurden, von einem unbeweglichen Auge hinter einer Kimme.

Ein Wehrmachtsoffizier hatte sich mit dem Schürhaken ein leichtes Geschütz aus dem Hinterhof geangelt, es hinter dem Fenster postiert und mit dem Vorhang kaschiert. Die Kanone ging los und fuhr ins Zimmer zurück. Unsere Toten und Verwundeten lagen auf dem Bürgersteig. Wir sprangen auf und schossen. Von oben antwortete MG-Feuer, also warfen wir uns auf den Boden. Ein blonder Russe zielte lange mit dem Granatwerfer. Die Granate hüpfte wie ein Floh durch das Fenster im dritten Stock. Explosion!« Čedomir Bojović breitete theatralisch die Arme aus.

»Stille!« Der Erzähler strich mit beiden Händen einen unsichtbaren Gegenstand glatt.

»Als wir den Blick hoben, qualmte der Fensterrahmen. Die versprengten Tänzer sammelten sich und starrten zum dritten Stock hoch. Später gingen ein paar in die Wohnung. Zwei Leichen haben wir aus dem Fenster in den Hof geworfen. Ein Zimmer war von der Granate zerstört, die anderen waren in Ordnung. Ich sagte den Kameraden, besser wir schlafen

71

in dieser Wohnung als in den Stockbetten, die sie für uns in den großen Hörsaal der juristischen Fakultät gestellt hatten. Der Hörsaal war nicht beheizt. Wir konnten von Glück sagen, wenn es nicht regnete. Nebenbei bemerkt, wir, die Befreier Belgrads, haben in der Mensa für Bohneneintopf und Maisbrei anstehen müssen, die Mensa war übrigens in der Akademie der Wissenschaften untergebracht. Ich erinnere mich, dass wir auch requirierte deutsche Marmelade portionsweise zugeteilt bekamen, ein unerhörter Luxus. Wir beschlossen also, den Abend in der befreiten Wohnung, in der befreiten Stadt zu verbringen.«

»Das ist alles gelogen«, dachte ich.

Čedomir Bojović leerte genüsslich sein Whiskyglas, räusperte sich und fuhr fort: »Ich sagte schon, dass die Beziehungen zwischen Russen und Partisanen gut waren, dass sie gegenseitig ihre Verwundeten bargen. Das stimmt auch. Aber … An diesem Abend geschah etwas, dass mich meinen Rang hätte kosten können, vielleicht auch mein Leben. Wir legten uns in dem großen Zimmer auf den Boden und deckten uns mit dem Teppich zu. Ich betrachtete meine Kameraden, wie sie schliefen. Ich sah sie und dachte, junge Männer, erschöpft, primitiv. Ja, sie sind primitiv, aber sie haben ein Herz. Da hörte ich aus dem Badezimmer Schreie: ›Hilfe! Lass mich!‹ Ich rannte hin und sah den blonden Russen, der über eine junge Frau herfiel. Er hatte ihr schon die Bluse aus Fallschirmseide heruntergerissen und machte sich an ihrer Hose zu schaffen. Weißt du, ich war damals ein junger Kerl. Ich war zwar eine Art Kommissar und ritt auf meinem weißen Pferd in die befreite Stadt, aber ich hatte keine Ahnung von der Welt. Die Russen waren für uns jugoslawische Kommunisten Vorbilder. So hatte man es uns beigebracht. Sie waren aufopferungsvolle Wesen aus einer höheren Welt. Ich packte diesen Russen, Kolja, mit dem ich mich zuvor gut verstanden hatte, am Arm und sagte zu ihm: ›Moment, Genosse. Bei uns gibt's auch Liebe, aber nicht so …‹ Er war betrunken und knurrte mich an: ›Fick dein Mama, ich dich befreien.‹ Da drehten sich die Jahre, die ich im Wald verbracht hatte, in einem einzigen blutigen Strudel vor meinen Augen, und ich brüllte: ›Wen willst du befreit haben?‹ Er griff nach dem Revolver, aber ich war schneller und drückte ihm meinen amerikanischen Colt an die Schläfe. Zwei Gedanken schossen mir durch den Kopf: ›Meiner versagt nicht‹ und ›Ich hab 'nen Russen getötet.‹

Irgendwie entwaffnete ich ihn und schob ihn aus der Wohnung. Ich schloss die Tür ab und verbarrikadierte sie. So verbrachte ich die erste Nacht in der Wohnung, die meine werden sollte. Ich habe darum gebeten, und die Genossen teilten sie mir später zu. In der wohnt heute meine ehemalige Frau, Olga.«

XIII. Kapitel

Der Importeur

Ich wollte ihn immer verstehen. Ich war oft zu Gast in seinem Haus in Neimar. Viel habe ich bei dem einen oder anderen Glas von seinem Leben erfahren. Noch mehr aus Olgas Erzählungen …

Čedomir Bojović wurde in Ribnica, einem Dorf bei Kraljevo geboren. In Kraljevo erschossen die Deutschen während des Zweiten Weltkriegs für jeden getöteten deutschen Soldaten hundert Geiseln. Die Stahlhelme holten panische Geiseln aus den Fabriken und trieben ganze Klassen aus den Schulen. Auch Čedomir wurde aus dem Klassenzimmer abgeführt. Während er mit offenem Mund zur Hinrichtung ging, dachte Čedomir plötzlich: »Zum Henker, sollen andere dran glauben!«

Der Junge, der später Irinas Vater werden sollte, rollte sich wie ein Stein den Hang hinunter, sprang über einen Zaun und floh durch bekanntes Gelände. Er war siebzehn, als ihn sein Onkel zu den Partisanen schickte. Von dem schweren Gewehr war seine rechte Schulter bis zum Lebensende tiefer als die linke. Čedomir wurde im Kampf verwundet und nach Belgrad verlegt. Im Gefängnis schlug man ihn auf die Fußsohlen bis auf die Knochenhaut. Čedomir hielt dicht.

»Das hat mit Fußsohlen und Knochen nichts zu tun«, erklärte er, »nur mit der Seele und dem Herz.«

Als Čedomir Bojović von einem Belgrader Gefängnis in ein anderes verlegt wurde, blockierte ein Dutzend mit Revolvern bewaffnete Schirmmützen die Straße. Sie holten den Gefangenen aus dem Polizeitransporter und warfen ihn in ihren Lastwagen. Sie schrammten die Ecken der Häuser auf der Jagd durch die Stadt, bis sie die Sicherheit einer Garage erreicht hatten. Čedomir gelangte über die Verbindungen der Partisanen wieder in den Wald. Mit neunzehn Jahren wurde er Polit-Kommissar. Ein Bild aus dem Jahr 1944 zeigt ihn, wie er auf einem Schimmel in die befreite Stadt reitet.

Nach dem Krieg machte Čedomir Bojović bei der Geheimpolizei Karriere und leitete die OZNA in Kikinda. Wenige Wochen nach seinem Amtsantritt verstarb der berühmte Nationalheld Mićan Brbanović, genannt Žvane, auf dem Operationstisch. Nicht einmal in Kikinda stirbt man einfach bei einer stinknormalen Blinddarmoperation. Der Held hatte sich vor der OP bester Gesundheit erfreut. Der Arzt war zuverlässig. Ihm assistierten zwei Nonnen. Der Fall wurde Čedomir Bojović anvertraut. Irinas Vater bewegte sich auf dünnem Eis, weil sich die Beziehungen zur Kirche in einer Erneuerungsphase befanden. Was tun?, fragte er sich. Er rauchte, bis er braune Finger hatte, und rannte, gelb im Licht der nackten Glühbirne, im Büro auf und ab. Um zwei Uhr nachts gellte es durch den Gang: »Bringt mir die Nonnen her!«

Sie brachten eine der beiden Nonnen mit den Apfelbäckchen und tränenverschleierten blauen Augen. Čedomir ging mit gesenktem Kopf auf sie zu, trieb sie mit Fausthieben durchs Zimmer. »Wie hast du ihn umgebracht?«

Die Frau quiekte: »Aufhören! Ich sage es Ihnen!«

Es stellte sich heraus, dass die Nonnen die Kompressen vergiftet hatten, die während der Operation benutzt wurden. Sie waren Anhängerinnen von Josip Franks reaktionärer Partei, wurden im Morgengrauen erschossen, und Čedomir durfte zurück nach Belgrad. Dort ließ er sich von den Genossen jene Wohnung zuteilen, die er im Krieg befreit hatte. In der ersten Nacht hatte Čedomir einen wunderlichen Traum:

Er träumte Buchhandlungen und Teestuben, in denen er gern alt geworden wäre. Er träumte eine Kleinstadt, in der er mit Vergnügen den Wechsel der Jahreszeiten verfolgte. Er träumte einen Ort, der ihn mit Details verführte und im Ganzen verliebt hielt. Er träumte die Stadt, die ewig in den Träumen ihrer Bewohner gründet und ewig ungegründet bleibt. Es war die Stadt des ewigen Mittags, die weder Dämmerung noch Schatten kannte. Durch die Straßen wandelten Engel, und Frauen schüttelten prall mit Bonbons gefüllte Kissenbezüge aus den Fenstern. Bis gestern noch Polit-Kommissar, wachte Čedomir Bojović schweißgebadet auf und schwor sich: »Nie wieder Serbische Rouladen und Salat mit Schafskäse zum Abendessen!«

Für Čedomir Bojović war der dritte September 1948 ein viel geschichtsträchtigerer Moment als die Kominform-Beschlüsse und der Bruch zwischen Tito und Stalin. An diesem dritten September geriet Čedomir Bojovićs unbedingter Glaube an den gerechtfertigten Marxismus-Leninismus ins Wanken. Das kam so: Čedomir führte eine Schauspielerin zum Abendessen aus. Nach dem Essen küsste er sie in einem Torbogen, fuhr mit der Hand unter ihren Rock und erfühlte – ein seidenes Unterhöschen. Der schmeichelnd weiche Stoff untergrub die Autorität von Marx und Engels nachhaltig. Die Entdeckung dieses Bestandteils der weiblichen Garderobe erschütterte Čedomir Bojovićs Weltanschauung auf das Gründlichste. Es war eine kopernikanische Wende. Er war nicht mehr derselbe Mann.

Čedomir Bojović schloss das Studium der Rechtswissenschaft als Externer ab und bekam eine Stelle in einer der ersten jugoslawischen Import-Export-Firmen, die ich hier Manex-Export nennen werde. Mein Freund Boris hielt die gesamte Außenhandelskarriere von Irinas Vater für Fassade. Er zwinkerte und wiederholte: »Einmal Polizist, immer Polizist.«

Ich fand Čedomirs Ausführungen über den Außenhandel nicht uninteressant: »Keiner hat 'ne Ahnung«, schnaubte er. »Aber alle reden mit. Und glaub nicht, dass bei den ausländischen Geschäftspartnern Halbgötter gesessen hätten, ganz im Gegenteil! Die waren auch nicht gescheiter. Bürokratische Wasserköpfe, die eigentliche Arbeit hat da auch nur eine Handvoll Leute gemacht. Aber die hatten wenigstens ab und zu mal einen mit Grips, das ging bei denen …«

Im Ausland hinterließ Čedomir Bojović einen guten Eindruck, weil er nicht verbohrt war. Wenn es darauf ankam, konnte er charmant sein. Er fuhr gern nach Italien, erledigte die Arbeit in zehn Tagen und blieb fünfzehn. In Jugoslawien wurde er gefragt, was er importiere.

»Waren des allgemeinen Verbrauchs«, antwortete er mit einem Lächeln. »Am liebsten Charme. Wir brauchen viel Charme.«

Čedomirs Freunde nutzten die große Wohnung in Dorćol für ihre Treffen mit dem schwachen Geschlecht. Wer nicht alles in dieser Wohnung die

Decke betrachtet hat! Ihr würdet Bauklötze staunen, wenn ich Namen nennen würde.

»Ich sage den Frauen, dass ich sie liebe«, sagte Čedomir in der sorglosen Gesellschaft seiner Casanovas und lachte. »Das schafft Atmosphäre.«

Einmal fuhr Čedomir »aus gesundheitlichen Gründen« nach Dubrovnik und kam mit einem jungen Ding zurück, das ihn verliebt »mein blauäugiger Junge« nannte. Čedomir Bojovićs erste Frau verstand es im Handumdrehen, die Schmarotzer aus der Wohnung in Dorćol fernzuhalten. In ihren Tagträumen pochte Olga an die Türen der Nutten in Čedomirs Gefolge und fragte: Sind Sie Lela, Sanja, Maja? Und die antworteten: Ja! Dann zog Olga wortlos die »Luger« und schoss ihnen ins verführerische Gesicht, in die sündigen Bäuche. So sah es in ihrer Fantasie aus. In Wirklichkeit drohte ihr von diesen Frauen keine Gefahr, und Čedomir hamsterte fortan auf seinen Auslandsreisen schöne, nützliche Dinge. Olga unterstützte ihn mit dem Kauf von altertümlichen Lampen und Antiquitäten auf dem Bajloni-Markt.

Im ersten Jahr brach das Bett unter Čedomir und Olga zusammen. Die jungen Eheleute holten einen Schreiner und beauftragten ihn, in der Mitte ein fünftes Bein anzubringen. Čedomir war mit seiner Ehe zufrieden. Dafür bereitete ihm die Arbeit bei Manex-Export Kopfzerbrechen. Eine Horde Menschen zu leiten, ist nicht einfach. Besprechungen, bei denen nicht mindestens eine halbe Stunde lang diskutiert wurde, galten als gescheitert. Čedomir Bojovićs Sekretärin war ein bösartiges Flittchen, das mit allen Männern auf der Etage ins Bett ging. Die Angestellten waren Langweiler. Bei Besprechungen schwärmte der eine von einem Schweinebraten zum Frühstück und der andere jammerte, dass er keinen Braten abgekriegt hatte. Darüber hinaus neigten die Angestellten zum Verfassen anonymer Briefe. Direktor Čedomir Bojović wurde vor das städtische ZK zitiert und bekam einige dieser Briefe zu sehen. Sie sagten Direktor Bojović ein Benehmen nach, als habe er den Mercedes, Johnnie Walker und die Leberwurst höchstpersönlich erfunden. Die anonymen Briefe sagten ihm nach, er würde nicht zwischen Ideal und persönlichem Vorteil unterscheiden. (Welches Ideal könnte über dem persönlichen Vorteil stehen?, schrieb einer der unbekannten Verfasser geistreich.) Schließlich sagten die anonymen Briefe Čedomir Bojović nach, er hätte Gelder der italienischen Tochterfirma unterschlagen, die auf seinen Namen lief.

»Glaubt ihr das?«, fragte Čedomir matt.

»Wenn wir das glauben würden, würden wir es dir nicht zeigen«, antwortete sein Kumpan im ZK.

Čedomir fuhr zurück in die Firma und berief eine außerordentliche Versammlung ein.

»Genossen, es gibt Anzeichen«, mit diesen Worten eröffnete er die Versammlung, »dass sich unter uns Elemente befinden, die gegen die Interessen unseres Unternehmens arbeiten. Wie nennt man solche Menschen, Genossen?«, fragte er, während sein erhobener Zeigefinger wie ein radioaktiver Blitzableiter leuchtete. Zwanzig verängstigte Männer- und Frauenköpfe starrten ihn mit offenen Mündern an. Čedomir durchstach die Luft triumphierend mit dem Zeigefinger und brüllte wie ein Löwe: »Die nennt man Maulwürfe!«

Sprach Čedomir Bojović in jenen Tagen einen Mitarbeiter oder eine Mitarbeiterin an, fingen diese an zu stammeln. Im Nachgang zu der außerordentlichen Versammlung wurde der Leiter der römischen Niederlassung abberufen. Ein Mann verlor seine Stelle.

Mehrere selbstständige Referenten wurden auf be-
deutungslose Posten versetzt. Die versetzten Referenten versuchten, Intrigen anzuzetteln.

»Sollen sie intrigieren«, sagte Čedomir mit säu-
erlichem Grinsen. »Es fällt auf sie zurück. Čedomir
Bojović hielt sich an der Spitze von Manex-Export.
Er wurde zum Importhändler par excellence. Er im-
portierte die fetten, bleiernen Wolken Neuenglands.
Er importierte die klare Morgendämmerung Japans.
Er importierte südkalifornischen Regen und blutrote
Sonnenuntergänge aus Goa. All das verdankt Belgrad
ihm.

Direktor Bojović spielte gelegentlich auf dem Kalemegdan mit den Kondornasen von den ehemaligen
Partisanen eine Partie Schach, Veteranen der Schlacht
in Kordun, enttäuschte Männer, die von ihren Briga-
den erzählten. Mit ihnen schimpfte er lautstark über
die Gauner an der Macht.

Als Čedomir Bojović zum ersten Mal seine Position bei Manex-Export verteidigen musste, krachte es
zwischen ihm und Olga.

»Was habt ihr denn bisher gemacht?«, fragten
Čedomir Bojovićs Kumpels verblüfft.

Er zuckte die Achseln und antwortete: »Gebumst.«
Nach zehn Ehejahren hatte sich die sexuelle
Spannung zwischen Olga und Čedomir erschöpft,
und alles wurde zum Problem. Es war, als würden
sich die Eheleute zum ersten Mal richtig anschauen.
Laut Olga schnarchte Čedomir nur, wenn er bei ihr
schlief, und niemals, wenn er im anderen Zimmer
übernachtete. Wie Boris' Vater knipste Čedomir die
Lampen aus, um keinen Strom zu verschwenden.
Einmal machte er das Licht aus, während Olga im
Bad war.

»Lass das Licht an, Idiot!«, keifte sie.

»Entschuldige, ich dachte …«, brummte Čedomir hinter der Tür.

Olga sah gern traurige Kinofilme und heulte sich die Augen aus. Čedomir sagte zu ihr: »Beruhige dich, das sind doch nur Schauspieler, die werden gut dafür bezahlt.«

»Du Schwein vermiest mir aber auch jeden Spaß«, zischte Olga wütend.

Olga und Čedomir hatten nicht denselben Rhesus-Faktor. Das kostete sie das erste Kind. Sie versuchten es noch einmal. Trotz aller Bemühungen, dass die Frucht nicht vorzeitig abging, war auch das zweite Kind eine Totgeburt. Olga verließ das Krankenhaus mit den Gespenstern ihrer Kinder und brachte sie mit nach Hause. In ihrer Fantasie bauten die zwei Seelchen wie Schwalben in einer Zimmerecke ihr Nest. Die Ehe wurde zu einem wüsten Eiland mit zwei verzweifelten Einwohnern. Die Gatten hatten sich nichts mehr zu sagen.

Als sich Olga in Andrija, meinen Vater, verliebte, verlangte Čedomir die Scheidung und überließ ihr die Wohnung. Kurz danach heiratete er eine junge Frau, die Irinas Mutter werden sollte. Der Mädchenname von Čedomirs zweiter Schwiegermutter war Talvi; das Haus in Neimar war mit dem Verkauf von »hundert Waggons« voller Hosen der Marke Talvi & Mandilović finanziert worden. Auf der Terrasse dieses Hauses habe ich Čedomir Bojovićs Lebensgeschichte gelauscht. Es war ein gewissermaßen heiliges Pflaster, denn ganz in der Nähe hatte Mula Pascha 1521 die Gebeine des Heiligen Sava verbrennen lassen. Der Legende nach wehte der Wind damals die Asche in das Heer der Bettler, zehn Blinde wurden wieder sehend …

In dem efeuberankten Haus in geheiligter Nachbarschaft bekam Čedomir eine Tochter – Irina. Leider beruhigte die Geburt seiner Tochter nicht sein Gemüt. Er war selten zu Hause und viel auf Dienstreisen und Besprechungen. Unterwegs litt er unter Fressanfällen. Der Wolfshunger hätte einem unterernährten Äthiopier oder Sudanesen besser angestanden als dem dicken Direktor einer Außenhandelsfirma. Wenn er Hunger hatte, macht Čedomir Bojović schlürfende Geräusche. Sein Fahrer zog den Kopf ein und flüsterte: »Hoffentlich kriegt der bald was zu beißen ...«

Čedomir Bojovićs Chauffeur bremste vor dem erstbesten Restaurant und öffnete diensteifrig die hintere Tür. Direktor Bojović stürzte heraus. In einem Stummfilm hätte der Zwischentitel gelautet: »Die Bestie wird losgelassen.« Im Restaurant bestellte Čedomir gewöhnlich »Leskovački Voz«, gegrilltes Rindfleisch, bei dem ein Stück nach dem anderen frisch vom Rost serviert wird. Mit den Ellebogen fixierte der Direktor seinen Teller und murmelte zwischen den Bissen Worte von Branko Ćopić: »Eine Gabel für Papa, eine für Opa, eine für jeden meiner Hungrigen.«

Wie der große Schriftsteller beschränkte sich Čedomir nicht aufs Essen. Er trank dazu. Er soff ohne Gewissensbisse, bis er folgende Verse von Tin Ujević las:

Ich lebte nicht, viele Jahre lang.
denn nichts schien mir erlebnisreich,
ja, mir war vor dem Leben bang,
ich kam den Tippelbrüdern gleich ...

Nachdem er dieses Gedicht ganz gelesen hatte, heulte sich Čedomir bei einem befreundeten Psychiater aus. Der Psychiater hörte ihm lächelnd zu. Dann wurde er ernst und sagte: »Da kann ich nichts machen. Du bist Alkoholiker.«

»Na, dann gib mir was zu trinken«, sagte Čedomir erleichtert.

Der Arzt schenkte sich und dem Freund ein und schloss: »Unser Fehler ist, dass wir Trinker als Kranke behandeln. Wir versuchen, die Umstände ihres Lebens zu ergründen und so weiter. Es wäre viel gescheiter, wenn man so jemandem sagte: Du bist eine gerissene Laus. Hör auf, dich und deine Nächsten auszusaugen. Das sollte man ihm sagen. Auf dein Wohl ...«

Čedomir zögerte und guckte in sein Glas. Er kratzte seinen Mut zusammen und sagte: »Auf dein Wohl.«

Und leerte es in einem Zug.

XIII. Kapitel

»Wenn ich doch mein heißes Herz im eisigen Quell
deines Herzens kühlen könnte ...«

Meine Mutter, Milena, war Kinderärztin im Mutter-
Kind-Institut von Zemun. Irinas Mutter, Dafina, war
Hausfrau. Trotzdem hielt Irinas Mutter meine Mutter für eine ehrgeizige Kleinbürgerin und verachtete
sie. Dafina fühlte sich unter den Wiehler-Gobelins
»Verschneite Stadt« und »Pferde an der Tränke« in
der Wohnung meiner Mutter nicht wohl. Čedomir
mochte Milena, weil sie auch aus Kraljevo kam und
ihn ihre Essenseinladungen vor Vergnügen zum Seuf-
zen brachten. Die beiden redeten über die Weiden am
Ibar oder den besten Kajmak der Welt. Irinas Vater
vergoss zum Schnaps die eine oder andere Träne,
wenn er an die Erschießung der Schüler von Kraljevo
dachte.

An einem Nachmittag im Juli 1990, zehn Jahre
nach Titos Tod, waren Irinas Eltern in der kleinen
Wohnung meiner Mutter bei der juristischen Fakultät zu Besuch. Man trank Aprikosenschnaps. Irinas
Vater war ganz aufgedreht. Meine Mutter lachte wie
eine Schauspielerin. Irinas Mutter presste die Lippen aufeinander. Ich leistete Irina in der überheizten

Küche Gesellschaft, bei zugezogenen Vorhängen. Irina stellte kobaltblaue Tassen in einer Reihe aufs Tablett.

»Mach mal die Packung Jaffa-Kekse auf«, bat sie.

Ich ignorierte die Bitte, schlenderte stattdessen durch die Küche und pustete ihr auf den Hals.

»Lass das«, sagte Irina. »Hilf mir oder hau ab.« Aber sie lachte dabei, schaufelte mit einem Löffel Schaum in jede Tasse und goss Kaffee drauf, legte dann Kekse und Löffel auf das Tablett und wollte es ins Wohnzimmer tragen, wobei das Geschirr klapperte. Jetzt endlich verrate ich euch, was mir die ganze Zeit schon auf der Zunge brennt: Irina trug ein leichtes Sommerkleid. Mehr intuitiv als optisch konnte man die Unterhose unter dem Kleid erahnen. Ich blieb Irina auf den Fersen, während sie das Tablett ins Wohnzimmer trug. Im Flur schlang ich meine Arme um ihre Taille, eine Hand auf ihren Unterleib. Das kobaltblaue Service auf dem Tablett klirrte.

»Bist du verrückt?«, japste Irina. In ihrer Stimme lag etwas, das mich anrührte. Das war keine Abfuhr. Im Wohnzimmer, von uns beiden nur durch Milchglas getrennt, unterhielten sich unsere Eltern.

»He, was macht ihr denn da draußen?«, rief Irinas Vater ohne sonderliches Interesse. »Wo bleibt der Kaffee?«

Irinas Hände waren an das Tablett gefesselt. Eigentlich hatte ich gar keine ernsten Absichten gehabt, als ich Irina im dunklen Flur auf den Rücken küsste. Jetzt aber zupfte ich an ihrer Unterhose, und die rutsche unerwarteter Weise ein gutes Stück die Beine hinunter.

»Was ist denn mit dir los?«, fragte sie mit einem Flüstern, in dem mehr Erregung mitschwang als Rücksicht auf die hinter der Glaswand.

Ich knöpfte den Hosenschlitz auf und schob das schmerzende Glied zwischen ihre Schenkel. Sie war absolut bereit, und ich glitt in sie hinein.

»Ich bin verrückt«, dachte ich.

»Du bist verrückt«, flüsterte Irina wie ein Spiegel meiner Gedanken.

Irina hielt das Tablett über dem hochgeschlagenen Kleid, die Unterhose hing auf den Knien. Ich begann sachte zu wippen, zog mich an ihre elastischen Hüften heran und stieß mich wieder davon ab. Die Tassen auf dem Tablett sekundierten mit leisem Klirren. Im Wohnzimmer, von uns nur durch die Milchglasscheibe getrennt, berauschten sich die Eltern an einem Gespräch über das uralte Volk der Serben und die Vorzüge der kyrillischen Schrift gegenüber der lateinischen. Dann erzählte Irinas Vater etwas tatsächlich Interessantes: »Nach dem Krieg ging ich als junger Offizier oft in Pančevo aus. Dort wohnten viele von den armen Serben aus dem Kordun. Da gab es Backfische, die uns schöne Augen machten, aber wir Offiziere haben das nicht weiter beachtet.«

»Da würde ich nicht drauf schwören«, dachte ich und zog Irina heran, die mit beiden Händen das Tablett hielt. Irina war hingegeben. Üppig. Fantastisch. Irina streckte den Hintern heraus; den Oberkörper halb mir zugewandt, sah sie mich leidenschaftlich an. Auf dem Land hätte man gesagt, ich hätte ihr den Kopf verdreht. Es war ein Traum. Sie war ein Traum.

»Wir gingen tanzen«, erzählte Irinas leutseliger Papa im Wohnzimmer. »Die Backfische kamen in weißen Blusen und bunten Baumwollkleidchen zu der Veranstaltung. Da war eine armselige und trotzdem festliche Atmosphäre. Die Musik setzte ein, der Tanz ging langsam los. Und dann schmiss sich eins der Mädchen plötzlich hin, verrenkte den Kopf und trommelte mit den Beinen aufs Parkett. ›Flugzeuge, Flugzeuge!‹, schrie sie. Bald kroch fast ein Dutzend Halbwüchsiger mit Schaum vor dem Mund über den Boden. In einem Anfall von Massenhysterie kreischten die Fallsüchtigen ›Flugzeuge!‹ oder stammelten Parolen gegen die Ustascha. In dem schummrigen Saal zappelten diese Kinder in ihren weißen Blusen wie Fische auf dem Trockenen.«

Der angetrunkene Čedomir wischte sich eine Träne aus dem Augenwinkel und schloss: »Ja, meine Lieben, das sind Traumata. Der jugoslawische Kommunismus hat die Menschen mit Geld bestochen, damit sie vergessen. Das Geld ist verprasst, der Kommunismus zusammengebrochen, und die Traumata kommen aus der Amnesie zurück.«

Es war wunderschön, mein erregtes Glied in Irinas schlüpfrigem Innern zu spüren. Ich zog mich heran und stieß mich wieder ab von muskulösen Halbkugeln.

»Wie ich sie ficke!«, dachte ich.

»Wie er mich fickt«, dachte sie.

Irinas Verlangen war der Spiegel meines Verlangens. Der beste Sex des Millenniums fand in Belgrad, sozusagen im Beisein der Eltern, in einer kleinen Wohnung nahe der Juristischen Fakultät statt. Womit soll ich diese Erfahrung vergleichen? Zunächst sprechen die Lippen mechanisch Gebete, bis der Beter irgendwann und unvorhersehbar Gott mit allen Fasern seines Wesens spürt. Nach einigen Momenten der Sexualmechanik kam unvermittelt – aus dem Weltall, vom Himmel, über die Erde, aus dem Nichts – die höchste Lust über mich und Irina. Nichts anderes dürften Adam und Eva gefühlt haben, als sie es vor der Vertreibung aus dem Paradies miteinander trieben.

»Traumata sind eine schreckliche Sache«, mit Grabesstimme ergriff Irinas Mutter zum ersten Mal an diesem Nachmittag das Wort. »In Neimar hatten wir einen Nachbarn, Novica, der war Installateur. Wenn im Haus etwas kaputtging, hat er es repariert. Wir haben lächerlich wenig dafür bezahlt. Das war ein ganz stiller, herzensguter Mann. Er gehörte zu den wenigen Serben, die das Massaker der Ustascha in der Banovina überlebt haben …«

Dafinas Worte von nebenan wurden vom Klirren der Tassen auf dem Tablett untermalt, das Irina noch immer verzweifelt hochhielt. Sie drehte sich nicht mehr zu mir herum, bewegte den Kopf wie eine gezügelte Stute. Ich saugte an ihrem Hals, packte sie mit einer Hand an der Brust und mit der anderen an der Hüfte. Die Tassen klirrten. Die Flut kam näher.

»Im Kommunismus waren Novicas Erinnerungen wie eingefroren«, fuhr Irinas Mutter mit kehliger Stimme fort. »Aber als die Hasskampagnen im Fernsehen anfingen, als die Knochen der im Zweiten Weltkrieg massakrierten Serben aus den Massengräbern geborgen wurden, kamen auch Novicas verschüttete Erinnerungen wieder hoch. Und er ging ins Badezimmer und hängte sich auf.«

Im Wohnzimmer vergoss Čedomir zwischen den beiden verständnisvollen Frauen eine Träne über die Einsicht, dass die Traumata des Zweiten Weltkriegs in Jugoslawien fröhliche Urstände feierten.

Mit aller Kraft meiner Waden und Zehen drängte ich voran. Irina hielt locker dagegen. Was für eine Hure!, verirrten sich meine Gedanken. Die rosarote Erotikwolke, die bisher um meine Schultern hing, rutschte plötzlich in meine Lenden, schwappte in Irinas ganzen Körper und durchdrang uns beide. Eine Flut von Lichtblitzen und flüssigem Gold

überschwemmte unsere Sinne ... Ja, die Flut überschwemmte uns! Mit der Linken packte ich Irinas
Ellbogen. Die Finger der Rechten glitten zwischen
ihre Beine.

Irina ließ endlich das Tablett fallen, das wie ein
Gong auf dem Parkett aufschlug. Das teure kobaltblaue Service zersprang in unzählige Scherben. Die
hüpften wie Flöhe bis in die hintersten Winkel des
Flurs.

XIV. Kapitel

Rittergeschichte

Wie soll ich von einem fragmentarischen Leben
schreiben, wenn nicht in Fragmenten?

In meiner Kindheit hat mich eine Rittergeschichte zutiefst beeindruckt. Allerdings erinnere ich mich
weder an den Namen des Ritters noch warum er ge-
vierteilt werden sollte. Übrigens habe ich die Fantasie
anregende Geschichte zum ersten Mal in der Rubrik
»Wahr oder Falsch?« im Magazin *Zabavnik* gelesen.
Der Ritter lag also in einer Stadt wie Aachen oder
Carcassonne mitten auf dem Marktplatz. Die Stricke,
die ihm in Hand- und Fußgelenke schnitten, waren
an vier stämmigen Rappen befestigt. Ringsumher
schlichen hungrige Straßenköter. Die Henker trieben
die Pferde mit Gerten an, damit sie dem Ritter Arme
und Beine ausrissen. Das gelang nicht.

Der Ritter war ein Mann mit außergewöhnlichen
Kräften. Sowie sich die Stricke strafften und ihn vom
Boden hoben, spannte er Arme, Beine und seine Le-
bensmitte – den Bauch – an. Die Rappen rutschten
auf dem feuchten Kopfsteinpflaster. Mit der Kraft
seines Körpers gelang es dem ausgestreckten Mann,
die Pferde zurückzuhalten. Ein Raunen ging durch
die Menge. Henker und Richter steckten die Köpfe

zusammen, berieten, was zu tun sei. Der Ritter starrte in den Himmel und wartete auf die Entscheidung.

Der leitende Henker hob die Kapuze und gab das Zeichen, die Hinrichtung fortzusetzen. Die Rappen wurden wieder angetrieben. Die gespannten Stricke hoben den Körper des Ritters vom Boden. Seine Muskeln verkrampften total. Mit einem Schrei aus der Tiefe des Gehirns zog er Arme und Beine Richtung Bauchnabel. Die Pferde schlitterten zurück. Die Menge war berauscht vor Staunen: »Das hat es noch nie gegeben.« Die Richter zogen sich zu einer kurzen Besprechung zurück und beschlossen, die Hinrichtung fortzusetzen.

Das Knallen der Peitschen hallte wider und die Hinterteile der Pferde zitterten. Jeder der Rappen strengte sich an, um einen Teil des Körpers des Ritters mit sich zu reißen. Die Muskeln des Ritters wurden vor Anstrengung steinhart. Jede Faser war zum Zerreißen gespannt. Die Gelenke des Ritters bogen sich einwärts. Die Pferde wieherten nervös. Die Hufe rutschten auf der Stelle. Der dritte Seufzer der Menge war lauter als die vorigen beiden. Henker und Richter riefen: »Ein Wunder!« Nachdem die Hinrichtung im dritten Anlauf gescheitert war, schenken sie dem Ritter das Leben.

Der Ritter bin ich.

Die verschiedenen Teile meines Lebens – Verstand und Sehnsucht, verschiedene Erfahrungen und Beobachtungen – eilen jeder in seine Richtung und wollen mich zerreißen. Jedes Mosaiksteinchen meines Lebens ist ein Pferdchen. Ich wehre mich, ziehe sie Richtung Bauchnabel. Ich versuche, ganz zu bleiben. Ich hoffe, dass sie mir ob dieser verzweifelten Anstrengung das Leben schenken. Die Anstrengung, von der ich spreche, ist dieses Buch.

XV. Kapitel

»Blinde finden, dass Augen stinken.«
Kamerunisches Sprichwort

Der Blinde
Im letzten Jahrzehnt des Millenniums, um genau zu
sein: 1991, flog die Welt endgültig auseinander. Zora
erzählte, sie sei auf der Straße von einem Blinden
überholt worden, der mit seinem weißen Stab hek-
tisch das Pflaster vor sich abklopfte. Sie fragte laut,
ob Belgrad jetzt eine Stadt von Blinden sei, die es eilig
haben.

Boris sah sie finster an.

Sibyllinische Weissagungen
Es war das Jahr 1991.

Das Jahr 7486 nach der alexandrinischen Zeitrechnung.

Das Jahr 1369 nach der Hidschra.

Das Jahr 202 nach der Französischen Revolution.

In China das Jahr des Schafes.

In diesem Jahr zerfiel Jugoslawien. In der Stadt
herrschte Tarquinius Superbus, der der Sybille keine Weissagungen abkaufte, woraufhin sie diese ver-
brannte. In der Gesellschaft, in der ich lebte, setzte
die dummdreiste Verdorbenheit des Tarquinius Su-

perbus, gepaart mit einer gedankenlosen Schlitzoh-
rigkeit, die herrschende Norm.

Je verschlagener ein Bösewicht, desto höher seine
Wertschätzung am Hofe des Tarquinius Superbus.
Sie sagten: Weise. Je dreister der Besessene wurde,
desto höher seine Wertschätzung. Sie sagten: En-
ergisch. Je primitiver der Narr, desto höher seine
Wertschätzung. Sie sagten: Unverblümt. Anfang der
Neunziger Jahre lebten dergestalt weise, energische
und unverblümte Menschen am Hofe des Tarquinius
Superbus.

Tarquinius Superbus herrschte so: Er setzte zu einer Rede über die Bedeutung des Aschenbechers an.
Dann zerschlug er den Aschenbecher und begann,
über die außerordentliche Bedeutung des Stuhls zu
sprechen. Dann zertrümmerte er den Stuhl und redete darüber, dass wir unmöglich ohne Kleider leben
könnten. Dann zerriss er den Anzug und begann, von
der Schlüsselfunktion der Teppiche zu reden. Dann
… Kein dann. Die Leute bewunderten den Teppich
und vergaßen Aschenbecher, Stuhl und Anzug. Es
war für Tarquinius Superbus leicht, über Menschen
zu herrschen, die im Schatten des Millenniums Stimme und Gedächtnis verloren hatten.

Panzer
Am neunten März 1991 sahen wehrhafte Polizisten
hinter ihren durchsichtigen Schutzschilden wie eine
schwarze Reihe von Blaubärten aus. Die Menge be-
warf sie mit Steinen. Eine Frau stand furchtlos im
Strahl des Wasserwerfers und wurde das Symbol für
diesen Tag. Ich erlebte zum ersten Mal Platzangst
und das Gefühl, an Tränengas zu ersticken. Irina erzählte atemlos: »Zora und ich hatten gerade eine Cola
bestellt, als Panzer auf den Terazije-Platz rollten.«

Die Fundamente erbebten. Belgrad wurde von rasselnden Panzern eingeschüchtert.

In vielen jugoslawischen Städten wurden Barrikaden errichtet und niedergerissen. Das Böse wuchs sich aus. Es wurde immer schlimmer und immer beschämender. Ich erinnere mich, dass der erste Mensch bei einem Fußballspiel starb. An die Reihenfolge der späteren Toten kann ich mich nicht mehr erinnern.

Eines Tages sagte mein Fernseher: »Liebe Zuschauer, Jugoslawien erlebt die dramatischsten Augenblicke seit dem Zweiten Weltkrieg.« Die Menschen flüsterten: »Verrat!« Das Radio gab eine Mobilisierung bekannt. Die Menschen waren von den Medien zugedröhnt wie von einem Nervengas. Den ganzen Tag liefen nur noch außerordentliche und ordentliche Nachrichtensendungen. Das staatliche Fernsehen behauptete, österreichische Soldaten kämpften an der Seite slowenischer Separatisten. Slowenische Zeitungen berichteten von barbarischen Verbrechen der JNA in Slowenien. Mütter stürmten die Parlamentssitzung und verlangten Aufklärung, wo die Armee ihre Kinder einsetzte. Das Fernsehen übertrug das Elend.

Und so weiter. Und so weiter … Und so weiter …

Lob des Irrsinns

Gefragt, wie es in Jugoslawien zum Krieg kommen konnte, sage ich: Jede einzelne Familie hatte mindestens einen aggressiven Faschisten im Wohnzimmer stehen. Das war der Fernseher.

Vom Bildschirm aus wandte sich der personifizierte Irrsinn an die Einwohner Jugoslawiens und rief sie zum Krieg auf. Als der Irrsinn zum Krieg aufrief, freuten sich die Menschen und applaudierten. Die Gesichter glänzten vor frischer, hemmungsloser Freude. Zusammengezogene Brauen entspannten sich.

Personen, die eben noch wunderlich und bedrückt waren, nickten eifrig mit beifälligem Lachen. Erasmus von Rotterdam hat den Krieg als unrühmliche Veranstaltung beschrieben, geführt von Haudegen, die umso mutiger sind, je weniger Grips sie haben. Erasmus sagte immer wieder, das ruhmreiche Kriegsspiel werde nur von Schmarotzern, Dieben, Mördern, Dummköpfen, Zuhältern, Säufern und dem ganzen Abschaum der Menschheit gespielt. Für Erasmus kam nur eine Kraft in Frage, die Menschen zum Krieg aufrufen kann: der Irrsinn, und dessen Ammen sind, schreibt er, Trinksucht und mangelnde Bildung. Aber damals wie heute tritt diese Kraft als personifizierte Jugend auf und gibt vor, sie lasse wie der Frühling alles in neuem Licht erglänzen.

Seele
In der Umgebung, in der ich lebte, galt Hass weit mehr als Liebe. Und die ganzen kläffenden Schlägertypen hatten Recht, sie alle konnten sich auf ihren »naturgegebenen« Hass berufen, nur meine »artifizielle« Liebe, wie es eine befreundete kroatische Schriftstellerin nannte, konnte sich auf rein gar nichts stützen. Die Seele ist sowieso obdachlos. In dem Thriller »Ohne jede Reue« sagt ein schwarzer Musiker: »Ein Fisch lebt im Meer, das Kind in der Mutter und die Seele im Nichts.« Da lebt sie wirklich.

Stimmen
Ich träumte einen hässlichen Traum. In diesem Traum sagten Vater und Mutter aufgeregt zu mir:
»Lieber Sohn, sei ein Schwein!«
Die Repräsentanten der Universität, meiner Alma mater, sagten: »Repräsentant der bewussten Intelligenz, sei ein Schwein.«

Eine Abordnung von Militär und Polizei sagte: »Geehrter Patriot, sei ein Schwein!«

Meine Freundin Irina wurde zärtlich und stupste mir mit der Zunge die Worte ins Ohr: »Mein Lieber, sei ein Schwein.«

Ich riss mir den Pyjama vom Leib, kurz bevor ich darin erstickte.

Medea
Ich sah im Fernsehen eine Verfilmung von »Medea«.

Die Amme sagte: »Leben ist besser als der Tod.«

Medea sagte: »Derzeit nicht!«

Hunger
Im Radio lief »Hunger ist stärker als jede Wahrheit« von den Ekatarina Velika.

Hähne
Im letzten Jahrzehnt des Millenniums tat sich unter uns die Erde auf und wir fielen fünfzig Jahre zurück, mitten in die Fänge des Zweiten Weltkriegs. Ich habe mal gelesen, dass bei einer tektonischen Verwerfung in Montenegro ein ganzes Dorf in der Erde verschwand. Noch ein paar Tage lang krähten die Hähne da unten. Diese Hähne erinnern mich an uns.

Augen
Um euch zu erklären, was mit uns passiert ist, erzähle ich versuchsweise ein tschechisches Märchen, dessen blutiges Dekor mich an die Zeit erinnert, in der ich lebte. In dem Märchen kratzen Waldfeen einem alten Hirten die Augen aus. Ein pfiffiger kleiner Junge schafft es, die Feen zu fesseln, damit sie dem Alten sein Augenlicht wiedergeben (und nicht zufällig kriegt der es von dem Jungen statt von den Feen

zurück). Die Feen zeigen dem Jungen ihre Höhle; in einer Ecke liegt ein ganzer Berg Augäpfel. Der Junge nimmt ein Paar, setzt sie dem erblindeten Alten ein, und der keift: »Das sind meine Augen nicht, ich sehe nur Füchse.« Der Junge gibt ihm ein anderes Paar, wieder ist der Alte unzufrieden: »Ich sehe nur Wölfe.«

Bevor ich den Schluss erzähle, will ich schnell ein paar Worte zu unserer Verteidigung sagen. Auch wenn der Name des Balkanvolkes, zu dem ich gehöre, in einem bestimmten Moment zum Synonym für Mörder wurde, solltet ihr euch merken, dass sie in einer halt- und gesetzlosen Welt die Augen verloren. Man hat ihnen in der Dunkelheit fremde Augen angeboten. Mit dem einen Paar sahen sie überall Verschwörungen und mit den anderen nur Mörder! Ich bete zu Gott, dass wir noch eine Chance bekommen. Dass uns Gott beim neuerlichen Griff in die schreckliche Masse die richtigen Augen vergönnt, mit denen wir wieder eine Perspektive sehen, dass wir wie der Alte im Märchen erleichtert aufatmen können: »Das sind meine, Gott sei Dank, jetzt sehe ich wieder gut.«

XVI. Kapitel

Geschichte von der Menschenfresserin

Der Countdown für das Millennium schleppte sich dahin. Währenddessen haben wir das Land Stück für Stück zerstört. Das erste Zerfallsstadium war der Krieg in Slowenien. Das zweite Zerfallsstadium war der Krieg in Kroatien.

»Das Leben ist schon komisch ...«, murmelte Bane.

Wir verkosteten bei Milenko, einem Kumpel von Boris, Aprikosenschnaps im betonierten Hof eines Surčiner Bauernhauses. Das war im Sommer 1991. Der Schweinestall stank. In einem altertümlichen Radioapparat lief eine Oper. Der Alfredo aus »La Traviata« sang von der geheimnisvollen, gewaltigen Liebe, dem Schwungrad des Universums. Zora starrte geistesabwesend auf orangefarbene Flecken, die die Sonne auf den Zement warf. Ich genoss die Stille, nippte am Schnaps und tauschte Blicke mit Irina.

»Was für ein denkwürdiger Augenblick!«, sagte Irina. »Gestank, Oper und Schweinestall.«

»Leben!«, zog ich stolz den Schluss.

Zora zuckte zusammen und sagte unvermittelt: »Gestern habe ich auf dem Markt in Kalenić eine Menschenfresserin gesehen.«

»Eine Menschenfresserin?«

»Ja, die Frau trug ein Kleid aus großgeblümtem Stoff und hat spottbillige Ferkel gekauft«, sagte Zora. »Die Ferkel wurden in Slawonien gefangen, und da sind die Maisfelder mit Leichen übersät. ›Die haben Leichen gefressen, Kurden und Gardisten haben sie gefressen, haha, die haben sich ihr Fett angefressen, und jetzt sind sie an der Reihe; fressen und gefressen werden, haha‹, hat die Menschenfresserin gesagt. ›Scher dich weg, mich ekelt vor dir‹, rief ein älterer Mann. Die Menschenfresserin reagierte nicht«, erzählte Zora, »ihre großen Lippen und der dicke Busen blieben ganz ruhig. Sie zeigte beim Lachen ihre Goldkronen. Sie sagte: ›Jetzt esse ich Ferkel, die Menschen gefressen haben‹ und lachte dröhnend. Ich habe eine Menschenfresserin gesehen.«

Boris runzelte die Stirn: »Über manche Sachen redet man nicht, auch wenn man sie erlebt.«

»Man sollte die Menschenfresserin verprügeln«, rief der betrunkene Bane. »Einen Liter Sperma hätte man über ihr auskippen müssen. Große Lippen, dicke Titten und eine Goldkrone als besonders erregendes erotisches Detail. Große Lippen. Dicke Titten. Menschenfresserin.«

»Geheimnisvolle, gewaltige Liebe!!!«, sang Alfredo. Bestialisch stank der Schweinestall.

XVII. Kapitel

Geschichte von einer Schönheit

»Du hast also eine Menschenfresserin gesehen«, wandte sich Boris an Zora. »Ich habe dafür eine Schönheit gesehen.«

»Eine Schönheit?«, fragte Zora.

»Ich habe sie vor längerem in der Zeitungsdruckerei hinter dem Parlament gesehen und nie vergessen. Mir hat es die Sprache verschlagen, als die Frau den Raum betrat. Sie war nicht mehr jung, aber ganz ohne Zweifel ein leibhaftiges Beispiel für das, was die Dichter unsterbliche Schönheit nennen. Sie hatte silbernes Haar und funkelnde Augen. Heute tut es mir leid, dass ich nicht zu ihr gegangen bin und gesagt habe: ›Sie sind wunderschön.‹ Ganz leise fragte ich meinen Freund nach ihr; er betreut die Technik bei der ›Glas‹. ›Ach‹, seufzte der struppige Bohemien, ›wenn du die früher gekannt hättest, das war eine Frau! Sie wurde umworben von großen Leuchten und kleinen Lichtern, hat sich aber von niemandem beeindrucken lassen, sie ging ihren eigenen Weg und hat nie geheiratet. Inzwischen ist sie schwer krank.‹ Letzten Sonntag war ich mal wieder bei ihm und sah die Schönheit wieder. Mit ihrer Eleganz erinnerte sie mich an eine altägyptische Katze. Aber ich habe zwei

Mal hinsehen müssen: Die Frau ist steinalt! Sie humpelt, stützt sich beim Gehen auf einen Stock, den ich in meiner Fantasie gleich mit einem silbernen Knauf ausstattete. Sie sieht aus wie eine russische Gräfin auf Kur in Davos. Ich konnte mich an ihrem länglichen Profil, den funkelnden grünen Augen und dem silbrigen Haar nicht satt sehen. Ihre Schönheit hat etwas Unverwüstliches. Diese Frau ist ein Stückchen weit unsterblich und noch immer eine Zierde Belgrads. Nichts, weder Alter noch Krankheit, nicht einmal der letzte Atemzug, können von einem solchen Gesicht den Stempel einer bestürzenden Schönheit löschen.«

XVIII. Kapitel

Geschichten aus dem Zwinger

Schiffsladungen voller Waffen kamen von über-
all her ins Land. In Bosnien wurden um die Städte
Barrikaden gebaut und wieder eingerissen. Auf dem
Bildschirm tobten sich die TV-Propheten aus. Die
Belgrader standen Schlange, um ihr Geld in Pyrami-
dengeschäfte einzuzahlen. Im Parlament schnaubten
Caligulas Pferde. Und wir? Wir erzählten uns Ge-
schichten, wie damals, als die Pest in Florenz wüte-
te. Nur nicht so ausführlich, dazu hatten wir keine
Zeit. In unserem »Decamerone« musste es mit der
Zusammenfassung eines Schicksals oder einem ein-
prägsamen Detail gut sein.

Wer hat gesagt, der Gott steckt im Detail?

Wer hat gesagt, dass Chronologie und Linearität
ausgedient haben und von Mosaik und Simultanität
abgelöst werden?

Wer hat gesagt, dass die Wahrheit methodische
Menschen meidet?

* * *

»Die Menschen in dieser unserer schönen Stadt öden
mich an, ich gehe lieber in den Zoo beim Kalemegdan«, erzählte ich Zora, Boris, Bane und Irina. »Ich

spaziere durch die Anlage und schaue mir goldene, silberne und normale Pfauen an. Ich gucke in entzündete Affenhintern. Ich sehe dem Elefanten zu, wie er in seiner Verzweiflung hin- und herschaukelt. Ich betrachte arrogante Lamas und die Giraffen mit ihren langen Wimpern. Ich schau mir auch die anderen Besucher an.

Im Zoologischen Garten traf ich eine Familie mit schwarzen, krausen Haaren, die aus der Provinz kam und furchtsam von Käfig zu Käfig ging. Die Mitglieder dieser Familie kannten offensichtlich keine Zootiere und begafften sie voller Hass. Ein regloses Krokodil sieht wie ein Stück Holz aus. Das nervte die Provinzler, sie wollten es mit Steinchen und Stöckchen aufscheuchen. Dann lief ihr Kind zum Becken, und im blauen Wasser wendete pfeilschnell ein Pinguin. Das Kind bleckte die Zähne und rief: ›Guck mal, ein Frosch!‹ Der Vater ging auch hin, grinste mit demselben Widerwillen wie sein Sohn, studierte das schwarze, nasse Wesen und kläffte dann: ›Kein Frosch, ein Igel.‹«

»Kein Frosch, ein Igel! Das wird als *running gag* in die Annalen eingehen«, platzte Irina dazwischen.

Ich hob die Hand zum Zeichen, dass ich noch nicht fertig war: »Am gleichen Tag habe ich jemanden Tiger streicheln gesehen. Es war eine alte Frau mit einem Kleid mit lauter Sonnenblumen drauf. Sie näherte sich dem Käfig mit fünf geschmeidigen Tigern und wurde dabei von einem jungen Mann gefilmt. Als sie die Hand durch die Gitterstäbe steckte, machte ich die Augen zu: Bestimmt beißt ihr einer der Tiger die Hand ab. Aber weit gefehlt. Ich klappte die Augen wieder auf und sah, wie sich die große Tigerin von dem ausgestreckten Arm kraulen ließ. Die Frau redete mit ihr: ›Meine Kleine, meine Liebe.‹ Der

Tigerkäfig ist in einer Nische des Kalemegdan untergebracht. Auf der Festungsmauer über dem Käfig ging ein Mann mit Regenschirm vorbei. Die Tigerin wurde unruhig. Die Oma mit dem Sonnenblumenkleid tätschelte sie schnell: ›Ach, Kali, mein Mädchen, dir passiert doch nichts. Sei ruhig, ganz ruhig.‹ Was ist das?, dachte ich. Wo bin ich, in welcher Stadt, auf welchem Planeten? Wo bitteschön streichelt eine Oma die Namensschwester der indischen Göttin des Todes und redet beruhigend auf sie ein? Dann fiel mir ein, dass der Zoo unlängst aus Geldmangel Jungtiere an Freiwillige in der Stadt verteilt hatte. Die Raubkatze war bei der Frau im Sonnenblumenkleid aufgewachsen.«

»Aber das ist nicht die Pointe deiner Geschichte«, warf Irina ein. »Der springende Punkt ist doch, dass sich das harmonischste, stärkste Wesen der Welt, die Tigerin Kali, überhaupt fürchtet und von ihrer Belgrader Ersatzmutter beruhigt wird.«

»Ja«, antwortete ich, während ich Irina direkt in die Augen sah. »Wenn sogar Kali Angst hat, haben alle Angst. Alle, die auf dieser Welt leben. Sogar faszinierende Frauen. Sogar Tigerinnen. Alle außer Gott.«

XIX. Kapitel

Leopardengeruch

»Ich mag meinen Cockerspaniel, die Mimi, ich hab
sie wirklich gern«, Zora lächelte warmherzig. »Mimi
ist lieb und dumm. Sie kennt nichts auf der Welt außer dem Teppich im Wohnzimmer und dem Küchen-
boden, auf dem sie täglich gefüttert wird. Letzten
Sonntag bin ich mit ihr in den Tašmajdan-Park. Da
wusste ich noch nicht, dass der Belgrader Zoo Jungtiere an Haushalte in der Stadt abgegeben hat, damit
sie von Freiwilligen mit der Flasche aufgezogen werden. Eine der Damen, die ein Jungtier aus dem Zoo
genommen hatten, ging zur selben Zeit wie ich und
Mimi mit einem kleinen Leoparden im Park spazieren. Meine Mimi hatte natürlich noch nie einen Leoparden gesehen«, Zora räusperte sich bedeutungs-
schwanger. »Der kleine Leopard sah genau genommen wie ein Kater aus, ich hätte erwartet, dass Mimi
ihn jagt. Aber Mimi hat ihn nicht gejagt. Noch bevor
sie ihn sah, witterte sie den Leoparden und wurde panisch. Im Gegensatz zu den Theorien der Soziologen
gibt es wohl doch Informationen jenseits der Erfahrung. Der Geruch des Leoparden bringt einen Haus-
hund wie meine Mimi um den Verstand. Wenn ein
Hund nicht weiß, ob er angreifen oder fliehen soll,

fängt er an zu hinken. Mimi fing an zu hinken. Dann fing sie an zu zittern und beruhigte sich erst wieder, nachdem ich sie heimgetragen hatte.«

»Das sage ich doch die ganze Zeit«, warf Boris triumphierend ein. »Im Moment geht es uns allen wie Zoras Cockerspaniel. Wir haben alle den Leoparden gewittert. Uns steckt der bedrohliche Geruch in der Nase, tiefer als die eigene Erfahrung, und jeder hinkt, weil er nicht weiß, ob er angreifen oder abhauen soll.«

Bane sah mit seinen Steppenaugen in die Ferne und sagte: »Das Leben ist schon komisch …«

XX. Kapitel

In dem Bane Janović von Tod und Wahnsinn gestreift wird

Alles, was uns widerfuhr, wurde zunächst im Fernseher gemeldet und schaffte von da den Sprung ins Leben. Der Fernseher bildete die Ereignisse nicht ab, er schuf sie. Erst auf dem Bildschirm, dann auch in der Wirklichkeit ähnelten die Verhältnisse zunehmend den Bildern von Brueghel und Bosch. Ein Diakon klopfte im Fernsehstudio mit dem Bleistift an einen Kinderschädel. Auf dem Bildschirm diskutierten Gestalten, die Gott mit den Zehen geschnitzt hatte. Ein Volksvertreter erzählte vom Fischen mit Dynamit, ein anderer vom Nahkampf mit einem Bär.

»Von denen will ich nichts wissen, nicht mal den Namen, ich will mit diesem Sumpf nichts zu tun haben«, schrie Bane.

»Red keinen Stuss«, sagte Boris leise. »Die können dich einberufen, nicht umgekehrt.«

Und so geschah es.

Bevor er zur Armee ging, gab Bane Janović eine Reihe von Konzerten unter dem Motto »Fotogene Gedanken«. Auf der Tournee klagte er den Mädchen, er sei »polyamourös«. Was meinte er mit »polyamourös«? Mit dem Wort wollte er ausdrücken, dass er sich außerstande sah, mit nur einer Frau zusammen zu sein. Mein Freund sprach so ernsthaft mit den Frauen über die Diagnose, als handele es sich um Diabetes. Sie glaubten ihm. Mir erklärte Bane denselben Sachverhalt einfacher: »Ohne Muschi halt ich es nicht aus.«

Wann immer er mit Marija, der Saxofonistin, telefonierte, schloss Bane die Augen. Noch immer stand seine Zahnbürste in ihrer Wohnung. Neben dieser alten Liebe hatte er zwei weitere Freundinnen. Neda war zehn Jahre jünger und sagte »dreckiger Alter« zu ihm. Tanja war zehn Jahre älter und nannte ihn »mein Freund«. Bane stand am Scheideweg. Noch immer wusste er nicht, ob er zu seiner Mutter nach Amerika gehen oder in Belgrad bleiben sollte. Wenn er dachte, er sollte gehen, gefiel er sich in einem böswillig-trägen Solipsismus: »Bei uns ist alles abstoßend, weil es abstoßend ist, und das liegt daran, dass alles abstoßend ist.«

»Warum fährst du nicht?«, fragte ich erstaunt. »Ich wäre längst weg, aber ich kann nicht. Mir steht keine Tür offen. Ich werde nirgendwo auf der Welt mit offenen Armen empfangen.«

»Was soll ich dort?« Banes Antwort schockierte mich. »Dort werden nicht dieselben Lieder gesungen.«

»Ich verstehe Bane nicht«, sagte ich zu Boris.

»Schisser«, meinte Boris lakonisch.

Zora Stefanović riet Bane zur Emigration. Wenn sie ein Mann wäre, sagte sie, würde sie niemals in den Krieg ziehen wollen, und zwar aufgrund der heutzutage nur noch von einer absoluten Minderheit vertretenen Überzeugung, dass Serben und Kroaten ein Volk seien.

»Ich würde kämpfen, um Kroatien zu verteidigen, aber ich würde nicht gegen Kroatien kämpfen«, erklärte sie, ohne mit der Wimper zu zucken.

»Deine Meinung zählt nicht, weil du kein Mann bist«, antwortete Bane.

Eines hässlichen Tages klopfte die Geschichte an Banes Tür in Form seiner Einberufung. Die Mobilisierung war reichlich komisch. Die meisten Männer in Belgrad versteckten sich und übernachteten in den Wohnungen verschiedener Freunde. Die Mütter der Gefallenen trauerten über den Särgen. Wem die Einberufung nicht zugestellt werden konnte, dem geschah nichts. Ich weiß noch, dass es sehr heiß war und alle Kopfweh von der Hitze hatten. Bane hatte sich eine Badewanne mit kaltem Wasser einlaufen lassen und hineingelegt, eine Wassermelone im Arm, die auch kalt werden sollte. Da hörte er es an der Wohnungstür klopfen, wickelte sich ein Handtuch um die Hüfte und öffnete, während das Wasser auf den Teppich tropfte. So nahm er seine Einberufung in Empfang.

Die Geschichte wird nicht noch mal an Banes Tür klopfen und sich entschuldigen: Tut mir leid, ich wollte dein Leben nicht zerstören. Ich kann nicht begreifen, warum ein Rockmusiker, der sich über die ganze Welt lustig gemacht hat, der Einberufung nachgekommen ist. Wenige Tage vorher noch hatte er behauptet, unsere lieben Führer hätten sich von Narren zu Vollidioten entwickelt und unsere einzige Hoffnung bestünde darin, dass sie wieder zu Narren regredierten. Warum zog Bane in den Krieg? Es ist mir mehrfach aufgefallen, dass gerade die anarchische Verachtung von allem und jedem mit einem Bedürfnis nach Autorität Hand in Hand geht. Bane frönte einer dummen Obrigkeitsduselei. Als ehrbarer Bürger (bei dem Gedanken muss ich jedes Mal kichern, er und ehrbarer Bürger!) nahm er die Einberufung an! Ich gehe davon aus, dass die ehrbaren Mitglieder einer menschenfresserischen Gesellschaft, etwa der Azteken, seelenruhig an Zeremonien teilnahmen, bei denen tausenden Menschen das Herz herausgerissen wurde. Tanja, Banes ältere Freundin, war Kroatin. Sie drückte ihm zum Abschied die Hand und sah ihn mit verheulten Augen an.

»Was schaust du mich mit diesem religiösen Leidensblick an?«, fragte Bane, während sich seine Augen mit Tränen füllten.

Bane wurde nach Slawonien geschickt, wo sich die Menschenfresser-Ferkel aus Zoras Erzählung satt fraßen. Dort wollten sich Männer aus dem serbischen Valjevo und Männer aus dem kroatischen Vinkovci, die zehn Jahre zuvor gemeinsam an Titos Grab getrauert hatten, gegenseitig umbringen. Aus den Transistorradios grölte »Azra« für Kroaten wie Serben:

… Hurensöhne
Puppen aus Fleisch und Blut ohne einen Funken Fantasie.
Die Mörder sind unterwegs …

Es war eine widerliche, blutige, räudige Zeit. Eine Zeit der Angst, der Scham und der Wut. Lange währte die Zermürbung, Zerstörung und Plünderung Vukovars. Nachts zerriss Leuchtmunition die Luft. Tanja betete jeden Tag zu Gott, dass Bane nicht fallen möge. Er erzählte mir, wie ihn manchmal in der Dunkelheit eine unerträgliche Angst packte: »Plötzlich brennt in deinem Kopf eine Lunte und du musst schießen.«

Über die Offiziere sagte er: »So ein Haufen Dreck ist mir noch nicht untergekommen. Du kannst sie wüst beschimpfen und machen, was du willst, das geht alles in Ordnung. Du musst nur da sein. Hauptmann Ristić schloss sich im Haus ein und kam nicht heraus, Befehle reichte er nur durchs Fenster.«

Das Lästern über Ristić brachte Bane mit Mile Protić zusammen, einem Alkoholiker aus Ub. »Wer zu viel Wasser säuft, ist am Ende nicht betrunken, sondern ertrunken«, Protić reichte Bane die Schnapsflasche, nachdem er selbst einen großen Schluck genommen hatte, und philosophierte weiter: »Betrunken oder nicht, zwei Meter, vier Tonnen Erde. Das ist die einzige Gerechtigkeit. Sonst würden die« – Protić zwinkerte und umfasste mit einer vagen Handbewegung alle, die diese Welt regierten – »wie Mammuts dreihundert Jahre leben. Bloß nicht! Auf keinen Fall! Ab unter die Erde! Nur die Trompete spielt dir auf …«

Mile Protić konnte nichts ernst nehmen. Immer lag, egal was er mit Bane redete, ein Grinsen auf seinem Gesicht: »Ich werde es meiner Mutter nie verzeihen, dass sie mich geboren hat.«

Als Protić durch Heckenschützen umkam, trank Bane eine ganze Flasche auf seine Seele. Er trank fortan schlimmer als Protić und beobachtete, wie die Kriminellen – die Avantgarde des Krieges – über die Stränge schlugen. Kriminelle drohten, ihn in den Schweinestall von Erdut zu sperren. Bane sah sie Maisfelder anzünden, die bestialisch nach Leichen stanken. Er lachte über die Geschichte vom Soldaten, der von der Front mit dem Panzer direkt in die Stadtmitte von Belgrad fuhr. Und einen Augenblick später hatte die Angst, durchdringend wie das Geräusch des Bohrers beim Zahnarzt, Banes Seele fest im Griff. Es war die Zeit der hinkenden Hunde, die Zeit, in der man nur schwer seinen Gleichmut bewahren konnte. Für Bane war der eigentliche Held des Krieges ein junger Mann, der sich umgebracht hatte, weil er sich nicht zwischen zwei Gruppen von Reservisten aus Valjevo entscheiden konnte – die eine blieb an der Front, die andere »desertierte« und ging nach Hause, weil sie nicht wusste, wofür sie kämpfte. Wie viele Menschen, die sich zwischen moralischem und physischem Selbstmord entscheiden müssen, wählen den physischen?, fragte sich Bane.

Links war der Tag, rechts die Nacht. Die Wahl war: Lebe. Bane stützte den Kopf in die Hände und knurrte: »Widerlich, widerlich, widerlich.«

»Ich glaube, da bin ich langsam abgeschmiert«, erzählte mir Bane später.

»Ich an deiner Stelle hätte mich erstens nicht einberufen lassen, und zweitens hätte ich von Anfang an den Irren gespielt.«

»Mich haben alle Instinkte getrogen«, Bane weinte, »ich war so sicher, dass ich fallen würde. Daran hatte ich nicht den geringsten Zweifel. Ich habe mich untersuchen lassen. Und nicht einmal verstellt, glaub mir.«

Bereits in der Grundausbildung in Babin Potok zeigte mein Freund erste Anzeichen von Instabilität. Nach Protićs Tod landete Boris im Psychiatrischen Krankenhaus der Armee. Der junge Mann, der sich einst wie ein Gott auf der erleuchteten Bühne bewegte und die Körper der tanzenden Menge beherrschte, krümmte sich jetzt wie ein Embryo unter einer grauen Decke. Manchmal gelang es Bane, im Krankenhaus zu lesen. Einige Zeilen aus Rebecca Wests »Black Lamb and Grey Falcon« trafen ihn mit der Wucht einer Prophezeiung. Diese Notiz, geschrieben in einem Hotel von Mostar, lautete:

»Junge Offiziere bewegten sich rhythmisch durch die weißen Lichtstrahlen, die von der Decke auf die giftgrünen Billardtische strömten, und die Billardkugeln gaben ihre stoischen Schocks kund. Durchdrungen war die Szene von dem balkanischen Gefühl eines trägen, aber gerechten Untergangs. Es schien möglich, dass beispielsweise ein Mann hereinkäme, seinen Fez aufhängt und mit einer Begründung, die nur eben so klar war, dass sie nicht völlig unsinnig wirkte, alle Anwesenden auffordert, an ihren Tischen zu warten, bis die beiden Billardspieler eine Million Partien gespielt hätten, deren Ergebnis dann über ihr weiteres Schicksal entscheiden würde; es schien möglich, dass die Männer dies akzeptierten und, ruhig die Zeitung lesend, warten würden.«

Genau so ist es gekommen.

Im letzten Jahrzehnt des Millenniums trat der Teufel in unser Leben und befahl uns still zu halten. Die Offiziere aus Rebecca Wests Prophezeiung spielten eine Million Partien Billard. Und im Psychiatrischen Krankenhaus der Armee wartete Bane Janović auf die Entscheidung über sein Schicksal. Er lag in einem Eisenbett. Zwischen gekalkten Wänden. Hinter einem vergitterten Fenster. Tränen liefen ihm über die Wangen, als er mir davon erzählte: »Damals habe ich mir geschworen«, schniefte Bane, »das Land zu verlassen, wenn ich lebend aus der Sache herauskomme.«

XXI. Kapitel

Von Jona und Daniel

Nach dem Militärdienst erschien Belgrad Bane
Janović unwirklich. Der Rückkehrer wunderte sich,
dass die Menschen diese zivile Fata Morgana für
das Leben halten konnten. Nach dem slawonischen
Schlamm war die Stadt berauschend schön anzuse-
hen. Die Männer trugen keine Uniformen, sondern
waren gut und bunt gekleidet. Bane sah überall Soldaten, die alle anderen Belgrader übersahen. Der
Mutter, die ihn regelmäßig aus New York anrief, erzählte er, einmal die Woche sei er beim Psychiater. Er
klagte über die Beruhigungsmittel, die aus ihm einen
Zombie machten. Seit seiner Rückkehr machte er weder Musik noch traf er Frauen. Tägliche Spaziergän-
ge am Fluss beruhigten ihn. Eines Sonntags sog Bane
wie immer den moderigen Geruch auf dem Uferweg
zwischen der Mündung und dem Venecija ein. Gott
hatte die Möwen wie Bonbons über der Donau ver-
streut. Bane betrachtete zuerst lange die Gabelung
der Möwenflügel. Dann starrte er in den von Wellen
glatt gestrichenen Sand. Der Tag war warm, er zog
Schuhe und Strümpfe aus. Die nackten Füße versanken im Sand, während er in den Fluss ging. Bane
hockte im flachen Wasser und wusch sich die Hände.

Er dachte an seinen Psychiater: Wie viel wusste der Alte, der drei Päckchen täglich rauchte, tatsächlich? Wie viel lag ihm daran, ihm zu helfen, konnte er ihm überhaupt helfen?

Während er gedankenverloren im seichten Uferbereich hockte, spritzte eine Welle seine Knie nass. Bane hob nicht einmal den Blick – vermutlich fuhr einer der großen russischen Schubverbände vorbei. Bane dachte weiterhin an seinen Psychiater. Wie viel echtes Verstehen, wie viel echtes Mitleid war hinter der professionellen Fassade? Da klatschte eine Welle über seinen Kopf und warf ihn mit dem Hintern in den Schlick.

»Huch?«, wunderte sich Bane und hatte Wasser im Mund.

Bane konnte den dumpfen, durchdringenden Ton nicht orten. Seinem Eindruck nach dröhnte der bedrohliche Rhythmus durch das ganze Universum: »Bumbumm, bumbumm, bumbumm.«

»Mamma mia«, murmelte Bane und spuckte das schlammige Wasser aus. Mit gewaltigem Rauschen teilte sich die Donau vor ihm, und ein Wal sperrte sein Maul auf, um ihn zu verschlingen. Der Wal war ganz weiß und so groß wie kein anderer Wal auf der Welt. Bane erkannte Moby Dick, das Fabelwesen, das in allen Flüssen und Meeren der Welt unterwegs ist. Vielleicht war es vorige Woche in Australien oder Afrika gewesen, heute schnappte es sich Bane an der Donau. Bane begriff, dass das »Bumbumm, bumbumm, bumbumm« von dem Herzen des Wals unter Wasser herrührte. Die Speiseröhre des Ungeheuers roch wie eine Unterwasserhöhle nach Jod und Algen. Der Wal holte Luft und verschluckte Bane Janović …

Der Wal tauchte ab. Der verschluckte Jüngling hörte das Wasser draußen mit der Gewalt der Viktoriafälle vorbeirauschen. Bane verzweifelte, wusste er doch, dass der Riesenfisch unaufhaltsam ins Schwarze Meer und von dort in den Atlantik schwamm. Er weinte im stinkenden Bauch des Wals, der ihn aus der heimatlichen Umgebung in die gletscherkalte ungewisse Ferne trug. Bane war Jona, Sohn des Amittai, der im Magen des Wals betete. Seegras streifte sein Gesicht. Die Tiefen umfingen ihn, und die Sintflut umfing seine Seele. Bane erinnerte sich an Gott und wandte sich mit folgenden Worten an ihn: »O Jehova, wenn deine Ohren nicht in den Tiefen gegenwärtig sind, wohin sollen wir uns wenden? Zu wem sollen wir weinen? O Jehova! Schlugen deine Wellen für immer über mir zusammen?«

Banes Geruchssinn war schneller als seine Augen, die das Dunkel im Bauch des Wals nicht durchdringen konnten. Durch den Algengeruch witterte er den Moschusgestank einiger Bestien. Banes Ohren wachten in der Dunkelheit auf. Zuerst hörte er eine katzengleiche Bewegung in den Eingeweiden des Wals. Dann hörte er gedämpftes Knurren. Danach kratzte sich ein massiger Körper mit der Hinterpfote. Bane hielt sich die Hand auf den Mund, um nicht zu schreien. Er holte das Feuerzeug aus der Hosentasche. Die Flamme entzündete sich lautlos über dem glänzenden Feuerzeug.

»Wenn ich überhaupt in Ohnmacht fallen könnte, dann wäre ich damals ohnmächtig geworden«, schrieb mir Bane später.

Die Höhle, in der er sich befand, war voller tollpatschiger Löwinnen und schönmähniger Löwen. Der weiße Wal musste die Löwen irgendwo in Afrika verschluckt haben. Sie bewegten sich wie Dünen im zitternden Schein des Feuerzeugs und paarten sich an die zehn Mal nacheinander. Bane fiel das Feuerzeug aus der verbrannten Hand. Auf dieses Zeichen hin brüllten die Löwen. »Mamma mia! Gott, mein Schöpfer!« Wer Löwen nie aus nächster Nähe brüllen gehört hat, weiß nicht, was Bane durchmachte. Das Geräusch schien jede Pore seines Seins zu durchdringen. Es schien von allen Seiten zu kommen, schien aus ihm selbst zu kommen. Bane konnte nicht mehr hoffen, dass seine Gebete das Gebrüll der Löwen übertönen würden. Trotzdem fing er an zu beten.

»... denn du bist meine Leuchte, o Jehova, du wirst meine Finsternis erleuchten«, flüsterte er in das Gebrüll der Löwen.

Bane Janović war Daniel, der in der von König Dareios versiegelten Grube darauf wartete, dass seine Knochen zwischen den Kiefern der Löwen zermalmt würden. Bane war Jona und Daniel in einer Person. Er betete in der Löwengrube, die gleichzeitig der Bauch des Wals war. Er flüsterte, die Netze des Todes seien auf ihn gefallen und Jehova sei seine Feste. Er betete drei Tage und drei Nächte, tief unten im Meer, während die Löwen brüllten und sich weitere fünfzig Mal paarten. Banes Gebete waren ein Flüstern, übertönt vom Gebrüll der Löwen, aber der Herr hörte ihn in seinen Gemächern. Die Fundamente des Himmels knarrten und die Erde bebte. Der Herr redete mit dem Walfisch. Und der weiße Wal tauchte auf und spuckte Bane aus dem Magen voller Algen und Löwendreck auf festen Boden. Kaum hatte er Bane abgesetzt, drehte der Wal eilig um und schwamm nach China, um dort andere Menschen zu verschlucken und an dieselbe Stelle wie Bane zu bringen.

Als ihn das Ungeheuer freigegeben hatte, drehte sich Bane um sich selbst und erblickte ein anderes

Ungeheuer – eine Wilde mit einer gezackten Krone auf dem Kopf und einem steinernen Schwert. Bane erkannte die Freiheitsstatue, er war auf Ellis Island. Gletschern gleich glitzerten auf der anderen Seite der Bucht die Glastürme von Manhatten.

Man schrieb das Jahr 1991.

XXII. Kapitel

Abhandlung vom Feind

Als ich Banes Brief mit diesem dramatischen Bericht über seine Abreise nach Amerika las, schnurrte meine Welt zusammen. Das Gefühl der Hoffnungslosigkeit würgte mich. Ich dachte: »Du magst Jona und Daniel gewesen sein, aber du hast den Absprung geschafft. Und was wird aus mir?«

Ich saß immer noch auf meiner schlecht bezahlten Stelle am Institut für südosteuropäische Geschichte. Patienten meiner Mutter drückten ihre Dankbarkeit manchmal mit Geld aus. Meine Doktor-Mama stockte mein Budget jeden Monat um einen gewissen Betrag auf. Ich konnte mich immer noch nicht selbst finanzieren. Auf dem Bajloni-Markt feilschte ich immer noch mit gutmütigen oder streitbaren Bauern. Im August schleppte ich immer noch säckeweise reife Tomaten bergauf, um sie unter tatkräftiger Hilfe von Opa Teofil und Zugabe von Petersilie in Flaschen abgefüllt für den Winter einzukochen. Immer noch zwängte ich mich zwischen alte, bärtige Weiber in die Belgrader Busse. Oft besuchte ich meine Lieblingsplätze in der Stadt, die Ada Medica und den Kosančićev Venac, und genoss den königlichen Blick vom Kalemegdan. Belgrad bewegte sich in

seinem alltäglichen Tempo, zu dem auch mein Blut-
kreislauf beitrug. Weise behaupten, das Leben – der
Schlüssel allen Wissens – sei das banalste aller Dinge.
Ich lauschte den Stimmen der Stadt, die ich liebte …
Zwei junge Männer und eine Frau führten am Café-
haustisch im »Freski« ein philosophisches Gespräch
über die Frage, warum der Rauch prinzipiell zum
Nichtraucher zieht. Die Belgraderinnen trugen keine Büstenhalter, unter unserem Blick zogen sich ihre
Brustwarzen zusammen. Ein Gymnasiast beschwerte
sich bei seinem Klassenkameraden: »Es gibt schöne
Mädchen, aber die meisten sind überheblich.« »He,
du Hochstapler aus Pančevo, brauchst du vielleicht
eine Extraeinladung?!«, schleuderte ein Taxifahrer
einem Lastwagen entgegen. Auf dem Bajloni-Markt
ließ ein Verkäufer den Hammer über dem Karpfen-
kopf schweben und fragte den Kunden: »Soll ich ihn
ein bisschen totmachen?« Der Säufer vor dem Café
»Vašington« hob den Zeigefinger und rief: »Das ist
Belgrad, wo selbst Mönche heiraten.«
  Weil Bosnien nicht unmittelbar nach Kroatien
brannte, wiegten wir uns in der Hoffnung, dass es
dort nie brennen würde. Ich war immer noch Reser-
vist. Ich dachte immer noch über Geschichte nach.
Meša Selimović hielt Gedichte für eine Flucht aus der
Geschichte. Keine Ahnung, vielleicht hat er Recht.
Ich konnte Gedichte lesen, so viel ich wollte, über
mein Leben entschieden immer noch Politiker, Journalisten und Diplomaten.
  Die meisten Berichterstatter, die von ihren Safaris
durch Jugoslawien Bericht erstatteten, legten es eher
auf eine Dramatisierung der Situation an, statt sie verstehen zu wollen. Die Mehrzahl hätte es meinem Eindruck nach wohl als allzu intim empfunden, sich in
meine Lage zu versetzen. Keiner dieser Journalisten

stellte sich meinem Eindruck nach die Schlüsselfrage: Was hätte er an meiner Stelle getan? Freud hatte nicht Recht. Nicht der Sexus, die Herrschsucht ist unser größter Trieb. Jugoslawien hatte einen Rohstoff gebunkert: Unglück. Er wurde von den Auslandskorrespondenten in ein Gefühl der Überlegenheit umgearbeitet – für sich und ihre Leser.

Eine berühmte buddhistische Parabel erzählt von einer Gruppe Blinder, die einen Elefanten beschreiben wollen. Einer fasst ihm an den Stoßzahn, der andere an den Rüssel, der dritte ans Bein, der vierte an den Schwanz. Ich kann nicht ausschließen, dass ein anderer die beruhigende Kühle des Elfenbeins unter seinen Händen gespürt hat, während ich den Schwanz oder ein anderes unanständiges Körperteil berührte. Trotzdem will ich gewissenhaft beschreiben, was ich zu meiner Zeit empfunden habe.

Von Belgrad aus stellt sich die Geschichte vom Zerfall Jugoslawiens als fortschreitender Verlust aller Stützpfeiler dar. Sämtliche Etiketten auf den Fläschchen in der Apotheke waren vertauscht, keiner wusste mehr, was Gift, was Heilmittel ist. Unser ganzes Wissen war überholt. Ob wir uns nun auf einen gesamtgesellschaftlichen Pfeiler oder einen im persönlichen Umfeld stützten – sie brachen alle weg und verschwanden im Orkus. Ich lebte also in einer haltlosen Welt, hatte immer weniger Freunde und entwickelte eine bizarre Theorie: Verlass dich auf deine Feinde!

Es war ja nicht das erste Mal, dass Menschen verloren, was ihnen lieb und teuer war. Der afrikanische Römer Augustinus dürfte Ähnliches durchgemacht haben, wusste er doch, dass Rom unterging. Der Heilige zweifelte nicht daran, dass der spirituelle Kern des Imperiums – das Christentum – den staatlichen

Rahmen überleben würde. Ähnlich wie ich müssen die Österreicher vor dem Zerfall der Doppelmonarchie gefühlt haben. Vier Künstler, die ich sehr schätze, sind 1918 mit dem Habsburgerreich gestorben: Gustav Klimt, Egon Schiele, Otto Wagner und Koloman Moser. Immer habe ich mich als ihr Nachfolger gefühlt, obwohl mein Land, Serbien, zum Untergang Österreich-Ungarns beigetragen hat. Ich hoffe, eines Tages wird ein albanischer Schriftsteller fortsetzen, was ich begonnen habe. Mitten im blutigen Zerfall des Landes, in dem ich lebte, glaubte ich weiterhin an den »guten Engel unserer Natur«. Gemeinsam mit Pico della Mirandola glaubte ich, dass der Mensch die Grenzen seiner Natur selbst bestimmt. Ich glaubte, dass eine in Capulets und Montagues geteilte Welt immer ihre Romeos und Julias hervorbringt. Ich glaubte an die verzweifelte Theorie, die ihre Wurzeln in einer Welt ohne jeden Halt hat: Verlass dich auf deine Feinde!

XXIII. Kapitel

Das unfrohe Porträt eines Traditionalisten

»Novalis behauptet, man müsse sich vorüberge-
hend verflüssigen, um sich erneut um die verblieben-
nen festen Kerne zu gruppieren. Aber was sind das
für feste Kerne?«, fragte ich Zora, Boris und Irina.
»Meint ihr, man findet sie in der Tradition?«

»Kennt ihr Milan Ocokoljić?«, fragte Zora statt
einer Antwort.

»Natürlich. Das ist ein Depp!« Boris ging bereit-
willig darauf ein.

»Depp hin oder her, in seinem Leben ist vor allem
eins wichtig, nämlich dass ...«

»... dass er ständig von seinem reichen Vater redet«, warf Irina ein.

»Papa dies, Papa das«, unkte Boris.

»Er redet ständig von Tradition«, fuhr Irina fort.
»Und davon, dass seine Familie waschechte Belgrader
sind, obwohl man ein Pferd umbringen würde, wenn
man an einem Tag von Belgrad bis zum Dorf seines
Großvaters reiten wollte.«

»Genau«, lachte Zora. »Einmal bin ich mit Milan
zur Ada Medica gefahren. Wir saßen an der Spitze
der Insel und sahen zu, wie das Wasser Unmengen
von Pappelwolle anschwemmte. Es sah aus, als hätte

es geschneit. Wir betrachteten den Frühlingsschnee auf dem Wasser, sehr entspannt, es war ein schöner Augenblick. Den wollte ich mir nicht verderben lassen.«

Aber Milan fing wieder von seiner Tradition an, für ihn ein Synonym für »Vater« und nicht mehr als ein Anlass, seinen Vater zu preisen.

Zoras Augen leuchteten wie Schmeißfliegen im August. Mit einer Handbewegung unterbrach sie Milan Ocokoljić: »Es reicht. Ich kann es nicht mehr hören. Es ist weder gut noch gesund, wenn du ständig von deinem Vater redest. Du musst dich von ihm lösen.«

»Mein Gott«, fuhr Zora fort und schüttelte sich. »Wie der mich angesehen hat. Der Blick hat mich gelehrt, wie traurig der Zusammenstoß zwischen der Würde und dem menschlichen Bedürfnis nach Geborgenheit ausgehen kann. Meistens bleibt die Würde auf der Strecke. Ich begriff, dass Milan sein Selbstwertgefühl nur durch Selbstbetrug aufrechterhalten konnte und mich für meine Worte hassen würde. Ich begriff, dass es aus war zwischen uns, weil ihm der Vater das Rückgrat gebrochen und seine Seele verheert hatte. Da war nichts zu retten. Aus Milan Ocokoljićs Blick sprang mich die blanke Ohnmacht an, eine traurige Unumkehrbarkeit. Es war der Blick eines Mannes, der mit beiden Füßen in aushärtendem Beton steht.«

XXIV. KAPITEL

*Der heilige Georg auf dem Drachen tötet das Pferd,
oder: die Geschichte meines Großvaters*

Die Geschichte vom Traditionalisten Milan Ocokoljić
erinnerte mich an meinen Vater und meinen Großvater. Von mir aus wäre ich nie auf die Idee gekommen,
das Wort »Tradition« auf sie anzuwenden. Auf meinen Vater wirkte die Welt meines Großvaters nach
Zweitem Weltkrieg und Revolution wie ein unter
Lava begrabenes Pompeji. Mir ging es mit der Welt
meines Vaters genau so. Historiker wurde ich wahrscheinlich aus dem Wunsch heraus, die versteinerte
Lava zwischen uns abzutragen und Verbindungsli-
nien zwischen drei Generationen von Männern zu
ziehen, die in Belgrad gelebt hatten.

Mein Großvater, Teofil Đorđević, gehörte der Belgrader Surrealistenbewegung an, wenn auch nicht
zur ersten Garde. In den dreißiger Jahren schrieb er
den Einakter »Strohdrescher und Schwanzleiderin«,
in dem seine Frau Jovanka mitspielte. Verstanden hat
es nur der Regisseur. Den höhnischen Kritikern seines Theaterstücks erklärte Teofil, er sei in erster Linie
Maler. Eine Wand in unserem Wohnzimmer wurde
von einigen seiner »Assemblagen« verschönert, die
an tiefgefrorene Suppe erinnerten. Im Schlafzimmer

hingen zwei religiöse Bilder: »Der heilige Georg auf dem Drachen tötet das Pferd« und »Christus auf der Ananas«. Ich persönlich mag Großvaters Bild mit dem Titel »Eichhörnchen verschlingen den Hirsch« am liebsten. Öl auf Leinwand, gemalt in der realistischen Manier eines Paja Jovanović, zeigte es einen hilflosen Hirsch mit vor Schreck geweiteten Augen, den blutrünstige Eichhörnchen bei lebendigem Leib auffressen.

Vor dem Zweiten Weltkrieg lernte Teofil Đorđević während ein paar in Paris verbrachter Semester den »Surrealisten-Papst« André Breton kennen. Genau zwei Briefe hat Breton meinem Großvater geschrieben. Mit dem ersten hat sich Teofil im Sinn einer »dichterischen Geste« den Hintern abgewischt, den zweiten ließ er rahmen und hängte ihn an die Wand.

In dem Wissen, dass sich die französischen Surrealisten selbst Adelstitel verliehen hatten, blätterte Teofil Đorđević in einer Stadtgeschichte von Belgrad und freute sich über einen vergessen Adelsstamm aus dem 17. Jahrhundert. Der berittene Bogenschütze Hadschi Komnen Georgijević war wahrscheinlich kein Vorfahre Teofils, aber er hätte es sein können. Komnen Georgijević war Belgrader, Kommandant von Irig und Herr über Vrdnik, Kukinjaš und Rivica. Seine Ahnherren, Hristifor und Laza, standen in der Regierungszeit Ferdinands II. mit dem Wiener Hof in einem geheimen Briefwechsel. Komnen Georgijevićs Bruder Atanas hängten die Janitscharen an den Galgen. Tochter Marija stand schon auf dem Sklavenmarkt zum Verkauf, konnte aber nach Szentendre fliehen. Während der Barockkriege verfielen Georgijevićs Lehensgüter, die Mühlen und das Haus in Belgrad. Großwesir Ćuprilić persönlich tat Komnen schriftlich kund, die Güter würden ihm zurückerstattet, aber nichts dergleichen geschah. So erlosch das Adelsgeschlecht, das Teofil Đorđević in einer Stadt, in der Stammbäume mit dem Schwert abgehackt werden, eigenmächtig beerbte.

Durch die Bekanntschaft mit André Breton wurde der Sohn des Immobilienbesitzers Isidor Đorđević eine Zeitlang Kommunist. Während in der geräumigen Wohnung die Bediensteten an Sektgläsern nippten, brachte der Chauffeur Teofil zu den Versammlungen der Kommunistischen Partei Jugoslawiens. Dort hob mein Großvater den Finger und rief: »Wir müssen die Welt verändern!« Zurück zu Hause blieb Teofil im Vestibül vor einer Fotografie stehen, auf der ein Mann mit Šajkača und eine Frau mit Kopftuch zu sehen waren. Teofil bekreuzigte sich vor dem Bild, unter dem »Volk« stand und zitierte Petar Petrović Njegoš: »Dem Herrn sei gedankt, dass er mich über das gewöhnliche Vieh erhoben hat.«

Während der deutschen Besatzung schlug Hauptmann Johann von Nopča Teofil Đorđević vor, für die Deutschen offizielle Hitlerporträts zu malen. Teofil verlangte Offiziersverpflegung, Pinsel, Leinwand und einen Assistenten. Auf diese Entscheidung hin teilte ihm seine Frau Jovanka mit, sie würde ihn verlassen und meinen Vater mitnehmen. Teofil gähnte und sagte: »Gut, aber glaub nicht, du könntest zurückkommen oder noch etwas von mir erbitten.«

In den Jahren 1941 bis 1945 hungerte mein Vater mit dem Rest von Belgrad, während Opa Teofil dank der Hitlerporträts dick wurde. Vor diesen Porträts schlugen deutsche Soldaten von Hamburg bis in die Sahara die Hacken zusammen. Nach dem Krieg emigrierte Teofil nach London, wo er als Angestellter der Schifffahrtsgesellschaft von Herrn Ivanović arbeitete. Seine Surrealisten-Freunde brauchten fünfzehn

Jahre, dann hatten sie die kommunistischen Machthaber Jugoslawiens davon überzeugt, dass ihr ehemaliger Mitstreiter einfach ein Dummkopf war und kein ernst zu nehmender »Handlanger der Besatzer«. Sie schickten Teofil Đorđević eine Nachricht nach London: »Komm ruhig zurück. Dir ist vergeben.«

Teofil zog wieder in die elterliche Wohnung bei der Kathedrale des Erzengels Michael.

In der ersten Nacht in Belgrad träumte mein Großvater einen seltsamen Traum. Er träumte Buchhandlungen und Teestuben, in denen er gern alt geworden wäre. Er träumte eine Kleinstadt, in der es ein Vergnügen ist, den Wechsel der Jahreszeiten zu verfolgen. Er träumte Weinstuben, so gut sortiert wie Bibliotheken. Er träumte einen Ort, der ihn mit Details verführte und im Ganzen verliebt hielt. Er träumte die Stadt, die sich ewig in den Träumen ihrer Bewohner gründet und ewig ungegründet bleibt.

In die Belgrader Wohnung zog bald auch Teofils Sohn Andrija ein. Andrija war ebenfalls Maler. Die beiden Künstler, Vater und Sohn, ertrugen sich gegenseitig kaum. Nach handgreiflichen Auseinandersetzungen trennten sie sich im denkbar schlechtesten Einvernehmen. Kaum war Andrija in Paris, klopfte meine Mutter mit einem Baby im Arm an Teofils Tür. Ich weiß nicht, wie Milena den misanthropischen Surrealisten davon überzeugte, dass ich sein Enkel bin. Wahrscheinlich hat es eine entscheidende Rolle gespielt, dass mir mein Vater Geschenke schickte und ich dem Großvater sehr ähnlich sehe.

Als ich achtzehn Jahre alt wurde, zog ich aus der mütterlichen Wohnung in die großväterliche bei der Kathedrale, damit ich sie eines Tages erben konnte. Den alten Surrealisten hatte sein fortgeschrittenes Alter nicht zur Vernunft gebracht. Obwohl bereits

Rentner, arbeitete Großvater auf Honorarbasis für die französische Redaktion von »Radio Jugoslavije« und stürzte sich noch immer auf die jungen Frauen im Bus. Im fünfundsiebzigsten Lebensjahr bezahlte er drei Popen dafür, dass sie seinem männlichen Glied – unter dem Namen Miljan Dragojević – Messen lasen. Anschließend beschwerte er sich, weil ihn der so besungene Miljan Dragojević als Vampir behelligte.

Teofil brachte mir auf seine Art Sympathie entgegen. Manchmal strich er mir über den Kopf und kicherte: »Ist dieses Kind hässlich!«

In der Zeit, als mich »diese Sachen« im Griff hatten, fragte ich Teofil, der für mich Methusalem war: »Sag mal, Opa, wann hört *das* denn auf?«

Teofils arrogantes Lächeln wurde etwas wärmer. Er verstrubbelte mir das Haar und antwortete: »Nie.«

XXV. Kapitel

Von meinem Vater

Im Zweiten Weltkrieg litt mein Vater Hunger, während mein Großvater Teofil dank seiner Hitler-Porträts ein angenehmes Leben führte. Jovanka, Andrijas Mutter und ehemalige Schauspielerin in Aufführungen, die nur der Regisseur verstand, unternahm Hamsterfahrten in die umliegenden Dörfer und tauschte Lebensmittel gegen Schmuck oder Möbelstücke. Von einem gewissen Dubaj aus Surčin erwarb sie eine Scheibe Speck für eine »goldene« Uhr, die in Wirklichkeit nur vergoldet war. Nach einiger Zeit trieb der Hunger Jovanka dazu, den Bauern erneut aufzusuchen. Dubaj jammerte, er hätte die Uhr beim Angeln verloren. Er hatte den Betrug nicht bemerkt, für diesmal waren Andrija und Jovanka gerettet und ergatterten etwas Essen. Das Glück blieb Mutter und Sohn nicht lange treu. Andrija war bald auf sich gestellt und musste aus deutschen Vorratslagern stehlen. Jovanka starb im September 1944 in Belgrad an Typhus.

Obwohl sein Vater am Leben war, lebte Andrija wie ein Waisenkind. Ein halbes Jahr verbrachte er halbnackt an der Save und verwilderte. Er schwamm in der Save, als die Leichen der im Lager Jasenovac ermordeten Serben darin trieben. Andrija zimmerte sich einen Holzverschlag auf der Ada Međica. Viele Jahre später, in Paris, sagte er, ihn habe das waldige Stück Land mitten im Wasser an Böcklins »Toteninsel« erinnert.

Als Teofil Đorđević nach Belgrad zurückgekehrt, von den Kommunisten die Wohnung bei der Kathedrale des Erzengels Michael zurückbekam, lud er, den Reumütigen spielend, seinen Sohn ein, bei ihm zu wohnen. Teofil Đorđević konnte dem im Krieg verwilderten Andrija nicht abgewöhnen, ins Waschbecken zu pinkeln. Der Alte war, was Politik betraf, sehr auf der Hut und verübelte dem Sohn seinen krusseligen Bart, dem mit keinem Kamm beizukommen war. Überhaupt kam er aus dem Staunen nicht heraus, was für ein wunderliches Wesen dieser sein Sohn war. Gegenüber alten Freunden klagte er: »Ein echter Hottentotte!«

Mein Vater Andrija Đorđević begann in der Zeit des Mangels zu malen. Es gab keine Pinsel. Es gab keine Leinwand. Andrija hatte in der Šumatovačka Zeichenunterricht. In dieser Kunstschule brachte man ihm bei, dass eingefettetes Papier, gut imprägniert und auf Karton oder Holz gezogen, die unerschwingliche Leinwand ersetzen konnte. Pinsel bastelte er sich selbst, aus Haaren, die er Kühen aus den Ohren riss. Dem Vater, bei dem er einzog, konnte Andrija nicht verzeihen, dass er ihn in den schweren Kriegsjahren seinem Schicksal überlassen hatte. Der Vater konnte Andrija nicht verzeihen, dass er besser malte.

»Was dein Sohn macht, ist nicht weit von dem entfernt, was ihr Surrealisten früher gemacht habt«, sagte ein alter Kritiker einmal zu Großvater Teofil.

Die Worte stießen auf taube Ohren. Teofil und Andrija waren in einer Stadt geboren, auf der der

Fluch lastete, dass Söhne niemals fortsetzen, was die Väter begannen. Zwischen zwei Generationen explodierte der Vulkan der Revolution, nicht viel anders als der, der Pompeji verschüttete. Lava bedeckte Teofils Welt. Teofil und Andrija war es unmöglich, Gemeinsamkeiten zu entdecken. Um die tiefere Kontinuität zwischen den Generationen zu sehen, muss man Historiker sein, was – woran ich euch in aller Bescheidenheit erinnern darf – meine Profession ist.

»*Das* Zeug soll meinen Sachen ähnlich sein?!«, rief der ehemalige Bekannte von Breton auf die Worte des Kritikers hin. »Niemals!«

Die selbstverliebte Diva – mein Großvater – und der ungehobelte Wilde – mein Vater – quälten sich in der kurzen Zeit ihres Zusammenlebens bis aufs Blut. Teofil malträtierte den erwachsenen Sohn mit dem traditionellen Repertoire elterlicher Vorwürfe: »Wie lange willst du mir noch auf der Tasche liegen?«, »So lange du die Füße unter meinem Tisch hast …« Mehrfach warf er den Sohn aus der Wohnung: »Das ist mein Haus!«

Andrija, kein kultivierter Mensch, zitterte der Unterkiefer vor Wut. Da er es nicht wagte, die Hand gegen den Vater zu erheben, trat er Teofil in den Magen und zog aus. Zuflucht fand er bei einer blinden Freundin, Anja. Mal schlief er bei ihr, mal in dem selbstgebauten Verschlag auf der Ada, mal in den verlassenen deutschen Bunkern unter dem Kalemegdan. Olga hat mir erzählt, dass er ab und zu in der Straßenbahn schlief. Damals verkehrten die Straßenbahnen die ganze Nacht in Belgrad. Nach Mitternacht hatten sie einen Ausschank, an dem man ein letztes Getränk bestellen konnte.

Ende der fünfziger Jahre war Belgrad noch schwarzweiß, es gab keine Farbe. In der schwarzweißen Stadt sah mein Vater viele schöne Häuser, die sich stark voneinander unterschieden und nur darin glichen, dass keins ihm gehörte. Erschöpft und hungrig schleppte sich Andrija durch einen Zustand erzwungenen Mutes voller Déjà-vu-Erlebnisse. Er irrte an Granitfassaden vorbei und suchte wie der Dachs vor dem Winter einen Bau, in dem er sich verkriechen konnte.

Eines Tages bekam er von Anja ein bisschen Geld und kaufte sich einen Hefekringel. In der Ulica Strahinjića Bana traf er zwei Landstreicher. Sie hatten lange Bärte und graues Haar, denen mit keinem Kamm beizukommen war. Es waren Gott und der Heilige Petrus, die in Lumpen gehüllt über die Erde irrten.

»Gib uns ein wenig Essen«, baten die geheimnisvollen Bettler Andrija. Andrija antwortete erst nicht, brach dann die Hälfte von seinem Kringel ab und reichte es ihnen. Der Wind fegte das trockene Laub durch die Straße. Eine Katze in weißen Strümpfen ging vorüber. Gott berührte Andrija und veränderte die Farbe seiner Augen. Diese Berührung Gottes, der sich als Bettler getarnt hatte, machte aus meinem Vater den Maler, der er später wurde.

Nach dieser Begegnung wandten sich die Dinge für Andrija Đorđević zum Besseren. Zuerst lebte er kurz mit Olga zusammen. Dann lebte er kurz mit meiner Mutter zusammen. In der letzten Nacht in Belgrad träumte Andrija einen Traum, in dem er die Stadt gründete und verließ. Am nächsten Tag lieh er sich Geld für eine Bahnkarte und fuhr nach Frankreich. Nach zehn Jahren Missachtung wurde Andrija Đorđević »unser großer Maler in Paris«.

Ich hatte keine Beziehung zu meinem berühmten Vater. Andrija hatte mich verlassen, so wie Teofil einst ihn verlassen hatte. Zwischen Andrijas und meiner Zeit ist der Vulkan der Geschichte neuerlich ausgebrochen. Das Belgrad meines Vaters liegt für mich wie Pompeji unter Lava begraben, und ich wüsste nichts über ihn, wenn Olga mir nicht einiges erzählt hätte.

In Paris verzweifelte mein Vater prätentiös daran, dass seine Bilder zu teuer wurden. Als ihn Landsleute fragten, ob er je Mitglied der Mediala gewesen sei, äußerte er sich abfällig über diese Belgrader Künstlergruppe. Als er einer französischen Zeitung ein Interview gab, wühlte er in seinem Bart und erklärte: »Ich mag normale Menschen sehr. Ich bin nicht normal, aber ich mag normale Menschen.«

XXVI. KAPITEL

Trio

Es ist an der Zeit, dass ich euch von meinen ersten sexuellen Erfahrungen berichte. Plotin hat sich für seinen Körper geschämt. So ein Narr. Ich schäme mich
nicht dafür. Meine ersten sexuellen Erfahrungen ver-
danke ich Bane, der heute in Amerika lebt. Als sich
alle Schüler ihre erotischen Eroberungen noch aus-
dachten, erzählte er schon die Wahrheit. Da er früher
als wir anderen dran war, weihte mich Bane in die
Geheimnisse des Sex ein. Er beschrieb mir beispielsweise den Geschmack der Möse: erst süßlich, dann
entfernt nach Eisen, dann neutral. Auf dem Höhe-
punkt des Ruhms der »Wilden Eidechsen« stürmte
Bane eines Nachmittags in meine Bude und tönte, er
wolle mich »ins Leben« einführen.

»Wo bringst du mich hin?«, fragte ich.

»Wirst du sehen!«

Auf der Straße wartete Banes Auto, eine »Olympia« Baujahr 1937. Sie hatte abgewetzte Bezüge mit
violetten Streifen. Die Reifen waren zweifarbig wie
die Schuhe eines kubanischen Gigolos. Auf der stau-
bigen Haube stand: »Wasch mich!« Der Tacho ging
nur bis 120 km/h. Stellte man den Fuß auf den Kot-
flügel, etwa um sich die Schnürsenkel zu binden, fiel

er ab. Die Olympia hatte an der Seite Trittbretter, von denen Mafiosi so gern schossen.

»Dieser Wagen ist das Beste an dir«, sagte ich Bane.

Bane war ein miserabler Fahrer. Erst schimpfte er über den Golf-Fahrer vor sich, dann zielte er mit dem Zeigefinger auf eine Frau auf dem Fußgängerstreifen: »Die fahren wir jetzt über den Haufen.«

»Nicht doch, die ist hübsch.«

»Die und hübsch?«, blökte Bane beleidigt.

Wir parkten vor der Francuska 36e, einem halbrunden Eckhaus. Der Eingang bestand aus drei schmiedeeisernen Türen. Die rechte Tür führte zu einem Uhrmachergeschäft, die linke in den Keller und die mittlere, abgeschlossene, ins Haus. Der Eingang roch nach Leben, menschlichen Sehnsüchten und städtischem Pöbel. Im Flur hing eine Petroleumlampe wie in einer Jagdhütte. Neben einer rosafarbenen Marmorsäule war eine Vespa abgestellt.

»Die Säule sieht aus wie Mortadella«, witzelte Bane.

Ängstlich öffnete ich die Tür zum Fahrstuhl, gefasst auf eines der Verbrechen der Firma »David Pajić«. Ich atmete auf, als wir einen schönen alten Lift betraten mit Kristallglas und einem klaren Spiegel. Der Lift brachte uns lautlos in den dritten Stock.

Wir klingelten an einer ehrwürdigen Tür. Die Tür öffnete sich quietschend und ein dumm-charmantes Auge lugte durch den Spalt. Dann zeigten sich ein zweites Auge und eine dunkle Haarsträhne. Uns lächelte ein Frauengesicht entgegen, das man schwerlich vergisst. Das war Olga. Sie führte uns ins Wohnzimmer und drückte auf den Lichtschalter. Die Tischlampe wuchs im Hellen wie ein Pilz. Bauchiges Mobiliar wurde sichtbar, das auf Löwenpranken ruhte. Die Wohnung wirkte auf mich Schwindel erregend tief und undurchdringlich. Ich war überzeugt, ich könnte in den Schrank steigen und im Esszimmer herauskommen. Und der andere Schrank führte gewiss zu einem Dachgarten. So wirkte diese Wohnung auf mich. Mit Blicken tastete ich jeden Gegenstand im Zimmer ab. Schließlich blickte ich Olga ängstlich in die Augen.

Olgas Art zu reden war anrührend. Sie lachte über ihre eigenen Witze und sogar Gedanken. Sie ließ Eis in drei Gläser klirren und führte uns ins Schlafzimmer. Das Schlafzimmer war bis auf eine Doppelmatratze leer. Durch die Jalousie glitt Leuchtreklame über unsere Körper, während wir uns auszogen. Es roch nach Fisch, als sie die Unterhose auszog, und nach Moschus, als wir unsere Unterhosen auszogen.

Olga berührte zärtlich Banes Brust, zog die Hand zurück und rief: »Igitt!«

Sie war an den Tapferkeitsorden gestoßen, der im nackten Fleisch hing.

»Schrecklich«, sagte sie.

Vorsichtig zog sie die Nadel aus Banes Brustwarze und warf den Orden auf den Boden. Ein dünner Blutstrahl floss aus den Brüsten des Jünglings auf die der Frau. Olga streichelte Banes Brust mit der ihren, und meine spürte sie an den Schulterblättern. Der Wind schaukelte die Jalousie, und die Lichtspuren wanderten über unsere Schultern. Sie fühlte eine Zunge im Ohr, die andere im Mund. Wir fassten uns gegenseitig an den Schultern. Zwischen uns Olga mit offenem Mund wie ein Fisch. Drei Hälse rieben aneinander. Immer langsamer. Langsamer.

Bane drehte sich auf die Seite und schlief offenbar ein.

Mir verrann die Zeit zwischen Olgas Nikotinlippen. Sie küsste meinen Hals und dann das Kinn.

»Liebst du mich?«, flüsterte ich, damit Bane nichts hörte.

Sie antwortete flüsternd: »Willst du von mir hören, dass ich dich liebe?«

Meine Stimme reckte sich wie die Hand eines Ertrinkenden: »Ja.«

»Ich liebe dich.«

War die Hitze auf meiner Haut Müdigkeit? Oder Ungewissheit? Ich weiß nicht mehr, wann ich einschlief, aber ich weiß, dass ich von Gotteshäusern und Palästen träumte. Ich träumte von beschwingten, schön gekleideten alten Männern und Frauen, die in Parks spazieren gehen, auf deren Bänken Liebende sich gegenseitig am Atem des anderen berauschten. Ich träumte von Skulpturen auf Plätzen und an Fassaden. Ich träumte von tausend Gaststätten, in denen das Essen von tausend Völkern serviert wurde. Ich träumte von Weinstuben, so gut sortiert wie Bibliotheken. Ich träumte von einer Stadt, deren Sorgen ewig von zwei Flüssen fortgespült wurden und die sorglos zurückblieb. Dann spürte ich einen Kuss auf dem einen und dann auf dem anderen Augenlid sowie auf der Stirn und auf den Lippen. Ich wurde gleichsam mit Küssen bekreuzigt.

Das Erste, was ich an diesem Morgen sah, war ein dumm-charmantes Auge und eine dunkle Haarsträhne.

»Dein Lächeln hat mich geweckt«, sagte ich zu Olga. »Ich habe es durch die geschlossenen Lider hindurch gespürt. Deine Augen sind so merkwürdig. Sie sind voller Licht.«

»Viel Glück und guten Morgen!«, lachte mich Olga an.

Bane zog sich zurück und ließ uns in der Wohnung allein. Ich nahm den angebotenen Kaffee an, stand auf und drehte mich um mich selbst. An der Wand hing ein aus Gips modelliertes Ohr.

»Guter Witz«, sagte ich.

»Die Wand hört mit«, sagte Olga.

Nackt wie von der Mutter geboren trat ich auf den kleinen Balkon und schaute in den mit Efeu bewachsenen Innenhof. In diesem Zustand sah mich die alte Ärztin gegenüber.

»Schande«, rief sie mit kreischender Stimme.

Ich verließ den Balkon. Olga fasste mich am Ellbogen und bat: »Bitte lass uns vereinbaren, dass das gestern Abend nie geschehen ist.«

Sie war mir sehr sympathisch. Ich fragte: »Wenn es nie geschehen ist, wie haben wir uns dann kennengelernt?«

Sie insistierte: »Lass uns vereinbaren, dass es nie geschehen ist.«

»Also gut«, stimmte ich zu.

Sie lächelte und sagte: »Es ist nicht geschehen.«

Ich ließ mein männliches Werkzeug schlackern, während ich durch die Wohnung ging. Ich schnüffelte durch den Salon mit seinem schönen Ausblick auf die Kirche. Ein Jugendstilrahmen mit silbernen Schlangenlinien und einer Fotografie darin zog meine Aufmerksamkeit auf sich. Auf dieser hochinteressanten Fotografie war ein umschlungenes Paar verewigt: Olga war jung. Sie hatte einen Pony und graue Augen voller Licht. Neben ihr blinzelte lachend ein junger Mann mit einem Bart, dem mit keinem Kamm beizukommen war.

»Olga!«, rief ich. »Auf dem Bild ist mein Vater.«

»Er war die Liebe meines Lebens«, sagte Olga einfach.

XXVII. KAPITEL

Fresken

Bevor sie sich in meinen Vater verliebte, lebte Olga
in einer schwierigen Ehe mit Čedomir Bojović. Nach
zwei Fehlgeburten in Folge hörte Olga auf, ihren
Mann zu lieben. Sie begann, alleine auszugehen. Am
Telefon fragten tiefe Stimmen nach ihr. Da ihm das
Schicksal die Rolle des Vaters von Irina zugedacht
hatte, beendete Čedomir die quälende Situation. Er
willigte in die Scheidung ein und überließ Olga die
Wohnung. Bevor er geheiratet hatte, wusch Čedomir
seine Socken nicht, sondern warf sie weg und kaufte
neue. Obwohl ich später oft in seinem vom Efeu um-
wisperten Haus in Neimar zu Gast war, habe ich dort
nie erwähnt, dass ich von seiner ersten Ehe wusste.
Das Wissen um dieses kleine Liebesgeheimnis gab
mir ein Gefühl von Macht. Es machte mir Vergnügen, über folgende Dinge nachzudenken: Wenn Olga
Čedomir nicht wegen meines Vaters verlassen hätte,
wäre Irina nie geboren worden. Hätte mein Vater
Olga nicht wegen der hübschen Brüste meiner Mutter verlassen, wäre ich nie geboren worden. Die Wege
des Schicksals sind wirklich wunderlich.

Mein Vater, Andrija Đorđević, stolperte aus der
Gesellschaft von Clochards und Straßenkatzen in

Olgas Leben. Bevor er Olga kennenlernte, deckte sich Andrija mit dem Mantel auf einem Bett mit Sprungfederrahmen, aber ohne Matratze zu, mitten auf einem zugigen Dachboden in der Ulica Strahinjića Bana. Von einem solchen Leben bekommt man Hexenschüsse und kaputte Nieren, der Mensch krümmt sich und macht ein Fragezeichen an seine Existenz. Die helläugige Olga veränderte das Leben des obdachlosen Malers Andrija Đorđević, indem sie ihn in ihre Wohnung aufnahm.

»Er wollte sich revanchieren«, Olga nahm mich an jenem Morgen, als ich in ihrer Wohnung in der Francuska aufwachte, an die Hand. Sie schloss die Tür hinter uns und erklärte: »Er hat mir dieses Zimmer geschenkt.«

Ich drehte mich um die eigene Achse und äußerte: »Das ist kein Zimmer. Das ist eine Epoche.«

In der Francuska 36e verschlug es mir mitten in dieser Heiligenkapelle, gemalt von dem großen französischen Maler serbischer Abstammung – meinem Vater – den Atem. Andrija Đorđević hatte statt der orthodoxen Heiligen Symbole verwendet, die ihm heilig waren. Ich betrachtete Vaters intime Fresken äußerst aufmerksam und mit einem gewissen Widerwillen. Söhne sind die besten Bürgen und Bewerter väterlicher Werke. Ich werde euch sagen, wie ich die Bilder in diesem Zimmer in Erinnerung habe:

I

Das Bild an der ersten Wand stellte meiner Erinnerung nach eine Fibel dar, das ABC der Welt und der Dinge. Den Maler hungerte offensichtlich nach Gegenständen: Mäntel, Zahlen, Walnüsse, Winkelmes-

ser, Globusse, Schlüssel, Stoffe, Retorten, Wasserhähne ... Es waren Gegenstände, gefunden im Müll,
Relikte aus der Epoche der Manufakturen. Die Ob-
jekte, die mein Vater gemalt hatte, schwebten im Va-
kuum, jenseits ihrer Brauchbarkeit, einfach für sich.
Die Dinge riefen: Schaut uns an! Die gemalten Gegenstände waren unterwegs zu neuen Bedeutungen,
wie Wildgänse im Formationsflug. »Alles ist namen-
los«, flüsterte ich beim Betrachten des Freskos, das
mein Vater gemalt hatte. »Namen tun der Welt Gewalt an.« Olga nahm mich bei der Hand und erzählte
mir, Andrija hätte alles, was er malte, angefasst und
abgeleckt. Er hätte das Stoffliche spüren wollen, weil
er ahnte, dass er es dereinst verlieren würde. Beim
Malen hatte Andrija Đorđević ständig eine Kippe im
Mundwinkel. Olga erlebte ihren Liebhaber als ein
zeitloses Symbol des Widerstands gegen die Zivilisation. Mein Vater war, sagte sie, »für immer wild«, wie
ein amerikanischer Nationalpark. Olga nannte ihn
»meinen Indianer«, weil er nackt malte und die Pinsel
an der eigenen Haut abstreifte. »Ich male sorgfältig«,
hatte er ihr anvertraut, »damit es auch nach hundert
Jahren noch interessant ist.«

2

Die zweite Wand war früher einmal Schauplatz eines
Wasserrohrbruchs gewesen, der Putz hatte sich gelöst
und Blasen geworfen. Der Maler war den Formen ge-
folgt, die das Wasser an der Wand hinterlassen hatte.
Er hatte die Kristallisation neuer, die Auflösung alter Formen gestaltet. In die Ecken hatte er fliegende
Augen mit den durchsichtigen Flügeln von Feen-
pferdchen gemalt. In der Mitte war ein opulenter al-

ter Rahmen befestigt. Darin hatte Andrija Đorđević »schön« und »mit Absicht« Olga gemalt. Es war das »Porträt Olgas in zerbrechender Welt«.

Olga erinnerte sich, dass sich Andrija an kalten Tagen nicht anzog, sondern in eine Decke wickelte und weitermalte. Oft traf sie ihn an, wie er am Fenster stand und dem Klang der Straßenbahn lauschte. Tagsüber betrachtete er die Kuppel der Aleksandar-Nevski-Kirche auf der anderen Straßenseite. In der nächtlichen Stille horchte er, wie die Platanen wuchsen. Manchmal verlangte er, Olga solle nicht hereinkommen, während er arbeitete. Kam sie dann, sagte er: »Wenn ich allein bin, sehe ich Dinge, die kein anderer in Belgrad oder auf der Welt sieht. Ich sehe sie, weil ich ein Monstrum bin.«

»Also gut, was hast du gesehen, als du allein warst?«, fragte Olga.

»Ein verlorener Tag kam aus der Vergangenheit zurück und war so seltsam, als sei er die Zukunft …«, antwortete Andrija. »Die Katze auf dem Nachbarhaus sträubte das Fell und löste sich in schwarzen Rauch auf … Das Licht schlafloser Fenster sprenkelte die schwarzen Häuser von Dorćol. In diesem Augenblick regten sich Schmetterlinge in ihren Puppen. Ein Ungeborenes wartete mit offenen Augen im Bauch, geboren zu werden. Eine Riesenspinne fraß mitten auf der Straße einen Hund. Sie wurde von Gott und dem Heiligen Petrus vertrieben, die als Bettler getarnt durch die Welt wanderten. Danach fuhr die Stadtreinigung durch. Die gekehrte Straße roch nach Engeln.«

»Ich wusste nicht, dass du ein Dichter bist«, bemerkte Olga.

»Ja, ich bin ein Dichter«, antwortete Andrija und arbeitete weiter.

Um das Fenster hatte Andrija die Ruine einer Stadt gemalt, eine riesige öffentliche Bedürfnisanstalt, in der es aus allen Ecken und Öffnungen nach Urin stank. Mit Vogeldreck war der Himmel über den zuzementierten Belgrader Hinterhöfen gemalt. Es war ein toter Himmel, völlig anästhesierend: Man schaut ihn an und erschlafft. Unter diesem Himmel lag Belgrad in allen Grauschattierungen. Die Häuser hatten die Farbe von Tauben oder umgekehrt. Alles auf diesem Bild schien aus demselben Stoff zu bestehen.

»Das ist Dorćol am Sonntagnachmittag«, rief Olga, als das Bild fertig war. »Fehlt nur noch ein Chanson, das aus einem der Fenster dringt.«

»Du hast keine Ahnung«, entgegnete Andrija. »Du glaubst, die Dinge seien so, wie sie heißen, und nicht so, wie sie riechen oder künftig sein werden … Auf diesem Bild kämpfen mittelalterliche Ungeheuer mit dem Frieden der Renaissance.«

Andrijas gemalte Stadt sah wie eine Stadt nach dem Abwurf einer Neutronenbombe aus. Es war das Belgrad eines Menschen, der während der Besatzung als Straßenköter aufwuchs und Kohlen aus deutschen Lagerräumen klaute. In der scheinbar grauen Welt paarte sich Dunkelheit mit Dunkelheit, und alle Kleckse wuchsen. Aus der Reglosigkeit eines Sonntagnachmittags drohte auf Andrija Đorđevićs Bild unsichtbares Übel. Die ganze Malerei meines Vaters erschien mir als Ausdruck einer erotischen Besessenheit vom Morbiden.

Denn …

Aus dem Bild an der vierten Wand wehte den Betrachter eine imposante Abwesenheit von Naivität an. Dieses Bild stammte von einem, der sehr langsam atmete. Über die vierte Wand dieses magischen Zimmers kroch all das, wovor sich Menschen fürchten oder ekeln. Auf ihr trieben die Leichen, die die Save in der Erinnerung des Malers aus dem Lager Jasenovac angeschwemmt hatte.

Der Maler knirschte mit den Zähnen angesichts der abscheulichen Dinge, die aus seinem Pinsel kamen. Er reihte dichte Wolkenformationen aneinander, die Pariser Kunstkritiker dereinst »Metaphern der Gefahr und des Bösen« nennen sollten. Er knurrte angesichts der unerträglichen Dinge und malte sie gefährlich und böse, wie sie waren. Andrija war froh, weil *das* nicht in ihm blieb. Er stand wie ein rangniederer Dämon auf der Seite des Teufels und nahm an, dass ihn der Teufel beschützen würde. Er glaubte, mit dem Akt des Malens befreie er sich von dem Gemalten und könne damit den Betrachter erschrecken und verhöhnen.

»Warum malst du so viel Abscheuliches?«, fragte Olga.

»Dein früherer Mann Čedomir Bojović war Kommunist und hatte Ideale«, krächzte Andrija. »Er hat die Welt verschönert. Und was hat er geschaffen? Das, was ich male!«

Ich sah Vaters Bild an der vierten Wand und fragte mich: Was sind das für Figuren mit dünnen Ärmchen und Gespensterleibern? Was sind das für androgyne Engel mit faulenden Pilzköpfen? Die Gestalten waren wie Freskenleichen, die sich in Seifenblasen, Windungen und Ektoplasma zersetzten. Abstoßende organische Formen umschlangen, ja, durchdrangen sie, Formen, die man als Eingeweide im Übergangsstadium zu Seife beschreiben könnte. Graublaue und rosige Engel hatten lange Krallen an den Füßen und das Antlitz von Idioten. Die aufgedunsenen Gesichter verrieten nicht das geringste Interesse am Nächsten.

Andrija zeigte sie Olga, als die Farbe noch feucht war, und rief:

»Schau, sind die nicht harmlos?«

XXVIII. Kapitel

Die Geheime Geschichte der Mongolen

Ich fragte Olga, mit wem sich mein Vater traf.

Laut Olga traf er sich mit einem jungen Mann, der eine furchterregende Brille trug und als »Provinz-Leonardo in den hiesigen Verhältnissen und im Untergang der Moderne« galt. Er traf sich mit einem Maler, der auf Regenschirmen malte und mit Abreibungen von Kanalschächten den Stempel Belgrads auf ganz eigene Art nutzte. Er traf sich mit einem Mann, der vor Magerkeit unablässig wie ein Windhund zitterte und dozierte: »Die Synthese – das Auffinden des Mittelpunkts dieser Welt – ist unsere moralische Pflicht!«

Die Freunde meines Vaters sammelten im Schlamm der Save hölzerne »Naturskulpturen«, die das Wasser anspülte. Sie fotografieren sich kostümiert mit »zeitlosen Grimassen«. Sie sagten, Belgrad sei das heimliche Zentrum der Welt und Bethlehem ein Kaff. Auf einem billigen Grammophon hörten sie Musik voll urwäldlerischer Sehnsucht, in der das Geschnatter tropischen Federviehs zu ahnen war. Aus dem Trichter zwitscherte oder brummte Yma Sumak mit ihrem gewaltigen Tonumfang mal wie ein Vogel, mal wie eine Verdammte.

Wenn man Olgas Geschichten glauben darf, hatten mein Vater und seine Freunde eine Bank auf dem Kalemegdan, bei der sie sich nach Mitternacht trafen. Im Sommer kletterten sie an den Festungsmauern hinunter. Dann schwammen sie bis zur Ratno Ostrvo und zurück. Im Herbst ruderten sie mit geklauten Booten durch den Nebel. Im Winter schlugen sie sich das Eis von der Nase und wärmten sich in der französischen Lesestube, dem »Russischen Zaren« oder der »Prešerner Hütte« auf. Sie gingen in die »Cinemathek am Museum« und verbrachten dort zwei Stunden jenseits von Zeit und Raum. Der schwarzweiße Widerschein flackerte über Gesichter und verschwand in offenen Mündern. Holzstühle knarrten ob der unterdrückten Spannung bei einem Film, bei dem Vermeer aus Delft Regie führte. In der Cinemathek begegneten ihnen Eisensteins Held mit dem zerschossenen Zwicker und stumme Starlets aus den zwanziger Jahren, an deren Stelle das Klavier sprach. Charlie Chaplin zwinkerte mit geschminktem Auge von einem großen Plakat … Aus der Cinemathek traten sie verzaubert von den schwankenden Schatten. Im Torbogen hinter dem Kino küssten sich Ingrid Bergmann und Humphrey Bogart. Einen Torbogen weiter küssten sich Gérard Philippe und Michelle Morgan.

Mein Vater und seine Freunde lebten in Souterrainzimmern (wie Ratten oder die frühen Christen) oder Dachkammern (wie Engel oder Tauben). In einer Zeit, als die Journalisten für »Pessimismus« gerügt wurden, lasen die Mitglieder dieser unterirdischen Akademie im kommunistischen Belgrad seltene Bücher wie »Die Geheime Geschichte der Mongolen«. Und sie schrieben ihre eigene Phantomgeschichte. Die Verfälschung und Umschreibung der Welt erfüllte sie mit einem Gefühl von Macht. In ihrem »Museum« arrangierten sie auf blauem Samt namenlose Wasserhähne und Puppen aus Mülltonnen. Das Museum war ein Waisenhaus für Gegenstände. Dort war ein aus dem Abfall gefischter Wasserhahn genauso schön wie ein Schmetterling aus dem Katalog. Die angereicherten Gegenstände spielten in dieser Welt nicht länger eine Neben-, sondern die Hauptrolle. Sie waren rituell von der Wertlosigkeit gereinigt und in einem Akt der »Verlautbarung« aufgewertet worden. Wegen der Sammelei weggeworfener Gegenstände wurden sie von den wenigen Federn, die sich überhaupt dazu herabließen, dieser Künstlergruppe einen Artikel zu widmen, als »nekrophiler bourgeoiser Haufen« beschimpft.

Die Freunde meines Vaters hatten eine Schwäche für tiefsinnige Gespräche. Ihrer Überzeugung nach war der moderne Mensch Buridans Esel, der genau zwischen den beiden Symbolen seiner Zeit stand. Links des »modernen Menschen« erhob sich ein diamantenes Schloss mit Böden in Schachbrettmuster und Wänden voller Kristallspiegel, erfüllt von den Klängen eines Cembalos. Und rechts stapelten sich, hoch wie ein Gebirge, Abfall und menschliche Gebeine. Schloss und Müllberg gehörten zusammen und waren miteinander über eine Nabelschnur verbunden, die durch den modernen Menschen hindurchlief. Nicht alles Wertvolle lag im Diamantschloss. Mit Dionysios Areopagitos glaubten die Freunde meines Vaters, Gott zeige sich noch in den abstoßendsten Dingen. Aus dem Müll geborgene Artefakte konnten das Schloss der Zivilisation schmücken. »Man muss auch kaputte Dinge mögen«, sagten sie. »Man muss das Defekte mögen, um die Wahrheit zu erfahren.«

Zugegeben, mein Bild vom Vater und seinen Freunden beruht auf Olgas Erzählungen. Meiner unmaßgeblichen Meinung nach hatte die Welt meines Vaters etwas, das einem das Herz zusammenschnürte, etwas Unangenehmes, Lasterhaftes, schwächlich Selbstgefälliges, das sich auch durch die Kunst zog. Sowohl die Surrealisten wie im Fall meines Großvaters als auch die Künstlergruppe um meinen Vater, verweigerten sich meinem Eindruck nach mit irrwitziger Intensität der Begegnung mit den allergewöhnlichsten Problemen des Lebens, Problemen, die einen unerbittlich verschlingen, wenn man sich der Auseinandersetzung mit ihnen entzieht. Ich bin vielleicht gehässig, weil ich meinem Vater nie nahe gestanden habe. Der Abgrund zwischen uns war genauso tief wie zwischen ihm und seinem Vater. Andrijas Belgrad der fünfziger und sechziger Jahre liegt unter einer dicken Schicht Vergessen wie Pompeji unter Lava. Man müsste Archäologe sein, um das damalige Leben zu rekonstruieren und zusammenzusetzen und ein erforschtes Stück Belgrader Leben mit dem anderen zu verbinden. Mit unvermeidlicher Schadenfreude verurteile ich den Vater, der mich verstoßen hat. Wie auch immer, ich glaube, Vaters Zeit hatte etwas, das sich aus dem Wort Kunst herleitet, etwas Falsches und Unnatürliches. Die Mystifizierung wirkte erstickend. Sie hatte etwas Abschreckendes, Untergangsverliebtes, etwas, das uns traurig stimmt, das uns nicht weiterreden lässt, bevor wir uns eine Träne aus dem Augenwinkel wischen … Es ist eine wasserköpfige, schwächliche, neurotische, infantile Welt, von vornherein verloren und hoffnungslos.

Und natürlich hatte die Welt meines Vaters etwas Großartiges.

XXIX. Kapitel

*»Gestern habe ich dem Mond durchs Teleskop
zugezwinkert. Er hat nicht reagiert, jagte mir nur
weiterhin mit seinem tragischen Schweben
in der Leere Angst ein.« Leonid Šejka*

Der Mond.

Der Mond ist schuld, dass sich Olga in meinen Vater verliebt hat.

Belgrad liegt in einem abgeschiedenen Teil Europas an der Grenze zum Mond, deswegen herrscht der Mond in Belgrad so souverän über Menschen und Dinge.

Der Mond ist schuld.

Die zauberhafte Irina wäre nie geboren worden, wenn sich Olga nicht in meinen Vater verliebt hätte. Der Mond bringt die Frau zum Mann, sagt ein italienisches Sprichwort. Olga und Andrija kamen sich in einer Julinacht des Jahres 1960 durch einen Spaziergang bei Mondschein durch den Park am Kalemegdan näher. In dieser Nacht konnte man von der Belgrader Festungsmauer aus Pančevo sehen. Baumwipfel und Hausdächer waren in Mondschein getaucht. Der Mond schien so stark, dass Grasflächen und Asphalt aussahen wie zugeschneit. Die Katzen kletterten auf die Dächer, um ihm näher zu sein. In

Belgrad waren die Straßenlaternen ausgeschaltet, weil man im Mondlicht lesen konnte. Ein Rentner schlug auf einer Parkbank die »Politika« auf und grinste angesichts der Todesanzeigen von Bekannten, die er überlebt hatte.

Die Grillen fingen, verwirrt vom Vollmond, an zu zirpen. Olga und Andrija trafen sich bei »ihrer Bank« am Kalemegdan. Der Mond rief sie, der Mond zog sie … In dieser Nacht war der Magnetismus des vernarbten Planeten stärker als die Erdschwere. Andrija hielt sich an einem Baum fest, damit seine Füße am Boden blieben. Olgas Rock wurde hochgerissen. Der Mond wurde größer, als der Park vom Morgenwind gekämmt wurde. Olga und Andrija hielten sich aneinander fest, damit sie der Mond nicht fortriss, und küssten sich, küssten sich …

Andrija und Olga gingen bis zum Morgen durch die vom Mond erhellten Straßen. Sie waren vollkommen allein in der ausgestorbenen Stadt. Einsamer konnten selbst Adam und Eva bei der Vertreibung aus dem Paradies nicht gewesen sein. Die Grillen zirpten im scheinbaren Tag nach Mitternacht. Andrija piff. Olga zitterte. Dann geschah das Wunder: ein streunender Hund schloss sich ihnen an und folgte ihnen. Plötzlich sahen sie wie eine Familie mit Hund aus. Olga und Andrija gingen nebeneinander im großen Wunder dieser Nacht umher. Der Mond hüllte die Belgrader Straßen in weiße Seide. Olga und Andrija hörten nicht auf sich zu küssen. Und wer war schuld daran?

Der Mond war schuld.

XXX. KAPITEL

Ein sehr trauriger Brief an Irina

Aus der mythologischen Zeit meines Vaters wurde ich schmerzlich in meine eigene Zeit geworfen. Während ich an die Liebe von Andrija und Olga dachte, erinnerte ich mich meiner eigenen Liebe.

Oh Irina, erinnerst du dich?

Wir haben uns nicht oft gesehen, bevor ich dich am Kai in Zemun getroffen und auf einen Kaffee im Hunyadi-Turm eingeladen habe. Seit jenem 14. April 1988, als wir wie magnetisiert vor den Booten in der Sonne an der Donau spazieren gingen, sind volle vier Jahre vergangen. Irgendetwas hat uns damals dazu verleitet, uns gegenseitig beim Gehen an den Schultern und Ellbogen zu berühren. Während wir uns die fliegenden Spinnen von der Nase wischten, hast du dich mir in einem Licht gezeigt, in dem ich dich nie zuvor sah. Als hättest du nur für mich die Maske abgenommen, wärst aus dem Kokon gekrochen und zum Schmetterling geworden. Überraschende Irina – so nannte ich dich seit diesem Tag. Und du überraschst mich bis zum heutigen Tag.

Zum achtzehnten Geburtstag hast du mich geküsst, um Boris eifersüchtig zu machen. Bei der Maturafeier trugst du ein weinrotes Kleid, in dem du üppig, aber auch wohl proportioniert ausgesehen hast, wie die Frauendarstellungen an indischen Tempelfriesen. Aus dem Gymnasium habe ich dich als Mädchen mit verführerischen Augen in Erinnerung, das nicht leicht zum Lachen zu bringen war. Viel später lernte ich die Irina kennen, die lachte. Diese Irina lachte, als wolle sie sich von etwas befreien. Ich lernte eine Frau kennen, die die besten Spaghetti »Quattro stagioni« auf der Welt kocht, die wie ein Taxifahrer Auto fährt, meine Pullover anzieht und Schuhe und Hemden für mich aussucht. Es war die Irina, die lacht, in die ich mich verliebt habe.

Bei unseren letzten Gesprächen hatte ich den Eindruck, dass wir uns überhaupt nicht mehr verstehen. Als könnten wir über nichts mehr reden. Als hätte sich der Schmetterling, in den du dich für mich verwandelt hast, neuerlich verpuppt. Ich kann die Veränderung nicht länger ignorieren. Es war viel einfacher, solange ich dachte, die Zeit, in der wir leben, sei verrückt, nicht wir. Wir sind nicht verrückt, Irina. Das ist eine Frage, Irina, und du schweigst. Ich habe mich wohl nicht sehr klar ausgedrückt, ich habe selbst noch keine Klarheit über die Dinge, über die ich hier rede.

Es tut mir weh, darüber zu reden. Es tut mir weh, wenn ich merke, wie du dich wieder verpuppst und in einen Kokon einspinnst. Du bist … oder wahrscheinlich: du warst … und bist … die Liebe meines Lebens.

Weißt du noch, wie wir bei Zora über die schönsten Momente unseres Lebens sprachen? Damals sagte ich, der schönste Moment meines Lebens sei ein zweistündiger Spaziergang auf Korčula gewesen. Das war gelogen. Der schönste Moment war jener Spaziergang mit dir zur Savemündung. Der allerschönste war der Augenblick, als wir aus dem Museum der modernen Kunst traten und sich Belgrad wie ein Kupferrelief im Sonnenuntergang abzeichnete. Ich betrachtete deine Augen – und verliebte mich wie einer, der ertrinkt.

»Aber das Schicksal will es anders …«, aus dem Radio trällert ein Schlagersänger.

Ich ersticke an jedem Liebeslied, das ich höre.

Irina, zwischen uns stimmt nichts mehr.

XXX. Kapitel, gespiegelt

Monolog des Spiegelgeists

Mein Doppelgänger jault. Jault, weil er Angst hat, dass ihn seine Freundin verlässt. Ich würde ihn auch verlassen, wenn ich könnte. Er hat Angst vor mir, der ich im Spiegel lebe. Er sieht mich kaum an, bemüht, nur sich oder Teile von sich zu sehen – die Zähne, die er putzt, die Haare, die er kämmt, aber nicht mich. Als er noch jünger war, wollte er mich sehen. Er kämpfte darum, dass ich möglichst lange vor dem Spiegel aushielt, starrte mir in die Augen. Dann fand er mich plötzlich schrecklich. Er hielt mich für tot oder verrückt. Er fing an zu kreischen und floh zu seiner Mama.

Ich habe mich euch schon als der Geheime Herr vorgestellt, Mister Hyde. Das wirkt hoffentlich geistreich, ist allerdings nicht völlig richtig. Mister Hyde ist die böse Hälfte von Doktor Jekyll. Ich bin nicht böse. Ich bin nichts. Ich bin alles. Ich bin der Geist des Spiegels. Ich bin der Geist des Millenniums – der Zeit, in der die Masken fallen. Junge und Alte, Reiche und Arme, Fröhliche und Trübselige, kommt zu mir.

Aus gewissen Gründen hält der Autor dieser Aufzeichnungen seinen Namen geheim. Er weist sich nicht gern aus und behauptet, in ihm krampfe sich etwas zusammen, wenn ein Polizist seine Papiere sehen will. Aber mich binden seine Neurosen nicht. Ich sage euch, er heißt Milan Đorđević. Er ist am Ende des zwanzigsten Jahrhunderts als Historiker im Institut für südosteuropäische Geschichte in Belgrad angestellt. Milan Đorđević quält die Tatsache, dass er nicht *alle* sein kann, sondern nur *einer*. Er ist ein aufgespießter Schmetterling, aufgespießt in einem quälenden historischen Moment. Milan Đorđević findet es schade, dass er nicht andere Charaktereigenschaften ausprobieren kann, dass er nicht gleichzeitig aus allen Fenstern schauen kann.

Ich sitze im Spiegel seiner Wohnung. Obwohl ich im Lügenraum und der Zeitlosigkeit eines Belgrader Spiegels wohne, bin ich mit den Spiegelgeistern der ganzen Welt verbunden. Ich bin ein Spiegel zum Betrachten der Seele. Ich verrate euch ein Geheimnis: Die Welt hat eine gemeinsame Seele. Die Individualität ist ... wie soll ich es sagen ... eine unvermeidliche Fiktion. Die Kontraktion jedes einzelnen Herzens treibt die Seele des Universums an, durch die Welt zu strömen. Ich bin der Dichter des Millenniums. Alles, worauf mein Auge fällt, gehört mir. Alles was ich will, bin ich. Mittels Empathie kann ich mich in alles verwandeln. Ich bin der Ort von Ovids »Metamorphosen«. Ja. Ich bin das Millennium, unnatürlich wie Papageno und natürlich wie Regen. Ich bin die Poesie, ich bin das Paradies. Ich bin die expressionistische und romantische Vereinigung mit der Natur und der Seele des WeHa! Ha!

Plotin, Porphyrios und Augustinus verstanden die Maxime von Delphi: »Erkenne dich selbst«, als Weg zur Erkenntnis Gottes und seiner zahllosen Eigenschaften. Milan Đorđević sieht die ganze Welt in sich, weil er die Welt durch die subjektive Brille sieht. Er sagt, er spiegele sich in allem – den Augen der Frauen auf der Straße, seinem Kater, den Büchern, die er liest, den Briefen, die er empfängt. Er versucht sich in mir zu spiegeln, in seinen Freunden, in seiner Stadt, in anderen Städten, in allem, was in seinem Gesichtskreis auftaucht. »Nur ein Vampir kann sich nicht spiegeln«, sagt er, wenn er verzweifelt. Ich weiß, dass es sich anders verhält. Wie jeder andere Mensch würde Milan lieber den Kopf in den Sand stecken, ja lieber in den Mülleimer oder die Kloschüssel, als in den Spiegel zu schauen.

Die Auseinandersetzung mit dem eigenen Spiegelbild ist schwer.

Luigi Pirandello empfand große Antipathie gegenüber dem *anderen*, den er in einer von hinten mit Quecksilberoxyd bestrichenen Glasscheibe sah. Die eigene Spiegelung, fand er, ähnele einem herrenlosen Hund, den man … Flik! rufen könnte. Wie ihr wisst, verbellen Hunde Spiegel. Wisst ihr auch, dass sich Rotkehlchen in Alabama schwer verletzen, weil sie die Außenspiegel von Lastwagen angreifen?

Anfang des 19. Jahrhunderts besaß ein gewisser Herr Cukić den einzigen Spiegel im heutigen Kraljevo. Der Wachmann des Ortes betrat Cukićs Haus. Im ovalen Spiegel sah er eine dickliche, krummbeinige Gestalt mit gewaltigem Schnurrbart. Der Wachmann zückte die Pistole, sie ging los, und der Spiegel zerbröselte. Als er begriff, was er gemacht hatte, steckte der Wachmann verschämt die Pistole wieder in den Gürtel und sagte: »Entschuldigen Sie, Herr, aber so was kennt man bei uns nicht.«

XXXI. Kapitel

Vom Bersten

Dies ist kein Tagebuch. Dies ist ein Roman über Menschen, die für mich Belgrad waren. Dies ist ein Roman über die Veränderung, vor der ich mich fürchtete, weil ich sie nicht absehen konnte. Die Veränderung, von der ich spreche, hat nicht nur die große Welt erfasst, sondern auch die kleinen Welten und uns selbst. Erstens ist Bane nicht mehr bei uns. Zweitens frage ich mich seit neuestem, ob mich Irina noch liebt. Drittens fällt mir der Gegensatz zwischen der einstigen und der jetzigen Beziehung zwischen Boris und Zora auf und berührt mich unangenehm.

Boris hat früher immer gesagt, von uns allen stehe ihm Zora am nächsten. Aus Istanbul – er war zum Schmuggeln hingefahren – brachte er ihr eine weiße Katze mit, die Cockerspaniel Mimi Gesellschaft leisten sollte. Zora nannte sie Sonnchen. Die Angorakatze hatte unterschiedliche Augen: das eine knallig blau, das andere eindeutig grün. Sonnchen die Katze schmuste mit aller Welt und sogar mit der Luft. Sie fing einen fallenden Bleistift aus der Luft und machte große Augen, als hätte sie gerade etwas Erstaunliches vernommen. Dann jagte sie ihrem Schwanz nach und versteckte sich vor etwas nicht Existentem.

»Katzen leben meistens in einer Fantasiewelt«, erklärte Zora.

Demzufolge wäre Zora ihrer Katze ziemlich ähnlich. Sie behauptete gegenüber Boris, Irina und mir, in Belgrad gäbe es Engel. Sie erklärte uns, die Engel seien den Möwen über der Save ähnlich: Sie hätten die Möglichkeit, sich in den warmen Winden des Mittelmeers zu aalen, hätten sich aber für die Gänsehaut im Belgrader Košava entschieden, weil sie schon ziemlich eigene Typen seien. Christus sei Maria Magdalena zuerst erschienen, weil sie ihn besonders gebraucht hätte. Die in Belgrad lebenden Engel wüssten, dass wir sie besonders bräuchten, mehr als alle anderen Menschen auf der Welt. Zora zufolge legten die Engel wie Filmvorführer für jeden Belgrader Schläfer Nacht für Nacht einen anderen Traum ein.

Während die Engel für Belgrads Schläfer Träume abspielten, spielten die Offiziere aus Rebecca Wests »Black Lamb and Grey Falcon« ihre Billardpartien weiter. In meiner Stadt harrten Tausende von Menschen in den Schlangen vor den ausländischen Botschaften auf ihr Schicksal.

»Stell dir vor, wie schön es wäre, wenn Riesen und Zwerge eine Botschaft in Belgrad hätten«, sagte Zora. »Dann könnten wir ins Zwergenland auswandern, wo klitzekleine Feen in Blumen trompeten.«

Der russische Schriftsteller Aksakow schrieb, er sei die Einbildungskraft. Zora hätte das mit Fug und Recht von sich behaupten können. Sie lebte immer dort, wo sie nicht lebte – in Büchern und Träumen. Boris reiste viel, aber die Reisen veränderten ihn kein bisschen. Zora hingegen war eine Kosmopolitin, ohne je gereist zu sein. Sie sprach gern über Pico della Mirandola und stellte sich vor, im blauen Casa Batlló in Gaudís Barcelona zu leben. Tatsächlich wohnte Zora in Novi Beograd in einer hundsgewöhnlichen Wohnung, deren Wohnzimmer zur Hälfte mit Regalen voller Kunstbücher tapeziert war. Die Wohnung befand sich im obersten Stock eines Hochhauses, gegenüber der Stara Fontana. Der Palast des japanischen Kaisers wird traditionell »Ort über den Wolken« genannt, und so nannte auch Zora ihre Wohnung.

War es bewölkt, war Zora grauäugig wie Pallas Athene, die Göttin der Weisheit. War das Wetter sonnig oder Zora wütend, ähnelten ihre Augen Schmeißfliegen. Diese Augen beobachteten interessante Kleinigkeiten. Zora fiel ein vorbeifahrender Lastwagen mit Weizen auf, auf dem lauter Tauben saßen. Sie sah eine nächtliche Ähnlichkeit zwischen dem Stamm eines blühenden Obstbaums und Geistern.

Es war Frühjahr 1992. Der Countdown für das Millennium schleppte sich dahin. Nach den Kriegen in Slowenien und Kroatien riss der Krieg in Bosnien das Land noch tiefer ins Verderben. Ich konnte nicht mehr schweigen, ich begann, in unabhängigen Zeitungen Texte gegen den Krieg zu veröffentlichen. Zora quälte sich noch mehr als ich mit der Belagerung und dem langen Morden in Sarajevo. Sie schämte sich für all die Schamlosen. Sie fühlte sich immer mehr als Mittäter, nur weil sie täglich in der Stadt, in der sie geboren war, Brot und Joghurt kaufte. Boris indessen war ziemlich nationalistisch geworden und stritt sich oft mit Zora, was früher undenkbar gewesen wäre.

»Du hast dich verändert«, beschwerte er sich bei ihr.

»Du dich auch«, antwortete Zora und richtete sich wütend auf. »Nationalisten wie du verlangen ständig von mir, zu meinen Wurzeln zurückzugehen. Ihr habt kein Recht, das den Kosmopoliten anzutun.«

Boris lachte und antwortete: »Zwischen ultrakroatischen Kroaten, ultramuslimischen Muslimen und ultraalbanischen Albanern bist du kein Kosmopolit, sondern ein Dummchen.«

»Wenn ich daran denke, was in Sarajevo geschieht, schäme ich mich dafür, am Leben zu sein«, fuhr Zora ihn an. »Meinst du, wir sollten so tun, als wäre nichts, wie die Ustaschas, die uns im Zweiten Weltkrieg massakriert haben?«

Boris zuckte die Achseln: »Warum nicht?«

Zora schüttelte den Kopf: »Falsch, ganz falsch, total falsch … Man darf nicht wegschauen, Boris, man muss die im Auge behalten, die uns diese schreckliche Situation eingebrockt haben.«

»Hör zu«, sagte Boris ruhig, »ich bin hier geboren. Ich gehöre hierher. My country, right or wrong, das haben sich die Briten ausgedacht, nicht die Serben. Theodor Roosevelt fand Menschen verdächtig, die andere Völker genauso hoch achteten wie ihr eigenes. Dein Problem ist vermutlich, dass du im falschen Volk geboren bist«, Boris grinste ironisch, »du bist ein Apfel, der Orangen zur Welt bringen will. Das ist die Definition deines Kosmopolitismus.«

»Boris, versteh mich doch«, sagte Zora mit ernster Stimme.

»Pass auf, Zora, nimm dich mit deiner Objektivität in Acht. Deine Landsleute werden es nicht mögen, wenn du sie ablehnst, und den anderen wirst du nicht imponieren, und wenn du dich auf den Kopf stellst. Sie sind von vornherein gegen dich. Ein armenisches Sprichwort sagt: ›Sei keine Brücke, sonst wirst du mit Füßen getreten.‹«

»Boris, versteh mich doch«, wiederholte Zora.

»Dich würde ich noch verstehen, aber nicht die, für die du plädierst«, antwortete Boris. »Wer die Argumente des Feindes versteht, und zwar nicht, um ihn zu vernichten, der ist ein Idiot.«

Der Krieg trug also eine Schärfe in Zoras Wohnung »über den Wolken«, die es früher nicht gegeben hatte. Ich hörte Boris zu und fragte mich zum wer weiß wievielten Mal, ob wir die, die wir zu kennen glauben, wirklich kennen. Pico della Mirandola hat den Menschen zu Recht als großes Wunder bezeichnet. Ich hätte gern gewusst, ob Boris nur das über den Krieg in Bosnien glaubte, was er uns erzählte, oder ob er unter diesen Gedanken noch andere Gedanken hatte, so wie man unter dem Anzug Unterwäsche trägt. Nach außen wirkte es, als hätte Boris eine Platte im Kopf, die einen Sprung hatte. Er hörte nur, was er hören wollte.

»Boris, versteh mich doch«, bat Zora zum dritten Mal.

»Ich will dich gar nicht verstehen«, Boris zuckte die Achseln. »Versteh du mich doch, wenn du willst.«

Zora wurde wütend: »Du bist ein Faschist. Noch nie habe ich einen Faschisten aus solcher Nähe gesehen.«

»Ich bin kein Faschist«, sagte Boris, und er hätte nicht ruhiger sein können. »Ich bin Opportunist.«

Zora starrte ihn mit grauen Augen an und fragte: »Wo liegt der Unterschied?«

Diese Bemerkung versetzte Boris endlich in Rage.

»Was machst du denn noch hier, wenn du so denkst?«, schleuderte er ihr ins Gesicht. »Warum gehst du nicht rüber?«

Zoras Augen wurden grün: »Willst du mich fortjagen?«

Boris senkte die Stimme: »Dafür sorgst du schon selbst, wenn du so weitermachst.«

Zora zitterte am ganzen Leib. Sie sah Boris wütend an und befahl: »Verlass meine Wohnung!«

Boris stand langsam auf und sagte: »Gut, aber denk dran, dass du mich hinausgeworfen hast.«

Der korpulente junge Mann verließ federnden Schrittes die Wohnung »über den Wolken« für immer. Nachdem er gegangen war, wurde Zoras Welt kleiner. Ich habe schon gesagt, dass das eine Geschichte vom ständigen Wegbrechen der Stützen ist. Nicht nur die große Säule, die den Himmel über unseren Köpfen abstützte, auch die kleineren Pfeiler, die unsere persönliche Welt abstützen, brachen weg. Boris war ein solcher Pfeiler für Zora. Zora saß mit mir und Katze Sonnchen im Zimmer und fragte sich: Was nun? Sollen wir uns neben die Trümmer legen und sterben? So wie die Eingeborenen, von denen Mircea Eliade erzählt? Nie haben wir länger geschwiegen. Wie ein Hund vor der Kette hatten sich die Dinge von den Worten losgerissen. Alles war still, bis auf das Wespengebrumm des Weltalls.

Zora stand auf und schaltete den Fernseher ein. Im Fernsehen redete ein Ziegenbart über den Schatz der Templer. Dann sang Beki Bekić und bewies seine grenzenlose Fähigkeit, herzlich zu lächeln. Zora schaltete den Fernseher aus. Wieder versanken wir in einer schrecklichen Stille.

»In jedem Krieg drehen Menschen durch«, sagte Zora schließlich. »Zeus, mach einen Bogen um Boris. Jesus, heile ihn, damit er dich sehen kann.«

Die Art, wie Zora ihre Stirn in Falten legte, zeigte mir, dass sie nicht ausdrücken konnte, was sie ausdrücken wollte.

»Ich bin von der menschlichen Gattung enttäuscht«, setzte sie erneut an. »Ich wäre am liebsten ein Tier.«

Ich breitete hilflos die Arme aus und sagte: »Auch Tiere verschlingen sich.«

»Eine Pflanze.«

»Es gibt Giftpflanzen.«

»Dann Luft. Stickstoff.«

Ich sah aus dem Fenster und flüsterte: »Der bringt keinen von uns um …«

XXXII. Kapitel

Boris im Krieg

Kurz nach Beginn der Belagerung von Sarajevo zog Boris eine schusssichere Weste an und ging nach Bosnien. So viel ich weiß, verkaufte er zusammen mit Dada und Dupli Benzin, geklaute Computer und Autos. »Er hat sich für mich geprügelt, als wir Kinder waren«, versuchte ich ihn vor Irina zu rechtfertigen.

»Für mich ist er ein gewöhnlicher Gangster«, wandte Irina ein. »Es ändert nichts, ob er sich für dich geprügelt hat oder nicht. Die Mafia ist nicht romantisch. Sie ist Blut und Scheiße. Sie bringt Menschen um.«

Zurück aus Bosnien, beschmutzt durch Blut und Qualm (Blut und Qualm, die mit seiner Anwesenheit dort zu tun hatten), mochte Boris niemanden sehen, auch mich nicht, aber er schickte mir einen ausführlichen Brief, den er im Krieg geschrieben hatte. Boris erwies sich als talentierter Schreiber. Ich weiß nicht, warum mich das wunderte, wusste ich doch, dass er in der Grundschule den Preis der Republik für seinen Aufsatz zum Thema »Grenzen, die verbinden« bekommen hatte. Es gab Zeiten, in denen der rothaarige Junge täglich zweihundert Seiten las.

»Man muss begreifen, dass es keine Gerechtigkeit und keinen Gott gibt, und dann darauf achten, locker zu bleiben ...«, schrieb Boris aus dem Krieg. »Du fragst dich, warum ich hier bin? Um das Geld aufzuheben, das hier überall herumliegt. Ich mag mich nicht krumm legen wie meine Erzeuger. Entweder habe ich mit dreißig eine Million, oder es gibt mich nicht mehr.«

Ich ließ den Brief sinken und sagte mit der öligen Stimme des Schauspielers Bora Stjepanović: »Sympathisches Kerlchen.« Ich las weiter.

Boris schrieb, er habe sich mit den Gebrüdern Todor und Banjo Odić zusammengetan.

Dem hageren Todor Odić stand verhärtete Trauer ins Gesicht geschrieben. Der dicke Banjo Odić porkelte ständig in seinen Zähnen. »Der Mann ist unerträglich«, schrieb Boris, »aber ein Genie beim Handeln mit gestohlenen und importierten Autos und mein bester Freund.« Boris und die Odićs besprachen ihre Geschäfte gern im Café »Piknik«. Von einer Wand des Cafés herunter beobachtete sie ein ausgestopfter Dachs. Darunter hingen gerahmte Postkarten aus Leningrad und Sydney. Die Musik hämmerte. Eine Sängerin wackelte mit dem Hintern und sang:

Die andern sind an allem schuld,
an meinen verweinten Augen, deinen durch
zechten Nächten,
die andern sind an allem schuld ...

Die Kellnerin ging zu einem Tisch mit vier bewaffneten jungen Männern: »Jungs, was wollt ihr?«

Die vier hoben die Hand und riefen wie aus einem Mund: »Mösen!«

Die aufgebrezelte Schöne verzog das Gesicht, als wollte sie Mücken verscheuchen, und sagte: »Ach Jungs, im Ernst.«

Ich ließ den Brief sinken und lachte.

Boris schrieb, die Odićs seien dick mit einem hohen Tier in Pale befreundet.

Im Gegensatz zu den Politikern in Belgrad, die vom Doktor Caligari persönlich dicke Umschläge mit Geld bekamen, musste sich Boris sein Geld selbst verdienen und verbrachte ganze Tage im Café »Piknik« mit den Gebrüdern Odić. Im Café »Piknik« bewiesen die ausgeblichenen Postkarten von Leningrad und Sydney, dass es – stellt euch vor – eine Welt außerhalb des verqualmten Gastraums gab. Unter den Glasaugen des ausgestopften Dachses handelte Boris mit Banjo und Todor Kaufverträge für Autos aus. Die Odićs jodelten gern und spielten auf der Gusla, und Boris dachte: »Zum Teufel, jodelt ihr nur, ich mach Kohle.«

Todor Odić klagte Boris, er habe zwei Brüder verloren. Vor dem Krieg war er Parteisekretär in der Sarajever Grafikschule gewesen: »Wenn jemand was gegen Tito gesagt hätte, den hätte ich umgebracht. Ich hätte nicht mal gewusst, dass ich Serbe bin, wenn die da es mir nicht beigebracht hätten«, sagte er Boris und wedelte mit der Hand Richtung Sarajevo. »Jetzt weiß ich es. Hier auf den Bergen gibt es Menschen wie mich, Menschen, die wissen, wer sie sind.« Er wischte sich über den Schnauzer und fügte hinzu: »Weißt du, wann ich dem Westen abnehmen würde, dass er es ehrlich mit uns meint? Wenn ich im amerikanischen Fernsehen ein serbisches Kind weinen sehen würde.«

Er hatte nichts von der Amerikanerin Joyce Strong gelesen, dachte aber wie diese, die erste Stadt der Welt sei vom ersten Mörder der Welt gegründet worden, und Städte seien die Quelle allen Übels. Todor Odić hatte sich im Krieg zwei Leidenschaften erworben: den Hass auf Sarajevo und die Liebe zur Religion. Trotz der ewigen Trauermiene und Frömmelei war Todor nicht naiv. Ein Affe aus Belgrad wollte ihn um Geld prellen. »Was machst du jetzt?«, hatte ihn Banjo besorgt gefragt. Todor setzte ein mitleidiges Gesicht auf und bekreuzigte sich: »Gott wird's richten.« Eine Woche später wurde die Leiche dieses Affen aus der Drina gezogen.

Novak, Todors Sohn, war ein kraushaariger Sechzehnjähriger von seltener Schönheit. So sauertöpfisch der Vater war, der Sohn war ein Spaßvogel. In seinem Brief äußerte Boris, er habe den Verdacht, dass nicht allein Novaks Frohnatur die Ursache seines permanenten Gelächters sei. Vielleicht liege da auch der Grund für den Trübsinn des Vaters. Todor zog den Sohn zu sich heran und kitzelte ihn mit dem Schnurrbart an der Backe: »Papas Held! Wirst du die Türken verhauen?«

Novak richtete sich stolz auf.

Banjo, sein Onkel, besaß vor dem Krieg einen Schrottplatz in Vogošća. Er hatte so riesige Pranken, dass ihm Novak jede neue Zigarettenschachtel aufmachen musste: »Das ist mir zu filigran.«

Banjo hatte einen Jeep, den er dem Aussehen nach den Blauhelmen geklaut und umlackiert hatte. Novak wollte ihn geliehen haben. »Verscheißer mich nicht«, antwortete Banjo.

Novaks Lächeln verschwand für einen Moment, dann strahlte er wieder übers ganze Gesicht und fragte Boris, ob der ihm seinen Scirocco leihen würde. Boris sah den ewig besorgten Todor an: »Soll ich?«

»Nur zu.«

»Ach, den würde ich auch gern mal fahren, der Wagen interessiert mich«, sagte Banjo.

Boris beschrieb in seinem Brief, dass Novak das Auto offenbar mit einem Flieger verwechselte. »Langsam, Kleiner«, brummte Banjo vom Beifahrersitz, während Boris, leicht angetrunken, auf dem Rücksitz döste. »Gut, Onkel«, kicherte Novak. Er bog von der asphaltierten Straße in einen Feldweg ab und wirbelte jede Menge Staub auf. Sie kamen an einer weißen Viehherde vorbei. Mehrmals donnerten sie durch Schlaglöcher.

»Das nenn ich Stoßdämpfer!«, Banjo schnalzte anerkennend mit der Zunge.

Novak lachte und gab Gas. Eine weiße Wolke puderte die Landschaft hinter ihnen. Dann knallte es, und der Scirocco flog durch die Luft.

»Eine Miene!«, schrie Banjo.

Boris krallte sich in den Sitz, während sich der Wagen überschlug. In diesem Moment schwor er Gott, sein Leben zu ändern. »Wenn ich nur lebend hier herauskomme …«, murmelte Boris mit den Beinen über dem Kopf im sich drehenden Wagen. Sie zogen ihn mit dem Mund voll Glassplitter aus dem Wagen, Banjo verlor ein Bein, und Novak mussten sie begraben.

Todor saß die ganze Nacht am Granatwerfer, trank und schoss auf Sarajevo.

Boris genas von seinen inneren Blutungen in Novaks Zimmer. Er beschrieb mir, wie er das Bild des Heiligen Sava auf dem Nachttisch angestarrt habe. Dieser Prinz, der ins Kloster ging, hat als Erster das Gebiet, in dem wir leben, als »Osten des Westens und Westen des Ostens« bezeichnet. Er war ein Aufklärer, der zwei Jahrhunderte vor den Humanisten in

Florenz über den Dialogen Platons gebrütet hat. Die blauen Augen auf dem Bild verrieten den guten Menschen. Aber Sava Nemanjić war ein zu erfolgreicher Diplomat, als dass sein Charakter mit Sanftheit ausreichend beschrieben wäre. Wenn man den serbischen Heiligen des dreizehnten Jahrhunderts mit einem Wort beschreiben sollte, würde man wohl genau das sagen: Er war Diplomat. Boris stöhnte, als er sich überlegte, dass insbesondere die Serben für diese Tätigkeit jeglichen Sinn verloren hätten. Der Heilige Sava zitierte gern Pythagoras: Die Götter wohnen zwischen den Welten. Ein solcher Spalt zwischen den Welten war der Talkessel von Sarajevo, auf das Todor, Tränen in den Augen, die ganze Nacht ballerte.

Boris schrieb: »Ich sah in die weinerlichen Augen des Heiligen und dachte an mein Gelübde, als ich fast gestorben wäre. Und ich sagte zu dem Heiligen: Entschuldige. Wer wird sich denn jetzt mit so was quälen? Es ist Krieg. Das Geld liegt auf der Straße, man muss sich nur bücken und es aufheben. Und was könnte mir der Heilige Sava dabei nützen? Er wirkte in dem Zimmer eher wie eine Geisel denn wie der Herrscher.«

Als Boris am nächsten Tag aufstand, saß Todor immer noch an dem Granatwerfer. Er bot Boris an, auch mal zu schießen. Boris sah die gelbe Post, die gestreifte Bibliothek, Kirchtürme und Minarette und lehnte das Angebot nicht ab. Er schrieb, beim Anblick des Talkessels, in dem sich Qualm und Nebel mischten, hätte er die Nähe Gottes gespürt. Ich erschrak vor der monströsen Schlichtheit dieser Feststellung. Mehr noch erschrak ich bei dem Gedanken, dass Boris das vermutlich genau so meinte. Der indische Gott Schiwa erschafft im kosmischen Tanz mit einem Arm die Welt, bindet darin viel Energie, und zerstört sie mit den Bewegungen eines anderen Armes, und setzt ungeheuere Energiemengen frei. Boris spürte diese gewaltige Energie in der Zerstörung, die er selbst bewirkte. Diese Zerstörung nannte er Gott.

Ich ließ den Brief sinken und murmelte: »Dieser dein Gott wäre für eine Mutter unfassbar, die in einem Keller in Sarajevo bei den Einschlägen zittert.« An diesem Morgen sagte Todor Odić neben dem Granatwerfer zu Boris, dass der Vertrag stehe. Boris rieb sich die Hände. Zugegeben, er hätte fast ins Gras gebissen, aber hier ging es um 200 000 Mark auf einen Schlag, und das war erst der Anfang.

Todor versprach Boris, er würde für den Scirocco aufkommen, und setzte ihn in einen Kombi nach Belgrad neben einen seiner versehrten Verwandten. Wald und Häuser flogen am Straßenrand vorbei. Die Krücken lagen zwischen den Sitzen. Der Invalide fluchte vor sich hin, sein Schnurrbart war grün vom Tabak. Er verfluchte alle Welt, einschließlich seiner reichen Verwandten Banjo und Todor. Unparteiisch verfluchte er gleichermaßen bosnische Muslime, Kroaten und Serben.

»Sollen alle verrecken. Krüppel werden«, klagte der Invalide, während er mit den Fingern auf den Krücken trommelte. »Der Doktor sagt, nimm Valium, ich werfe jeden Morgen eine ganze Handvoll ein und spüle mit Schnaps nach. Was für eine Zukunft soll man mit Invaliden aufbauen? Mit uns? Es gibt, Bruder, keine Krücken für eine versehrte Seele.«

NOTIZ XXXII, GESPIEGELT

Wie ich ein Bürger Sarajevos wurde

Nachdem ich Boris' Brief gelesen hatte, erschien mir
Boris im Traum als Werwolf, der den Hintern heraus-
streckt und ihn sich mit einem roten Kamm kämmt.

Hinter ihm lagen auf einer Müllkippe Herzen,
Tausende von Herzen, die Menschen weggeworfen
hatten, weil sie sie nicht mehr brauchten. Ich weiß
nicht, ob der Mensch verdammt oder gesegnet ist,
weil er sich in andere Standpunkte hineinversetzen
kann. Es heißt, Idioten hätten es leichter, aber ich
könnte so nicht leben. Im Traum wendete ich mich
von Boris ab und vergeudete, wie ich es so oft in der
Realität tue, viel Zeit vor dem Spiegel. Ich sah mir in
die Augen und fiel ins Weltall. Ich fiel in die Welt auf
der anderen Seite des Spiegels und verwandelte mich.

Ich war weiterhin ich, ich befand mich nur nicht
mehr in Belgrad, sondern im belagerten Sarajevo.

Zum Abendbrot löffelte ich Schnee. Meine ganze
Familie saß beim Abendessen. Der Schnee war erst
weiß, verwandelte sich dann in dreckigen Stadtschnee
und war am Ende blutig. Wir saßen unter der nackten
Glühbirne und löffelten blutigen Schnee aus Tellern.

Die Menschen außerhalb meines Traums und des
in ihm gefangenen Sarajevo wussten nicht, wie das

ist, wenn hundert Kanonen schießen. Es knallte, der Himmel zitterte, und was war mit mir, meiner Mutter und der Schwester? Etwas war in uns abgestorben, und wir schliefen mit den Händen auf den Knien, verkrochen uns im Badezimmer, solange die Granaten einschlugen.

»Das darf doch nicht wahr sein«, wimmerte ich. »Die sind nicht normal.«

Mein Herz machte einen Sprung, als das Wohnzimmerfenster splitterte. Es war wie die letzte heile Glasscheibe in der Stadt. Ich sah durchs zerbrochene Fenster und sah, dass ein Stockwerk vom Hochhaus gegenüber fehlte.

»Die sind nicht normal«, wiederholte ich.

Mich bombardierten ein General mit dem Lächeln eines Tyrannosaurus und die Somnambulen des Doktor Caligari. War das denn allen egal? Auch dir, Gott? Jemand wird das beenden … Jemand muss einschreiten … Millionen Mal wiederholte ich das, bis sich der Sinn der Worte in der Wiederholung verlor.

In meinem Traum war der ganze Planet dunkel – bis auf einen hellen Punkt. Der helle Punkt war meine Stadt, Sarajevo. Eine Stadt aus Baumwolle, eine Stadt aus Federn. Prometheus hat Gewaltiges auf sich genommen, um den Menschen das Feuer zu bringen, und dann fiel es Nero in die Hände. Gott stand hinter der Feuersäule und sprach zu mir, aber wie hätte ich ihn verstehen können? Mir schien, dass der Schöpfer zynisch gleichgültig war gegenüber dem Leben der Menschen.

Ich wollte aufwachen, aber aus diesem Traum gab es kein Erwachen. Zunächst starben die Tiere im Zoo als Vorzeichen für den Tod von Menschen. Alleebäume, unter denen wir uns geküsst hatten, wurden verheizt. Stadien und Parks wurden Friedhöfe. Der

Herbst verwandelte meine Stadt in eine eisige Hölle. Die Kinder Sarajevos klapperten vor Kälte mit den Zähnen. Auch die Erwachsenen hatten blaue Lippen, aber sie redeten nicht darüber. Ich war in dem Glauben aufgewachsen, dass Männer nicht weinen dürfen, aber dann sah ich weinende Männer. Auf dem Schwarzmarkt waren Zigaretten teurer als Essen. Nur die Ersatzbefriedigung blieb den erwachsenen Menschenkindern, die von aller Welt verlassen waren …

Ich hob die Hände gen Himmel.

Eine schreckliche Stille zwischen zwei Detonationen war die einzige Antwort.

Ich raufte mir das Haar. Ich beschuldigte Alija Izetbegović. Ich verdammte die ganze Welt. Umsonst. Die Trauer blieb, die Verzweiflung ließ nicht nach. Meine Stadt brannte. Warum das alles? Abwechselnd war ich böse und verängstigt. Mein Leben erlosch wie eine Lampe, wenn das Petroleum aufgezehrt ist. Der Atem des Todes fuhr mir unter das Hemd. Noch wurde er vom Herzschlag verscheucht, noch schlug mein Herz. Ich betete zu Gott, dass er mich vor einem Grab im Stadion oder im Park bewahren möge. Ich betete, weil ich im Krieg gläubig geworden war. Ich fragte mich, zu welchem Gott die beteten, die mich vom Berg beschossen. Ich werde ihnen nicht verzeihen, was sie mir angetan haben. Ich werde ihnen nicht verzeihen, dass sie mich den Hass lehrten. Glaubt mir, ich wäre längst erfroren, wenn ich mich nicht am Hass wärmen würde. Ich schenke mir ein Gläschen Selbstgebrannten ein und stoße mit Allah über dem Sarajever Himmel an und flüstere: »Rette uns! Ich weiß, die Zukunft gehört denen, die nicht verbittert sind, aber … ob ich zu denen gehören werde?«

XXXIII. Kapitel

Vom Geld, das brennt, und von Tränen

Der Countdown für das Millennium schleppte sich
dahin. Man schrieb das Jahr 1993. In Belgrad über-
traf die Inflation mit 306 Millionen Prozent die le-
gendäre deutsche Inflation in den zwanziger Jahren
des zwanzigsten Jahrhunderts. Heraklits ätherisches
Feuer, das nach Maßen erglimmt und nach Maßen
erlischt, fraß uns das Geld aus der Hand. Ich kannte Leute, die sich nicht mehr die Mühe machten, ihr
Gehalt abzuheben. Zoras Mama rannte, kaum hatte
sie ihr Gehalt bekommen, zum Slavija-Platz, wo un-
rasierte Typen in kurzen Jacken »Devisen, Devisen«
murmelten. Mimica, Zoras Mama, bekam für ihr
Gehalt drei Mark, ihre Freundin, die ein abgeschlos-
senes Hochschulstudium hatte, sieben Mark. Sie hat
Mimica manchmal etwas Geld geliehen, so dass sie
auf fünf Mark kam.

Zora erzählte mir, dass das Gehalt einmal später
kam und der Verkehr stillstand. Mimica schaffte es
nicht, die Dinar bei den unrasierten Typen am Slavija-
Platz in Devisen zu tauschen. Zu einer Zeit, als Boris'
Freund Dupli seinen Mercedes zwei Stunden mit laufendem Motor vor einem Restaurant stehen ließ, hatten gewöhnliche Leute nicht einmal genug Benzin,

um zum Krankenhaus zu fahren. Zoras Mutter fuhr ihren Jugo seit Monaten nicht mehr. Als sie einmal in Novi Beograd eine Stunde lang auf den Bus wartete, packte sie die Verzweiflung. Sie drehte sich um und ging zu Fuß nach Hause. Ein Lastwagen fuhr an ihr vorbei und spritzte sie von oben bis unten mit Dreckwasser voll. Mimica blieb nicht stehen. Durchnässt und zitternd ging sie weiter. Die ungetauschten Dinar wurden in ihrer Tasche wertlos. Als sie zu Hause war, setzte sie sich auf den Boden und weinte. Als in Jugoslawien die Zufälligkeit von Vor- und Nachnamen, von der Borges auf seine Weise sprach, entscheidend wurde, besann sich Mimica auf ihre kroatische Herkunft. Ihr ganzes Leben lang war sie durch diese verdammte, geliebte Stadt gelaufen, durch Belgrad. Was sollte sie jetzt tun? Wo sollte sie jetzt hingehen? Sie weinte um ihre Stadt, über ihr Leben, über das nicht abgeschlossene Studium, weinte wegen allem, was uns passierte, um ihren verstorbenen Mann und den Liebhaber, der sie verlassen hatte.

Zora legte Mimica die Hand auf die Schulter und tröstete sie: »Keine Angst, Mami, wir werden nicht verhungern.«

Die Mutter winkte nur ab. Mit gespreizten Beinen saß sie im Mantel auf dem Boden und weinte den ganzen Nachmittag.

XXXIV. Kapitel, gespiegelt

In dem der Fieberwahn vom
Millennium weitergeht

I

Alles was in diesem Buch steht, ist nicht sonderlich wichtig.

Wisst ihr, was wichtig ist?

Das bevorstehende Millennium.

In Moskau wird die Zarenkanone auf die Zarenglocke abgefeuert. Was ist der Grund dafür?

Das Millennium!

Gebildete Menschen schütteln die Köpfe und schreien wie die Esel. Was ist der Grund dafür?

Das Millennium!

Ein wütendes Nashorn rast über die Ebene, ein Beispiel für ins Leere laufende Energie. Menschen stürmen los, um Sanskrit zu lernen, damit sie eine zweitausend Jahre alte Prophezeiung ihres Schicksals lesen können.

Das Millennium!

Menschen auf der Brooklyn Bridge klemmen brennende Wunderkerzen zwischen die Lippen. Sie kneifen die Augen zusammen, damit sie nicht blind werden.

Das Millennium!

Pygmäen klettern auf den Baobab und hoffen, dass ihnen das Schicksal frischen Wind ins Segel bläst.

Das Millennium!

Die Titanic taucht aus der Tiefe auf, heller erleuchtet als je zuvor. Das Gespensterorchester beginnt wie wild Swing zu spielen.

Das Millennium!

Was taucht da zwischen den Wellen auf? Sind das nicht die Tempelanlagen von Atlantis? Menschen mit goldenen Büchern, in denen alles Wissen steht, kommt ins Bild. Die in Fische verwandelten Vögel von Atlantis fliegen wieder.

Das Millennium!

Es funkeln die goldenen Städte Cibola und Norumbega. In ihnen räkeln sich Tiger mit tiefgrünen Augen.

Das Millennium!

Mozart komponiert eine Oper für den Empfang der Marsmenschen. Aus dem Herzen der Finsternis erhebt sich Gordios. Dies ist sein letztes Wort, bevor er sein tausendjähriges Schweigegelübde als Mönch einlöst. Er flüstert:

Das Millennium …

2

Manche stellen sich das Millennium als Spion vor, der sich um die Ecken drückt und heimlich in ihr Leben schleicht und sie bis ins Bett und in den Schlaf verfolgt. Und ein Mädchen wird aus dem Bett springen und schreiend ins Zimmer der Eltern rennen: »Da ist einer in meinem Bett.«

Der Vater guckt auf den Boden, um die Nacktheit der Tochter nicht zu sehen, und fragt: »Wer ist in deinem Bett?«

Die Tochter wird heulend antworten: »Das Millennium!«

Aber da wird es zu spät sein. Denn da ist das Millennium schon ihr gesetzmäßiger Mann.

Und nicht nur ihrer. Von allen. Frauen wie Männer werden überrascht bemerken, dass sie den Ehering des Millenniums am Finger tragen.

XXXV. Kapitel

In dem von meinem Bruch mit Irina die Rede ist

In den sechs Jahren, die ich mit Irina zusammen war, habe ich oft auf der Terrasse ihres Elternhauses in Neimar gesessen und Whisky mit Čedomir getrunken. Im Wohnzimmer blieb ich vor der Fotografie von Irinas Mutter im Bikini im sechsten Monat stehen. Irina legte mit Vorliebe den Zeigefinger auf den vorgewölbten Bauch der Mutter und sagte: »Das bin ich.« Wegen dieser Fotografie gewann ich sogar Irinas Mutter lieb, eine Frau mit einem Hokuspokus-Lächeln, die die weise Politik des Tarquinius Superbus lobte. Weil ich ein Depp ohne Führerschein bin, fuhr mich Irina in ihrem »Audi« überall hin. Ich mochte es sehr, wie sie fuhr. Meine Freundin fuhr den heißesten Reifen von Belgrad. Ich liebte es, gemeinsam zu kochen und Weine in der »Vinothek« auszusuchen. Ich liebte sogar den Abdruck ihres Lippenstifts auf Kippen und Kaffeetassen. Irina trug meine Pullover, und die Pullover rochen anschließend nach ihr.

Im Frühjahr betrachteten Irina und ich die Kronen der Obstbäume, die – Zora hatte Recht – nachts Geistern glichen. Im Sommer hatten wir wegen der Hitze keinen Appetit. Im Oktober kickten wir das Laub über den Kalemegdan und sagten: »Mann, was

für Unmassen!« Im Winter lieferten wir uns Schnee-
ballschlachten, während die Flocken unter der Later-
ne vor dem Haus in Neimar glitzerten.

Es kam das Jahr 1994.

In diesem Jahr siegte der Zweihundertkilomann
Mihajlo Ječmenica, genannt »der Drache von Ub«,
in der Disziplin Kalbsbratenessen haushoch über ein
Dutzend Männer aus Šabac, von denen der leichteste
86, der schwerste 125 Kilo wog. In Serbien wurde der
erste Gottesdienst in der Sprache der Zigeuner ab-
gehalten. Die galoppierende Inflation war in diesem
Jahr erträglich. Trotzdem hatte Belgrad noch immer
den höchsten Verbrauch an Diazepam bei den Beruhigungsmitteln und an Ranisan gegen Sodbrennen.

Schon früher hatte ich manchmal den Eindruck,
dass die Nähe zwischen mir und Irina schwand.
Dann sagte ich mir: Spinn nicht rum. Wir schafften
es, die Krise zu überwinden, und die Dinge wurden
besser. Aber 1994 veränderte sich Irina wirklich. Jemand hat mal gesagt, Menschen könnten nur tolerant
sein, wenn sie keine Angst haben. Ein anderer hat
gesagt, dass man ohne ein Minimum an Sicherheitsgefühl nicht abstrakt denken kann. Ich weiß sehr gut,
dass Irina unter den Umständen, in denen wir lebten,
dieses Sicherheitsgefühl nicht haben konnte. Trotzdem begreife ich nicht, woher die brutale, unerwarte-
te Veränderung kam.

Fragte ich sie etwas, schwieg Irina immer häufiger mit dem konzentrierten Gesichtsausdruck eines
Schwimmers, der ins Wasser pinkelt. Sie färbte ihr
braunes Haar rot und erinnerte sich wehmütig an
ihre Zeit mit Boris. Bei einem heftigen Streit sagte
sie, mit Boris sei sie erfüllt gewesen, mit mir hingegen leer. Noch immer schlief ich mit Irinas äußerer
Erscheinung, aber ohne die Seele, die darin gewohnt

hatte. Wer hat deinen Körper besetzt, Irina? Wer wohnt jetzt darin? Hat der Teufel, der über das Fernsehen massenweise Seelen kauft, zuerst die Seele von Boris und jetzt auch deine erworben? Ich bat Gott, nicht noch einen der Pfeiler meiner Welt einstürzen zu lassen.

Nach der Trennung von Irina fühlte ich mich lange Zeit wie abgestorben. Ich stand vor dem schrecklichen Unbekannten ohne irgendetwas, auf das ich mich hätte stützen können, ausgenommen den eigenen Mut. Ich lebte zerrissen zwischen zwei widersprüchlichen Impulsen: Sie sofort anzurufen und sie nie, nie wieder zu sehen. Ich wusste nicht, was ich tun sollte. Ich biss vor Verzweiflung in meine Schuhe. Ich hätte mich auf der Straße wälzen mögen wie Vögel, die im Staub baden. Ich wusste nicht, was ich tun sollte. Nein. Nein. Nein, ich wusste nicht, was ich ohne sie anfangen sollte.

Ich entwöhnte mich von Irina, wie sie einst vom Heroin weggekommen war. Ich wiederholte mir: Wenn ich sieben Tage ohne sie aushalte, wird alles gut. Aber vorher musste ich einen Tag aushalten. Lass mich bloß nicht denken, ich *könnte* sie anrufen, betete ich. Denn wenn ich das denke, falle ich der Hölle anheim. Ein Sturm wird in mir losbrechen. Dann wird sich alles, was mich ausmacht – mein Stolz, meine Überzeugungen – in leere Worte verwandeln. O, bloß nicht denken, ich *könnte* sie anrufen, denn …

Denn ich und Irina trennten uns im original Belgrader Stil: »Hau ab, du Barbar/Hau ab, du Hure!« Der Streit zwischen mir und Irina war in gewisser Hinsicht schlimmer als der Streit, wegen dem Zora und Boris jeden Kontakt abgebrochen hatten. Unser Bruch hatte nicht mal das kleinste bisschen Würde. Auf dem Weg vom Bahnhof Richtung Hotel

»Moskva« gingen wir die Balkanska bergan, in der
es extrem viele Hutgeschäfte gibt, und stritten die
ganze Zeit. Wäre der Anstieg nicht so steil gewesen,
wir hätten uns noch heftiger gestritten. Aber ehrlich
gesagt kann ich mir kaum vorstellen, wie das hätte gehen sollen. Vielleicht sollte ich meinen Lesern
eine akzeptablere Version des Ereignisses bieten,
aber mich langweilen Lügen. Sie warf mir vor, wie
egoistisch ich bin, und ich warf ihr vor, dass sie mir
überhaupt nicht mehr zuhört, und dann stritten wir
uns plötzlich über den Kosovo und die Lage der zwei
Millionen Albaner dort.

»Die müsste man alle vergiften«, sagte Irina. »Die
müsste man mit Insektiziden besprühen wie Ungeziefer.«

»Wie bitte?«

»Pschschsch…!«

Ich nahm Haltung an, Brust raus, Bauch rein, und
sagte meiner Liebsten direkt vor dem Hutmacherge-
schäft von Janaćije Jonoski: »Seit wann bist du denn
ein Faschoflittchen?!«

»Du blödes Arschloch«, sagte Irina mit verkniffe-
nen Augen. »Du verdammtes, blödes Arschloch, du
mieses, berechnendes, angeberisches Arschloch mit
deinem saublöden Humanismusfimmel.«

Ich traute meinen Ohren nicht. Ich hoffte, meine
Liebste würde sich schütteln, innehalten, schwarzen
Schaum ausspeien und sagen: »Ich bin kein Vampir
mehr.« Zu meinem Entsetzen geschah nichts dergleichen. Sie starrte mich weiterhin entschlossen an.

»Also hör mal!«, schrie ich. »Du bist eine Faschis-
tin, ist dir das klar?!«

»Das musst du gerade sagen, du impotenter Schei-
ßer!«, schrie sie und verpasste mir mit den Finger-
spitzen eine kleine, aber lautstarke Ohrfeige.

Für die revanchierte ich mich.

Eine Haarsträhne fiel ihr über die blutunterlaufenen Augen, und sie sagte: »Geh mir aus den Augen, du Häufchen Scheiße. Es ist aus. Ist das klar? Komm mir nie mehr unter die Augen, sonst bezahle ich einen Mafiosi für eine kleine Abreibung!«

Und dann verging mir das Hören, so ohrfeigte sie mich. Meine Brille flog auf die Straße, und ich war halbblind. Ich hätte ihr am liebsten den Kopf abgerissen, aber ich beherrschte mich. Tief beleidigt drehte ich mich um und ging Richtung Bahnhof zurück. Alles in mir brummte und summte vor Aufregung. Meine Beine zitterten. Ich ging die Balkanska hinunter und war *schrecklich* frei. Mir war bewusst, dass sie nicht hinter mir herrennen würde. Sie würde nicht das Wort rufen, das ich am meisten zu hören wünschte: »Halt!« Ich entfernte mich in einem Hemd, das mir Irina geschenkt hatte, in Schuhen, die sie für mich ausgesucht hatte. Aber selbst wenn Irina »Halt!« gerufen hätte, ich hätte nach allem, was vorgefallen war, nicht stehen bleiben können. Sie wollte die Albaner wie Ungeziefer vergiften? Einen Mafiosi für einen Überfall auf mich bezahlen? So etwas kann ein anständiger Mensch nicht sagen. Man kann nicht wie Banes Vater gleichzeitig Kretin und Normalo sein und hoffen, dass man im Durchschnitt als Normalo durchgeht. Man darf solche Sachen nicht sagen. Ich kann nicht mit dem Faschismus leben. Oder doch? Was bedeutet Faschismus überhaupt? Er ist unverzeihlich! Aber was bedeutet unverzeihlich überhaupt?

In mir kochte es. Die Sehnsucht und die Beleidigungen attackierten mich gemeinsam wie Hitchcocks »Vögel«. Was gingen mich die Albaner an? Würden die sich wegen mir vom besten Sex ihres Lebens verabschieden? Ich weiß, dass der Bruch mit einer Freundin in einem Roman nicht gut kommt, aber der Verlust von Irina war in meinem vereinsamten Leben ein großes Opfer. Mit ihr hatte ich sechs Jahre verbracht. Ich hatte geglaubt, dass Irina aus dem unangenehmen Sonderling einen weniger unangenehmen Sonderling gemacht hätte. Ich quälte mich mit Erinnerungen an die Zeit, als wir eng umschlungen zusammensaßen und alte Lieder hörten. Tony Bennett sang für uns: »Let me see, what spring is like on Jupiter and Mars.« Mir tat noch das dämlichste Liebeslied weh. Der Begriff »banal« passte nicht mehr dazu. Je banaler das Lied, desto mehr tat es weh. Ich hörte es und hatte einen Kloß im Hals. O Gott! Warum? Warum war es so mit uns gelaufen? Ich war ungeheuer beleidigt. Beleidigt vom Leben selbst. Ich hätte schreien können, ja, ich schrie vor Entsetzen und Eifersucht wie ein aussterbender Brontosaurus.

Ich erinnerte mich, dass Boris prophezeit hatte: »Irina, du bist eine richtige Zicke. Wenn du mal heiratest, das geht garantiert in die Brüche.«

Wie sich herausstellte, sollte Boris Recht behalten.

Was er nicht ahnte: Er war der Ehemann.

XXXVI. Kapitel

Hochzeit

Kurz nach der Trennung von Irina erfuhr ich, dass Boris und ich wieder die Plätze getauscht hatten. Boris fuhr Irina täglich mit einem Sportboot über die Save. Sie fuhren zusammen in Urlaub nach Korsika. Zurück in Belgrad blieb die Küche kalt, sie aßen schick auf zu Restaurants umgebauten Schiffen. Einmal schwiegen sie lange, während sie auf das Mittagessen an Bord der »Amsterdam« warteten. Irinas Blick ruhte auf dem Widerschein der Sonne auf Boris' rothaarigem Pferdeschwanz. Boris' Blick folgte einer Möwe, die über dem Schiff segelte. Er kippte einen Whisky, um sich Mut anzutrinken, nahm Irinas Hand und fragte: »Willst du mich heiraten?«

Statt einer Antwort drängte die Freude gleich einem lautlosen Schluchzen aus Irinas Eingeweiden und blubberte als Lachen aus ihr heraus. Bald darauf schickten sie allen Freunden Einladungen zur Hochzeit. Irina hatte sich einst ausgemalt, im Morgengrauen am Strand von Bečići getraut zu werden, und alle Gäste wären barfuß. Sie heiratete um zwei Uhr nachmittags in der Sveti-Spas-Kirche in Zemun, und alle Hochzeitsgäste waren elegant gekleidet – und beschuht. Einige fragten sich, warum die

Braut so verstohlen lächelte, während sie mit dem Brautschmuck auf dem Kopf um den Altar schritt. Der Grund war, dass Irina unter dem italienischen Hochzeitskleid keine Unterhose trug. Sie und Boris hatten fünf Minuten, bevor sie in die Kirche traten, um vom Popen als Mann und Frau verbunden zu werden, noch einen Quickie hingelegt. Irina hatten solche Kleinigkeiten schon immer erregt. Als sie die Kirche verließen, warf Boris' Partner Dupli den Zigeunern Geld zu. Die Hochzeitsgesellschaft wurde am Donaukai fotografiert. Der Wind wehte Konfetti in den Fluss. Ein Zigeuner stellte sich neben den Bräutigam und ließ sich mit ablichten, weil er das für geistreich hielt.

»Ich reiß dir den Kopf ab!«, knurrte Boris. Dupli hielt ihn zurück: »Lass ihn, Kumpel.«

Auf den Fotografien ist festgehalten, wie das Konfetti um Boris' und Irinas Kuss flittert. Der Zigeuner neben dem Bräutigam zieht gerade den Kopf ein und grinst wie ein Kobold. Im Hintergrund sieht man Kumpel Dupli und dessen Bruder Dada. Dada, der einst eine kugelsichere Weste angelegt hatte und nach Zürich geflogen war, um den einen oder anderen »Landesfeind« umzulegen, betätigte sich inzwischen gemeinsam mit Dupli und Boris als Kaufmann. Ich habe mich in seiner Gegenwart nie wohlgefühlt und hatte Angst, ihm in die ausdruckslosen Augen zu sehen. Seinen Bruder mochte ich irgendwie. Am Zemuner Kai streute Dupli Hundertmarkscheine aufs Pflaster, damit Irina über diesen Wohlstandsteppich zur Limousine schritt. Dann fuhr die Hochzeitsgesellschaft hupend zum Restaurant »Zlatnik« in der Oberstadt von Zemun. Vor dem Restaurant empfing sie Irinas Vater und schenkte ihnen einen blauen BMW. Zora hatte geglaubt, dass alle Frauen mit großen Brüsten vulgär seien – außer Irina. Und sie hatte Recht. Irina sah im Hochzeitskleid poetisch aus. Die Kellner starrten die schlankeste, eleganteste Braut, die je ihr Restaurant betreten hatte, mit offenem Mund an.

»Wie geht's dir, mein Freund?« Čedomir schüttelte dem schrecklichen Dada die Hand. Boris nickte Richtung Čedomir und sagte seinen Lieblingssatz: »Einmal Polizist, immer Polizist.« Die Freunde, von denen ich mir (masochistisch genug) die Hochzeit in allen Details erzählen ließ, hatten bis dahin nicht gewusst, dass die zwei sich kannten.

»Du bist eine Legende.« Čedomir klopfte Dada auf den Rücken.

»Nein, du bist eine Legende«, antwortete Dada höflich. Čedomir und Dada unterhielten sich während der ganzen Feier angeregt und sehr vertraut. Čedomirs Augen waren blau und wässrig, Dadas hingegen ausdruckslos wie Kaffeebohnen. Trotzdem wirkten sie auf einige wie Vater und Sohn. Zwischen Čedomir und Dada gab es zweifellos eine Verbindung, wie sie zwischen mir und meinem Vater und meinem Vater und meinem Großvater nicht bestand. Gelegentlich stand der eine oder andere auf und steckte einem Zigeuner einen Geldschein zwischen die Rippen der Ziehharmonika. Für sie sang der Sänger mit verführerischem Lächeln fünf Mal hintereinander das Lied von der »Verka Kaluđerka«.

Auf der Hochzeit tanzten kurz geschorene junge Herren, die wie Fässer in ihre Sakkos gespannt waren. Es tanzten schöne Frauen in weinroten Kleidern. Es tanzten grauhaarige Importeure und fettarschige Regierungsmitglieder. Es war eine gute Hochzeit, denn auf die Frage: »Was gibt's zu trinken?«, lautete die Antwort: »Alles.« Einige Gäste waren so betrunken, dass sie nicht mehr wussten, wer wen in welcher Stadt auf welchem Planeten geheiratet hatte.

Keiner – weder ich noch Irina noch Boris selbst – wusste, dass es keine Hochzeit, sondern ein Akt der Rache war.

XXXVII. Kapitel

Das vom Ruhm des Boris Petrović handelt

I

Ich hatte mir eingeredet, ich sei über den Bruch mit
Irina hinweg; trotzdem habe ich den Tag ihrer Hochzeit nur knapp überlebt. Boris hat sie geheiratet, sagte
ich mir vorm Einschlafen. Soll er doch. Schon der
Heilige Paulus hat gesagt, heiraten ist besser als sich
in Begierde zu verzehren. Der Witz half nicht. Ich
hatte einen Ohrwurm: »Die Treulose heiratet, geht
mit einem andern, und ich werd ledig durch mein Leben wandern.« Ihr wisst so gut wie ich, dass das Unterbewusstsein kein besonders subtiler Discjockey
ist. Ironie half nicht. Ironie hilft nie. Ich wachte heulend auf und sagte das Einzige, was ein Mann in dieser Lage sagen kann: »Leb wohl, meine Liebste.«
    Die Antwort auf die Frage, mit der ich mich quäl-
te: »Was findet Irina an Boris?«, war nicht schwer.
Boris und Dupli ging es gut. Sie handelten mit Autos
und Benzin, während das Land internationalen Sanktionen unterworfen war. Sie verkauften Devisen zum
»inflationsbereinigten« Kurs und verliehen Geld gegen Zinsen. Sie machten krumme Geschäfte in Prag.
Boris hatte in Senjak ein Haus gebaut, viel größer als

das, von dem seine Eltern ein Leben lang geträumt hatten. In dem wunderschönen Haus in Senjak lebten Irina und Boris ein Jahr lang. Zugegeben, die Ehe von Boris und Irina war nicht annähernd das wichtigste Ereignis des Jahres.

Auf der historischen Bühne, die in diesem Fall die Gestalt der endlosen Maisfelder Ohios hatte, wurde ein Friedensvertrag unterschrieben. Der Vertrag von Dayton brachte Bosnien wenn schon keinen Frieden, so doch das Ende des Blutvergießens. Im August 1995 kamen Hunderttausende serbischer Flüchtlinge aus Kroatien mit Traktoren nach Serbien. Viele Leute in Belgrad hatten gelernt, Neuankömmlinge zu ignorieren. Die Auflage der Zeitungen fiel, wenn ein Flüchtling auf der Titelseite abgebildet war. Unsere Zora hatte wieder Probleme, das Land wiederzuerkennen, in dem sie lebte. Wieder schämte sie sich für die Schamlosen. Scham und Verzweiflung brachten sie um. Ich versuchte, »leidenschaftslos« die psychologische Blindheit der Menschen um uns herum zu analysieren.

»Wünsche geben und nehmen den Worten ihre Bedeutung«, erklärte ich. »Du kannst den Menschen nicht sagen, was sie nicht hören wollen. Erinnerst du dich, als Boris seine Mutter in unmittelbarer Hörweite verfluchte. Sie hat ihn nicht gehört, weil es in ihrer Welt so etwas nicht geben konnte.«

In demselben Jahr lebten Irina und Boris glücklich in derselben Stadt. Oder schien es mir nur so? Irina bekam ein Kind. Sie nannten es Bojan. Ich hörte, Bojan habe zuerst im Schlaf gelächelt und erst später im Wachzustand. Ich habe in dieser Zeit weder ihn noch seine Eltern gesehen, aber ich weiß, dass Boris den Verdacht hatte, Irina könnte sich wieder Heroin spritzen. Täglich sah er sich ihre Arme an.

Das half nichts, denn sie spritzte sich unter der Zunge. Freunde sagten mir, dass sie Irina mehrmals mit blauen Flecken gesehen hatten. Wer hat mir das erzählt? Sie stritten immer öfter. Boris' Prophezeiung, dass Irinas Ehe nicht halten würde, erwies sich als richtig. Sie ließen sich ein gutes Jahr nach der Hochzeit scheiden. Ich denke, dass Boris Irina nicht aus Liebe, sondern aus Rache geheiratet hat. Er wollte sich für die Tage rächen, als er sich in tierischem Zorn eifersüchtig wälzte und auf Verdacht Männer vom Bürgersteig boxte. Er wollte zeigen, dass er sowohl mit als auch ohne sie leben konnte. Ich fragte mich, ob Boris die endgültige Trennung von Irina genauso schmerzte wie mich. Hat er »Leb wohl, meine Liebste« geflüstert? Hat er seine Rache genossen? War er so einsam wie ich?

2

Boris wohnte allein in dem Haus in Senjak. Er rief mich an, und ich besuchte ihn, nach drei Jahren Funkstille. In einem Land, in dem pensionierte Lehrer im Müll nach Brot suchten, war Boris' Haus eine andere Welt. Für das Parkett waren fünf Holzarten verwendet worden. Boris hatte eine Barockkommode mit Intarsien gekauft. Sein Traum war gewesen, am dreißigsten Geburtstag eine Million zu besitzen. Inzwischen hatte er bestimmt viel mehr. Als ich eintrat, schaute Boris den »Paten II« auf Video. Der große Mafiosi Hyman Roth sagte eben zu Michael Corleone: »Wir sind größer als United Steel.«

Mein rothaariger Freund drückte auf Pause und nickte. Dann stand er auf und umarmte mich. Boris war allein im Haus, wenn man seinen schmalbrüstigen Leibwächter ausnahm, der eher einem Kellner als einem Bodyguard glich. Ich gratulierte ihm zur Geburt seines Kindes. Wir erwähnten Irina oder Zora mit keinem Wort. Boris bot mir etwas zu trinken an und erzählte von seinen Eltern. Er zuckte die Achseln und murmelte, sein Vater sei sein Leben lang ein ehrlicher Mann gewesen. Trocken teilte er mir mit, Tante Maca hätte einen Gehirnschlag erlitten und vegetiere in einem Zustand früher Senilität dahin. Vor einigen Tagen hatte er sie zusammen mit dem schrecklichen Dada besucht. Dada saß am Krankenbett und sah sie mit seinen Kaffeebohnenaugen an. Sein Gesicht war unfähig, Gefühle auszudrücken. Boris hielt die Hand seiner Mutter. Sie erkannte ihn nicht und sagte dauernd: »Du bist ein guter Mensch.«

Das Haus im Dorf, an dem Boris' Eltern ihr Leben lang gearbeitet hatten, um sich den Neid der Nachbarn zu verdienen, stand leer. Ich sagte, es täte mir leid. Boris winkte ab. Er lachte und sagte noch einmal, seine Geschäfte liefen gut.

»Jeder hat so viele Möglichkeiten wie er Rückgrat hat«, bemerkte Boris mit einem trotzigen Lächeln. »Ich hätte auch auf bessere Zeiten warten können, aber da hätte ich lange gewartet.«

Er lächelte, und ich fragte mich, warum er mich eingeladen hatte. Wahrscheinlich wollte er, dass ich ihn um das Haus in Senjak beneidete, so wie sich seine Eltern den Neid ihrer Nachbarn in ihrem Dorf gewünscht hatten. Ob ihm das bewusst war? Ich bezweifle es.

Mich überraschte, dass Boris' Kopf und Körper irgendwie viereckig geworden waren. Warum war die Welt so eingerichtet, dass Geschäftsleute in Belgrad viereckig werden, sobald ihnen der Erfolg lacht?

Diesen Mann, der mir etwas zu trinken anbot, begriff ich nicht mehr. Das Einzige, was ich noch begriff, war Boris' Sinn für Humor. Den hatte er nicht verloren. Was er verloren hatte, war seine zynische Haltung gegenüber allen Ideologien der Welt. Ich erinnere mich, dass wir beide uns früher gefragt hatten, ob Ideale und persönlicher Vorteil für Irinas Vater nicht längst ein und dasselbe waren.

»Ich begreife nicht, warum Čedomir nicht weiß, wann er lügt und wann er die Wahrheit sagt«, hatte ich seinerzeit zu Boris gesagt. »Ich weiß immer, wann ich lüge.«

»Das ist gut«, lobte mich der damalige Boris.

»Alles andere wäre doch verrückt?«, fragte ich.

»Alles andere wäre verlogen«, antwortete er.

Jetzt wusste auch Boris nicht mehr, wann er log. Der einzige Unterschied zwischen ihm und Čedomir lag darin, dass Boris' eigennützige Ideologie nicht Kommunismus, sondern Nationalismus hieß. Boris zeigte mir eine zypriotische Ikone aus dem achtzehnten Jahrhundert, die er unlängst gekauft hatte. Dann zeigte er mir einen Barren Gold, den ihm ein gewisser Juvačev aus einem großen Goldbergwerk in Tadschikistan geschickt hatte.

»Warum stellst du dir nicht einen Scharfschützen aufs Dach?«, fragte ich. »Um deine Ikone und dein Gold zu bewachen?«

Boris schüttete sich vor Lachen aus und sagte: »Nein! Da kaufe ich mir lieber einen Gorilla und halte ihn statt einem Schoßhund.«

Boris füllte zwei Gläser und wechselte die Videokassette. Er schenkte ständig nach, während wir uns einen alten James Bond ansahen.

»Vorbei. Unser James Bond bleibt auf der Strecke«, rief ich. »Jetzt bringen sie ihn um.«

»Moore ist unerfahren«, antwortete Boris. »Sie spielen mit ihm wie mit einem Hühnchen.«

Um drei Uhr nachmittags waren wir beide besoffen. Boris beschloss, mich an die Save zu fahren. Im blauen BMW glitten wir an der Bushaltestelle vorbei, an der sich viele Menschen drängten, die gerade von der Arbeit kamen.

»Schau die Rindviecher, wie sie sich an der Haltestelle drängen«, keifte Boris. Dann ließ er das Fenster herunter und rief den Leuten laut zu: »Haut ab!«

Vom BMW wechselten wir in Boris' Sportboot. Ein warmer Wind fuhr uns durch die Haare, während wir von der Save in die Donau fuhren. Mein Gott, war das schön. Wir flogen mit dem Boot durchs Wasser und die Vögel überm Wasser. Die Stadt erhob sich weiß über uns. Das Leben schien schön zu sein. Ich klimperte mit dem Eis in Boris' Whisky, während wir Richtung Donau jagten.

»Das ist Leben!«, rief Boris.

Ich war mir überhaupt nicht sicher, ob das, was wir in den letzten zehn Jahren in Belgrad gelebt hatten, Leben genannt werden konnte. Aber es gefiel mir, dass der Wind mir durch die Haare strich. Offenbar hielt auch ich mit massiver Verdrängung die brüchige Illusion von Normalität aufrecht. Ich genoss die Selbstvergessenheit wie alle in der Stadt. Ich schob den Gedanken, dass ich die Verantwortung für mein Schicksal trage, beiseite. Während wir über das Wasser flogen, konnte ich vergessen, dass Tarquinius Superbus über mein Land herrschte und kleinere Verbrechen mit größeren vergalt. Ich konnte vergessen, dass wir zehn Jahre unseres Lebens in Blut und Erniedrigung zugebracht hatten. Das Land war zerstört, zu Grabe getragen jede Perspektive. Aber Boris und ich flogen übers Wasser unter der weißen Stadt. Wir flogen …

Während wir über das Wasser flogen, sah mich Boris mit der alten Vertrautheit an. Mein alter Kumpel lächelte mir zu, und ich erwiderte das Lächeln, aber das hatte nichts mehr zu sagen.

XXXVIII. Kapitel

*»Menschen sind wie die schwebenden Schatten
geplatzter Seifenblasen.« Johannes Chrysostomos*

I

»Schau«, Zora wies mit dem Finger auf eine Wolke,
die wie ein Frauenprofil aussah. »Die sieht aus wie
ich.«

Schweigend sahen wir zu, wie sich die Wolke mit
Zoras Gesicht veränderte und auflöste. Zora schnitt
eine Grimasse und rief: »Interessant, ha?«

»Was ist interessant?«, fragte ich.

Zora zog die Schultern hoch und sagte: »In meiner jetzigen Menschenform spüre ich eine Verantwortung, die ich in meiner Zeit als Fluss nie gefühlt
habe. Glaub mir, ich bin müde. Ich möchte mich von
diesem Körper befreien, im Rhythmus der Naturge-
walten forteilen, durch Pflanzenfasern steigen und
fallen, durch Bäche rinnen, Wolken, Sternennebel,
Formen der Natur durchdringen, die Gaudí geliebt
hat …«

Statt zu antworten, zerstrubbelte ich nur Zoras
Pony. Wir saßen draußen auf der Skadarlija. Trockene Lindenblüten fielen uns aufs Haar. Es war
zwar nichts los auf der Belgrader Vergnügungsmeile,
trotzdem spielte eine Gruppe Musikanten für eine

Gesellschaft im »Drei Hüte«. Ein Hüne von Gitarrist drehte sich hin und her, als scanne er die Umgebung. Der Geiger grinste wie ein Hase. Im Hintergrund brummte der Kontrabass wie ein großes Tier. Die Truppe sang:

Meine Jaahanaaaaaaa
Verglüht in Schwindsucht wie tausend Kerzen
Trotzdem finden sich unsere Herzen

Zora zwinkerte mir zu und meinte: »Interessant, ha?«
Erschrocken fragte ich: »Hörst du, was die singen?«

Tot ist Jaahanaaaaaaa
Und wenn auch ich dereinst tot sein werde
Haben wir uns lieb jenseits der Erde

Das schöne Lied über Jana ist die schamloseste Verherrlichung des Todes als Weg zur idealen Liebe, die mir je untergekommen ist. Als ich damals mit Zora Stefanović – die ich sogar Irina gegenüber meine »platonische« Geliebte genannt hatte – auf der Skadarlija saß, hörte ich es zum ersten Mal. Vertrocknete Blüten fielen uns aufs Haar. Wie oft dachte ich später an dieses Lied und fand es noch denkwürdiger als das Zerfließen der Wolke mit Zoras Profil. Aber …
Noch war es zu früh, um sich zu fürchten.

2

Im Nachhinein kann ich sagen, dass ich mir im Traum nicht hätte vorstellen können, was dann kam. Ich hatte nicht den Schimmer eines Verdachts. Sicher war Zora oft krank, und wir sahen uns immer seltener, aber ich habe ihr eher Hypochondrie unterstellt. Irina und ich telefonierten mit ihr und riefen: »Es reicht, reiß dich zusammen!«

Zora lächelte müde. Sie quälte sich mit immer neuen Grippen herum, mit Erschöpfungszuständen, und ihre Mutter schleppte sie zu Untersuchungen. Ich wiederhole, wir hatten keine Vorstellung von dem, was vorging. Nur die Hexe Irina fragte einmal vor langer Zeit ohne Hemmungen: »Hat Zora am Ende Krebs?«

Ich wurde so wütend, dass ich sie fast geschlagen hätte: »Mann, du bist so doof«, schnitt ich ihr das Wort ab. »Wie kannst du so etwas sagen?«

Ich begann, Zora öfter zu besuchen. Ich legte ihr die Hand auf den Kopf. Ich strich ihr übers Haar. Mir gefiel nicht, was sie sagte.

»Von zehn jungen Bäumen, die in einer Reihe gepflanzt werden, vertrocknet einer«, sagte sie. »So ist das auch bei den Menschen. So wird es mit mir sein.«

Ich bekam Angst und bat: »Schluss mit dem Gejammer. So darfst du nicht denken. Ich bitte dich.«

Der Blick, den mir Zora zuwarf, tat mehr weh als der Blick, den Milan Ocokoljić einst ihr zugeworfen hatte. Es war der Blick von jemandem, der hoffnungslos im aushärtenden Zement versinkt. Ein Leben mit Schmerzen ist anders als ein Leben ohne Schmerzen. Der, der im Krankenbett liegt, und der, der neben dem Bett sitzt, leben in verschiedenen Welten, auch wenn einer dem anderen die Hand hält. Ich wusste das und versuchte trotzdem, Zora mit lustigen Artikeln aus der »Večernje Novosti« aufzuheitern.

So las ich ihr aus der Rubrik Vermischtes die Geschichte von einem Bauern vor, der in sein Schlafzimmer kommt und sieht, dass jemand unter der Bettdecke liegt. Der Bauer geht in den Garten, kommt mit einem Stecken für die Tomaten zurück und schlägt mit aller Kraft auf die Bettdecke ein. Man hört die Schreie einer Frau und eines Mannes, dann wird es still. Stolz auf seine Rache verlässt der Bauer das Haus und trifft – seine Frau. »Freu dich«, sagt sie zu ihm. »Dein Bruder ist mit seiner Frau aus Deutschland zu Besuch. Sie ruhen sich in unserem Bett aus.« Der letzte Satz des »Večernje novosti« - Berichts lautete: »Die Brüder sprechen nicht mehr miteinander.«

Zora belohnte mich mit einem Lächeln. Meist ließ sie sich nicht anmerken, dass sie sich ihrer schweren Krankheit bewusst war. Nur einmal sagte sie: »Wenn ich nicht mehr bin, werden die Jungs weiterhin mit den Mädchen vor der Pionier-Arena hocken und versuchen, ihnen mit dem Knie die Schenkel auseinanderzudrücken. Die Welt wird sich nicht wegen mir in Trauer hüllen, sondern wie ein Löwe räkeln.«

Ein chinesischer Weiser hätte gesagt: Das Leben vergeht wie Rauch. Nichts bleibt. Man darf sein Herz an nichts hängen. Trotzdem hängen sich Herzen an Dinge. Herzen hängen sehr oft an so unvollkommenen Dingen wie unserer Stadt. Belgrad leckt den nassen Asphalt weiterhin mit bunten Lichtern. Der Regen riecht immer noch nach den Platanen auf dem Boulevard. Belgrad atmet in seinem städtischen Rhythmus und hat keine Zeit für uns. Die Stadt ist gleichgültig gegenüber den Menschen, die wie Blattläuse über ihre Oberfläche rutschen. Belgrad trauerte nicht um Zora Stefanović, die sich mit einem letzten Blick von der Stadt verabschiedete.

Lange Zeit hat Tante Mimica die Etiketten an den Flaschen überklebt, damit Zora nicht sah, welche Medikamente sie nehmen musste. Mimica führte sie in die Kellerräume des Militärkrankenhauses, vermutlich zu Bestrahlungen. Zora wurde in finstere unterirdische Röhren gesteckt, über denen sich der Deckel schloss. Ich habe einen Kloß im Hals, wenn ich an das denke, was sie in dieser Zeit durchmachen musste. Zora nahm die Hand der Mutter: »Mama, verlass mich nicht. Lass nicht zu, dass die mich in so was stecken.«

»Es muss sein, Zora!«, antwortete ihre Mutter.

Tante Mimica machte ihrer Tochter die ganze Zeit Mut. Sie weinte spätnachts, allein in der Toilette. Damit war Tante Mimica nicht allein. Im Lauf des letzten Jahrzehnts des Millenniums haben viele Menschen in Belgrad geweint.

Zora wurde immer schwächer. Sie verließ die Wohnung nicht mehr. Während ihrer Krankheit hat Boris sie kein einziges Mal besucht. Irina schon. Bane war in Amerika. Ich versuchte, so oft wie möglich bei ihr zu sein. Inzwischen hatte ich begriffen, was los war. Seitdem kämpfte ich gegen den Wunsch an, laut zu schreien, und benahm mich ganz normal. Ich ging zu Zora und las ihr vor, und Tante Mimica sah mich dankbar an. Ich kämpfte um meine »platonische Liebe«, indem ich unablässig redete. Mir schien, sobald ich verstummte, würde der Tod ins Zimmer treten. Ich las Zora vor, dass sich die Lage in Bosnien beruhigte. Sie lächelte müde, wies auf ihren Magen und sagte: »Bosnien ist in mir.«

Seit Beginn der Belagerung Sarajevos hatte sich Zora als Mittäterin gefühlt, nur weil sie täglich Brot und Joghurt in der Stadt kaufte, in der sie geboren war. Einerseits liebte ich Zoras moralische Wachheit. Andererseits hasste ich die Theorie, die alle an Blutkrebs Erkrankten, Lesben, schielenden Kinder, Stutzer, Kriminellen und Promovierten einer Stadt für gleich erklärte und für schuldig – bis zum Beweis des

Gegenteils. Zora glaubte, dass die Tragödie, die sich bei uns abspielte, viel größer war, als sich die Leute eingestehen wollten. Das Leben aller Menschen, die älter als dreißig Jahre waren, war ihrer Meinung nach zerstört, für dic Jüngeren galt es abzuwarten. Zora behauptete, Frauen seien mutiger als Männer. Frauen hatten vor dem Parlament in Belgrad Kerzen für Sarajevo angezündet und zögerten keinen Moment, Dinge auszusprechen, die man »nicht sagen durfte«.

»Was kratzen mich deren Tabus«, sagte sie. »Intellektuelle Feigheit führt notwendig in die Dummheit. Bei allem Macho-Gehabe sind die Dummen kastriert. Ich habe genug von den Typen, die den Mut haben, andere umzubringen, aber nicht den Mut, selbstständig zu denken. Ich habe genug von den böse grinsenden Angsthasen, die zu nichts eine Meinung haben. Ich habe genug von den Gestalten, die außer ihrem Grinsen keine Identität haben. Dann, im Dezember 1996, brannte in den Menschen ein helleres Licht als zuvor. Drei Monate voller Demonstrationen gegen Tarquinius Superbus begannen. Durch die Straßen Belgrads marschierten Studenten mit den Fahnen aller Völker. Studentinnen zeigten der Reihe schwarz gekleideter Blaubart-Polizisten ihre Brüste. Es war ein Tauwetter, das die Belgrader ein Wunder nannten. Unbekannte Menschen begegneten anderen Menschen auf der Straße höflich und zuvorkommend.

Die offiziellen Fernsehnachrichten schwiegen die Vorgänge in Belgrad tot. Menschen schlossen Staubsauger an Tubas an, schlugen auf Kochtöpfe und machten auf jede erdenkliche Weise Lärm, um die offiziellen Lügen zu übertönen. Es war weltweit der erste Aufstand gegen die bunten verlogenen Bildschirme. Bane schrieb aus New York, den amerikanischen Journalisten sei der Aufstand gegen das Fernsehen nicht geheuer. Von den dreimonatigen täglichen Spaziergängen bei frostigen Temperaturen behielt ich eine Nebenhöhlenvereiterung zurück, und das Ende dieses Winter war kein Ruhmesblatt. Trotzdem, drei Monate lang haben wir wie zu der Zeit der Belgrader »New Wave« das Leben brennen gespürt und waren so voller Enthusiasmus, dass selbst die Denkmäler in Bewegung kamen.

Für unsere Zora war es zu spät. Sie starb langsam an der angesammelten Unzufriedenheit. Zu lange hatten sie Scham und Hoffnungslosigkeit erstickt. Kafka beschreibt in seinen »Tagebüchern« die telegraphische Kommunikation zwischen dem Gehirn und den übrigen Organen. Das Gehirn sagt: Ich kann nicht mehr, sollen andere die Last tragen, unter der ich zusammenbreche. Wenn ein anderes Organ der Seele die Last abnimmt, unter der sie zusammenbricht, wird der Mensch schwer krank. Das ist Zora widerfahren. Die Mitglieder des Stammes, den Mircea Eliade beschrieb, legten sich hin und starben, als ihre Weltensäule zerbarst. Die Säulen, auf denen unsere Welt ruhte, fielen seit sechs Jahren um wie Dominosteine.

3

Zora Stefanović lächelte zum letzten Mal im Krankenhaus, als ihre Mutter den 23. Psalm vorlas: »Der Herr ist mein Hirte, mir wird nichts mangeln. Er weidet mich auf einer grünen Aue und führet mich zum frischen Wasser …«

Tante Mimica holte tief Luft, um nicht zu weinen. Sie bemühte sich, beim Lesen keine Silbe zu verschlucken. Tränen liefen ihr über den Hals, während sie fortfuhr: »Und ob ich schon wanderte im finsteren Tal, fürchte ich kein Unglück; denn du bist bei mir, dein Stecken und Stab trösten mich.«

Zora wollte im Familiengrab in Herzeg Novi begraben werden, damit sie im Tod »das Meer sehen kann«. Die Mutter hatte es ihr versprochen, aber das Versprechen nicht gehalten und sie auf dem Zentralfriedhof beerdigt, um sie oft besuchen zu können. Zoras tragisch-mediterrane Züge traten im Sarg schärfer hervor als im Leben. Als ich davor stand, sagte ich vollkommen aufrichtig zu ihr: »Du warst der beste Mensch von uns allen.«

Schaufel für Schaufel fiel Erde auf den Sarg. Ich grub die Fingernägel der einen in die andere Hand. Vor lauter Tränen konnte ich nichts sehen. Der Friedhof wirkte endlos, hoffnungslos. Der Beerdigung wohnten nur Tante Mimica, Zoras Schwester, Irina und ich bei. Später kamen ein paar Leute von der Kunstakademie dazu. Boris erschien nicht.

»Wofür soll ich jetzt leben?«, frage Tante Mimica.

Vor dem Erdhaufen fragte ich mich, ob Zora je einen Freund gehabt hatte. Hatte sie je einen Kuss bekommen?

Sie war ein seltsamer Kosmopolit, der vor dieser letzten Reise nie gereist war.

Sie hätte gern den Grand Canyon besucht, den sie sich als einen gewaltigen Gaudí-Park mit einer Bauzeit von zwei Milliarden Jahren vorstellte.

Sie war überzeugt, dass es in Belgrad Engel gab, weil wir sie am meisten brauchten.

Schaufel für Schaufel hallte die auf den Sarg geworfene Erde wider und wider und wider …

Mir war für den nächsten Tag die Aufgabe zugefallen, Bane in Amerika anzurufen und ihm mit Verspätung die Nachricht von Zoras Tod zu überbringen.

»Was sagst du da, Milan?«, Bane brach in Tränen aus.

»Ich sage«, antwortete ich, zutiefst erschrocken über den kleinen Begeisterungsstich in meiner Brust, »dass wir unsere gute Zora beerdigt haben.«

XXXIX. Kapitel

In dem berichtet wird, wie sehr Bane Janović und seine unsichtbare Mitreisende über die »gewaltige Subtilität« des Grand Canyon erschrak

Lieber Milan, schrieb mir Bane, erinnerst du dich, wie oft wir uns gefragt haben, ob Zora je einen Freund gehabt hat? Die Antwort ist: Ja! Ich muss dir endlich gestehen, dass Zora nicht nur eine Freundin von mir war. Sie war meine Freundin.

Gott möge verhüten, dass du den Geisteszustand erleben musst, in dem ich mich nach der Rückkehr von der Front in Slawonien befand. Nach dem Krieg habe ich erfolglos versucht, mich von der Missachtung des Lebens zu erholen. Trauer ist ein zu schwaches Wort für die Gefühle, die ich rund um die Uhr hegte. Im quirligen Belgrad summte ich Morrissons Song vor mich hin: »People are strange, when you're a stranger, faces look ugly when you're alone …« Ich habe mich nur mit Zora getroffen. Jeden Abend sind wir gemeinsam spazieren gegangen. Obwohl wir nebeneinander durch dieselben Straßen liefen, war sie in der normalen Welt und ich in der Hölle. Zora überbrückte den Abgrund zwischen beiden Welten und berührte mich als Erste. Und das war völlig anders als bei anderen Frauen. Sie war keine Frau, sondern ein

Wunder, und wenn dich ein Wunder anfasst, dann ist das so … tief. Als wir uns nach dem ersten Kuss voneinander lösten, drehten sich die Häuser um uns. Der Himmel über Belgrad war ein Schwindel erregender Sternenstrudel. Ich stotterte: »In welcher Straße stehen wir eigentlich?«

Zora sagte: »In welcher Stadt sind wir?«

Einmal haben wir einen blöden Witz gemacht: Wer zuerst stirbt, meldet sich beim anderen, haben wir gesagt. Für eine Seele ist ein anderer Kontinent kein Hindernis. Ich glaube, dass Zora seit ihrem Tod bei mir ist, wie sie es im Leben gern gewesen wäre. Deswegen habe ich sie zum Grand Canyon mitgenommen, von dem sie so oft geträumt hat; ich wollte, dass sie ihn mit meinen Augen sehen kann. Unsere gemeinsame Reise war nicht teuer, weil Tote kein Ticket lösen müssen. Ich konnte Zora nicht sehen, aber sie saß trotzdem neben mir auf dem Flugzeug- oder Autositz. Während der ganzen Reise hielt ich die Hand meiner unsichtbaren Begleiterin und zeigte ihr jedes interessante Detail der Neuen Welt: »Schau, Zora, schau!«

Weil ich in Las Vegas Verwandte habe, führte ich die unsichtbare Kunsthistorikerin Zora Stefanović zunächst durch die verschiedenen Stile der Stadt. Nach sechs Tagen waren wir der Lichtkaskaden an Gebäuden, der Rolltreppen und der Laserspiele müde. Im Morgengrauen des siebten Tages verließen wir Las Vegas, die Stadt zwischen Sunset und Sunrise Mountains, und brachen zum eigentlichen Ziel unserer Reise auf: dem Grand Canyon.

Es dämmerte ein herrlicher Tag, mit einem solchen Himmel, dass ich mich innerlich vom Blau ausgefüllt fühlte. Die Berge von Nevada erinnerten an grüne Gletscher. Als Lake Mead vor uns glitzerte, wurde es schwül. Nach dem Hoover-Dam folgte die schwarze Teufelsarchitektur Arizonas. Dann explodierte die Weite. Was für ein Blau! Was für ein Raum! Ich raunte meiner unsichtbaren Begleiterin zu: »Schau, Zora, schau!«

Wir fuhren und fuhren. Arizona wurde immer mehr zur verbuschten Steppe. Hier konnte schon Vieh weiden. Der Druck der Schönheit auf die Autofenster ließ nach. Es gab nichts mehr, was ich Zora zeigen konnte, und meine Lider klappten zu. Plötzlich – ein Sommerwunder! Der Himmel zog sich zu. Auf die Windschutzscheibe klatschten Regentropfen. Klick, klack, arbeiteten die Scheibenwischer. Das Auto vor uns schleuderte Schlamm auf unsere Kühlerhaube. Die Windschutzscheibe wurde blind vom Wasser. Die Scheibenwischer schafften es nicht mehr. »Wir kommen um!«, sagte ich zu meinem Verwandten, der am Steuer saß. »Wir kommen um!« Aber wir ließen die Regenwand genauso schnell hinter uns, wie wir hineingefahren waren. Der Boden war wieder staubig, hinter dem Wolkenbruch war kein Tropfen gefallen.

Wir beschleunigten auf dem trockenen Highway. Dann sahen wir die Polizei hinter uns. Wir fuhren langsamer, und unser Wagen wurde von einer Aureole umstrahlt. Mitten in der gewaltigen Umgebung waren wir Engel geworden. Wir glitten langsam dahin, bis die Polizei außer Sicht war. Noch immer in die Aureole gehüllt, glitten wir in den Nationalpark Grand Canyon. Die Indianerin am Einlass blitzte mit ihren Türkisohrringen und sagte: »Heute ist der Eintritt frei.«

Ein verkrüppeltes Wäldchen war der armselige Auftakt zu dem großartigen Anblick, der uns erwartete. Der Grand Canyon wurde nur von dem Blau zwischen den Kiefern angekündigt. Ich wurde immer ungeduldiger und ungeduldiger. Und um mich Borges' Worten aus der Erzählung »Das Aleph« zu bedienen: »... dann sah ich ihn!« Ich holte tief Luft, reckte mich und blickte um mich. Und plötzlich – war ich am Himmel. Ich stand mit den Füßen auf der Erde und hatte einen Blick wie aus dem Flugzeug. Der ganze Anblick war eine einzige riesige Umarmung. Gott! Mein Gott! Ich schaute und schaute. Schweigend und dankbar, so dankbar ...

Bei diesem Anblick sammelte sich meine Seele und erzitterte, und dann erzitterte mein Körper. »Das sind Tempel«, dachte ich und meinte die goldenen Gipfel, die über dem Canyon thronten. Ich dachte an Gott. Ich dachte an Zora, die mir immer geraten hatte, diesen Ort aufzusuchen.

»Uff, unglaublich!«, lachte ich. »Zora, hier hast du deinen Gaudí-Park, an dem zwei Milliarden Jahre gebaut wurde. Schau, wie herrlich er ist. Schau!«

Ich lachte laut und seufzte. Die Seele, brennend wie eine Lunte, dehnte sich in meiner Brust, so dass die Rippen schmerzten. Mit den Augen trank ich die tiefblaue Luft. Was für eine Farbe, so – gewaltig! Es war gewaltig! Ich schaute und verleibte mir alles ein, sog die Schönheit auf wie ein Schwamm. Ich suchte das richtige Wort, dann ließ ich es bleiben und schaute nur. Ich fand kein Wort. Ich fand Demut und Bewunderung. Gewaltige Subtilität – das war das Wort. Ich zeigte Zora mit einer Handbewegung die gewaltige Subtilität.

»Achtzehn Meilen ist er breit«, sagte mein schnurrbärtiger Verwandter, »und tiefer als der Himalaja hoch.«

Ich glaube fest daran, dass ich den Grand Canyon mit den Augen der Kunsthistorikerin sah. Ich habe

Zora meine Augen geliehen, und sie hat mir im Ge-
genzug ihr Farbempfinden geliehen. Der unendliche
Canyon wurde von rosa-lilafarbenen Tönen gewärmt
und von blau-grauen Farben gekühlt. Einige bläu-
liche Streifen schwebten wie Brücken in der Luft.
Der Sonnenuntergang vergoldete das weit entfernte
andere Ufer des Canyons. Unter mir glänzten weiß
die Maultierpfade, auf denen Menschen in den Canyon hinunterritten. Auf den Felsen zur linken Seite
mischte sich die Farbe von Zimt mit den Farben der
Wolken. Engel hatten einen Tropfen Milch auf die
Palette fallen lassen, so dass die Nuancen schwer zu
benennen war. Alle wurden durch den Lichtfilter des
Unendlichen geschickt. Am schönsten war die helle
Farbe der Weite.

Das Licht veränderte sich und mit ihm die Landschaft. Der gesamte Anblick war mit einem Mal wie
mit Kreide bestäubt. Das war die Farbe der Seele.
Das war die Farbe der Mauern Belgrads im Traum.

»Schau, Zora, schau!«

Meinem guten Verwandten mit seinem gesunden
Menschenverstand fiel auf, dass ich in einer allzu »ab-
gehobenen« Stimmung war, und er versuchte sanft,
mich aus diesem Zustand herauszuholen. Er fragte
sich laut, ob wir den Wagen an einer günstigen Stelle abgestellt hatten. Das ließ mich kalt, der Wagen
konnte mir gestohlen bleiben. Der Verwandte zeigte
mit dem Finger auf Erdhörnchen. Auch die Erdhörnchen, die ich sonst gern mag, konnten mir gestohlen
bleiben. Der Verwandte erzählte von wohlriechenden
Wacholderbeeren. Doch ich war auf einem religiösen
Trip und wollte die Erfahrung nicht mit Schwätzen
profanieren. O, ich wollte nur schauen dürfen, nicht
reden müssen. Vielleicht glich es dem Versuch, den
Himmel in einem Fingerhut Wasser zu spiegeln.

»Man kann den Grand Canyon aus dem Hub-
schrauber oder Flugzeug betrachten«, erklärte der
Verwandte. »Inzwischen werden Wanderungen zum
Fluss hinunter stark reglementiert.«

Ich wollte den guten Mann nicht beleidigen, der
mich netterweise zum Canyon gefahren hatte, und
antwortete höflich. Dabei schnitt ich mir mit jeder
Antwort ins eigene Fleisch. Ich wollte nur schweigen. Ich wollte nur mit den Augen die Farben des
Grand Canyon trinken.

Ich verfolgte die Metamorphose der Steine in ihrer
unfassbaren Schichtung, wandelbar wie Wolken.

»Schau den angenagten Stein da oben links, der
sieht wie ein Sahnehäubchen aus!«, rief mein Verwandter. »Der kommt bestimmt nächstes Jahr runter.«

Die unermessliche Zeit entsprach dem unermessli-
chen Raum des Grand Canyon. »Nirgendwo sonst
haben Sie so viel Zeit auf einen Blick!«, behauptete ein Werbeplakat. Und tatsächlich, ich erschrak
vor der Überfülle an Zeit hier. Heutzutage ist die
Menschheit von einem derart trivialen Jahrestag wie
dem Ende des zweiten Millenniums nach Christus
fasziniert. Die Schluchten und Erhebungen vor mir
existierten seit über zwei Millionen Millennien. Das
heißt, der Grand Canyon war zweitausend Mal älter
als die Angehörigen der Gattung Homo sapiens, die
mit Kameras in ihm herumsprangen.

Touristen, äffische Ameisen, wuselten um den
Canyon und schwatzten dummes Zeug in allen Sprachen der Erde. In einer Kathedrale würden sie sich
zurückhalten. Oder nicht? O, wenn ich jetzt »Ruhe!«
rufen dürfte und alle auf diesen Ruf hin für drei Stunden zu Salzsäulen erstarren würden, damit Zora und
ich in Ruhe die bläulich und golden schimmernden

Felsen betrachten könnten. Ich betrachtete das Wunder, das die Seele beruhigt, und dachte: »An einem solchen Ort kann man nicht lügen.«

In dem Moment wurde es diesig. Eine Wolke verdunkelte den Isis Temple. Ein Teil des Himmels blieb blau, während wir von kaltem Regen durchnässt wurden. Das Erdhörnchen duckte sich in die Wand. Wir rannten, um uns unterzustellen. Da gab es ein hölzernes Schloss und ein hübsches Dorf mit Ställen, aus denen die Maultiere kamen. Wir stellten uns in einem Glaspavillon unter, in dem Souvenirs verkauft wurden. Durch die Scheiben überzeugte ich mich neuerlich von der Endlosigkeit des Canyons. Gewöhnlich macht sich das Herrliche rar. Im Widerspruch zur Alltagserfahrung lag eine unermessliche Schönheit vor uns. Meine unsichtbare Zora und ich lächelten einander angesichts der gewaltigen Subtilität zu.

Über diesem Lächeln hörte der Regen auf. Die Wolken verzogen sich und gaben violette Berge frei, umschmeichelt vom zartesten Grau. Der den Canyon beherrschende Isis Temple erinnerte an eine Riesenperle. Ich begriff, dass der Grand Canyon kein Park, sondern ein *Tempel* der ganzen Welt war ... Die Gipfel trugen die Namen aller Götter. Diese Gipfel waren zugleich Tempel. Im Heiligtum Aller Heiligen betete ich für die Seele, die, wenn auch nicht sichtbar, meinen Weg begleitete. Ich betete für meine Freundin, für die es in Belgrad Engel gab, und rings um mich waren:

Diana Temple, Scorpion Ridge, Point Sublime, Confucius Temple, Tower of Ra, Osiris Temple, die Temples von Horus und Shiva, Tower of Set, die Temples von Isis und Buddha, Hopi Point, Mohave Point, Cheops Pyramide, Deva Temple, die Temples von Brahma und Zoroaster, Wotan's Throne ...

Und schließlich – der Bright Angel Point.

Tränen verschleierten den Blick auf diesen Gipfel, und ich flüsterte meiner unsichtbaren Zora zu: »Das ist dein Berg.«

XL. Kapitel

Hinterhalt

Alles wäre in bester Ordnung gewesen, hätte der jüngere Vukotić nicht die Tochter eines Finsterlings geheiratet. Bei der Hochzeit rauchte der Schwiegervater eine Zigarette mit dem Schwiegersohn. Sie standen im Hof, der Brautvater legte dem Bräutigam die Hand auf die Schulter und fragte, was er sich wünsche. Der jüngere Vukotić hatte den Vorfall nicht vergessen, bei dem sein Bruder durch eine Unterwasserharpune zum Krüppel geworden war. Seit Jahren sehnte er sich nach Rache, hatte er doch damals den Bruder allein gelassen. Er wünschte sich Duplis Kopf.

»Dein Wunsch ist keine Kleinigkeit«, sagte der Finstere gedehnt.

»Von einem Großen wünsche ich mir Großes«, antwortete Vukotić geschickt.

Vukotić wusste sehr gut, dass er keine Kleinigkeit verlangte. Erstens hatte Dupli einen Mercedes mit gepanzerten Scheiben, so dass man ihn nicht mit dem klassischen Belgrader »Empfang« beim Einsteigen ermorden konnte. Zweitens bedeutete ein Mord an Dupli eine Kriegserklärung an Boris Petrović und den schrecklichen Dada. Aber der Zeitpunkt für die Bitte war gut gewählt. Wann soll man großzügig sein, wenn nicht bei einer Hochzeit, dachte der Finstere. Er nickte und schenkte Vukotić Duplis Kopf.

In Unkenntnis dieser Unterhaltung von schicksalhafter Tragweite gingen Boris Petrović und Dupli am Sonntag, den 20. Mai 1997 nach Borča zum Hundekampf. Die gesamte Umgebung roch nach Kötern. Die Besitzer führten stolz ihre Rottweiler und Schnauzer Gassi. Ein cholerischer Affe schlug seinem Bullterrier so laut auf den Kopf, dass sich alle nach ihm umdrehten.

»Was hast du da für eine Wunde am Ohr?«, fragte Boris Dupli beim Spaziergang.

»Ritterlichkeit kann verdammt weh tun«, Dupli runzelte die Stirn und streichelte seinen Schäferhund. »Erinnerst du dich an Zita?«

»Das Jüngste Gericht in Frauengestalt«, gab Boris zurück.

»Genau«, stimmte Dupli zu. »Die hat nicht alle Tassen im Schrank, weißt du. Vorgestern wollte ich daheim in Cigan Mala hinters Haus und sehe Zita und die weiße Nina. Beide schwanger bis zum Anschlag, und das von ein- und demselben Typ, Miki the Dealer. Stell dir vor, zwei hochschwangere Weiber, die mit Messern aufeinander losgehen. Ich bin dazwischen und hatte Zitas Messer im Ohr. Das hat geblutet, kann ich dir sagen, wie ein Schwein.«

»Und alles auf den guten Trainingsanzug von Ellesse«, lachte Boris.

»Ich habe Zita eine gescheuert und die Pistole gezogen. ›Messer weg! Auf die Knie!‹, habe ich geschrien.«

»Und sie fielen auf die Knie«, grinste Boris schmallippig.

»Beide fielen auf die Knie. Beide schwanger. Ich steckte erst der einen den Lauf in den Mund und dann der anderen. ›Und was jetzt, ihr blöden Nutten? Wollt ihr mir einen blasen? Los, aufstehen.‹ Ich verpasste erst der einen, dann der anderen einen Tritt in den Hintern. Ich warf die Messer ins Plumpsklo und ging wieder heim, um mich zu waschen.«

Boris lachte.

Dupli zuckte die Achseln: »Ritterlichkeit tut verdammt weh, Bruder.«

Ringrichter Pera Panajotović, genannt Jigaboo, kam zu Dupli und sagte, er solle seinen Rex langsam vorbereiten. Als Preisgeld waren tausend Mark angesetzt. Schäferhund Rex sollte gegen Boxer Aga kämpfen, der einem Bauern aus Česljeva Bara in der Nähe von Golubac gehörte. Angeblich prügelte der Bauer seinen Boxer täglich bis aufs Blut, um ihn scharf zu machen. Dupli zog Rex die Ohren lang, küsste ihn auf den Scheitel und ließ ihn los. Der mandeläugige Schäferhund und der Boxer mit seiner verknautschten Schnauze gingen aufeinander los und wälzten sich im Staub. Im Nu hatten sich die Hunde in ein einziges knurrendes Fellknäuel verwandelt. Die Fans kläfften bösartiger als die Hunde. Aus dem barbarischen Stimmengewirr der Zuschauer stach Duplis Schrei heraus: »Rex, mach ihn alle!«

»Aga, schnapp ihn dir!«, brüllte der Bauer aus Česljeva Bara.

Der hässliche Boxer bekam ein Bein des Schäferhunds zu fassen. Blut strömte, erst ein wenig, dann sehr viel. Als der Boxer dem Schäferhund das Bein abbiss, stöhnten alle.

»Genug«, rief Pera Panajotović.

Dupli rannte mit gezücktem Revolver in den Ring. Er küsste den verkrüppelten Rex und erschoss ihn. Dann gab er Pera Panajotović Geld für die Entsorgung des Kadavers. Der Besitzer des Boxers wagte es nicht, sein Preisgeld einzufordern. Als Dupli ihn suchte, war er bereits über alle Berge.

Mit dem Gleitboot fuhren sie über die Donau zum Hotel »Jugoslavija«. In Duplis Augen standen Tränen.

»Es ist nicht schön«, sagte er und schluckte, »aber man liebt seinen Hund.«

»Ja, man liebt seinen Hund«, stimmte Boris zu.

»Es ist nicht schön«, fuhr Dupli mit erstickter Stimme fort, »aber als mein Vater starb, das war nicht schlimmer als jetzt, wo ich Rex töten musste.«

Vom Hotel fuhren sie mit Duplis Mercedes zum Stari Merkator. Dort waren sie mit einem Nikšićer verabredet, der gerade aus Prag zurückkam. Die Freunde stiegen aus dem Wagen und reckten sich in der Maisonne. Dupli steckte eine Zigarette an und zerknautschte das leere Päckchen. Boris verfluchte die unpünktlichen Typen aus Nikšić. Dupli zertrat die aufgerauchte Kippe und wollte noch eine. Boris holte seine Schachtel aus der Hosentasche und ließ sie fallen. Als er sich bückte, um sie aufzuheben, sah er einen BMW näher kommen, das gleiche Modell wie sein eigener, nur in Metallic. Das Fenster auf der Beifahrerseite glitt herunter. Vom Knattern der »Heckler & Koch« tanzte die gesamte Straße. Kioske, Passanten und grüne Busse tanzten. Vom Knattern der »Heckler & Koch« tanzte der Widerschein der Sonne in den Fenstern der umliegenden Hochhäuser. Die Salve zog einen Strich quer über Duplis Brust. Boris bekam eine Kugel in den Hintern ab. Boris zog den Revolver und drückte ab. Der BMW fuhr mit quietschenden Reifen Zickzack. Boris schoss noch einmal und traf die Heckscheibe des flüchtenden Wagens. Als der BMW außer Sichtweite war, warf Boris den Revolver weg und robbte zu dem stöhnenden Freund. Er hob dessen Kopf, der den bärtigen Häuptern auf assyrischen Reliefs glich »Bist du tot?«, er schüttelte Dupli sanft.

»Nein, ich lebe.« Und nach diesen Worten kam ein Schwall Blut aus Duplis Mund.

XLI. Kapitel

Beerdigung

Nach Duplis Tot erschienen in der »Politika« zwei Seiten Todesanzeigen. Auf einer war ein Bild, auf dem Dupli wie ein Häftling aussah. Unter dem Bild stand: »Wir werden Dein liebes Gesicht und Deine Güte nie vergessen. Neki und Ajkula.«

Auf der Beerdigung waren viele goldbehängte Jungs, die selbst Montezuma in den Schatten gestellt hätten. Die Jungs traten an den offenen Sarg und nickten dem Verstorbenen zu. Einer flüsterte, ein halbes Kilo Gold in Form einer Halskette sei auf dem Weg zwischen dem Ort des Verbrechens, der Gerichtsmedizin und der Aussegnungshalle verschwunden. Die Jungs, die seinerzeit auf Boris' Hochzeit getanzt hatten, standen Schlange, um ihr Beileid auszusprechen.

Dupli hatte weder Vater noch Mutter. Das Beileid nahm seine Tante entgegen, die unter Beruhigungsmitteln stand. Angeblich murmelte sie die ganze Zeit: »Nebojša, mein Junge, lass es dir eine Warnung sein.« Ihre Augen sahen mich fröhlich an, als ich ihr die Hand drückte. Ich warf einen panischen Blick in den offenen Sarg. Die Puppe darin sah nicht wie Dupli aus. Ich konnte es kaum erwarten, die Totengemächer zu verlassen. Die Sonne blendete, als ich aus der Halle trat. Ich rieb mir die Augen und sah den Popen und einige hübsch angezogene Mädchen, die mit Kränzen in den Händen vor dem Sarg gingen.

Als sich der Leichenzug in Bewegung setzte, begann eine Frau hinter mir zu weinen. Als die Musik den Trauermarsch anstimmte, ging das Weinen in Schluchzen über.

»Heulst du wegen Nebojša oder wegen der Musik?«, fragte sie der Sohn, der mit ihr zusammen einen Kranz trug.

Ich trug zusammen mit dem kurz geschorenen Bikčić einen Kranz.

»Was soll man dazu sagen, Bruder« seufzte Bikčić. »Sie haben Nebojša umgelegt.«

Nie im Leben hatte ich zu Dupli Nebojša gesagt. Wäre ich einen Tag vor der Beerdigung gestorben, ich hätte nicht einmal gewusst, dass er so hieß. Vor uns gingen stark parfümierte Frauen, die in ihren schwarzen Kleidern wunderschön aussahen. Ich betrachtete die feisten Schädel der schweren Jungs. Der Leichenzug bewegte sich entsetzlich langsam. Mein schamloser Verstand erinnerte sich an die Radiowerbung eines Bestatters in Požega:

In einen Sarg von Radiša Đurđević
dringt weder Luft noch Licht noch Kitsch.
Meisterlich wird alles verkorkt.
Drum faule unbesorgt!

Ich unterdrückte ein Grinsen und drehte mich um. Weder Boris noch Dada waren zu sehen. Bikčić, der mit mir zusammen einen Kranz trug, bemerkte meinen Blick. Er war der Neffe von Boris' Mutter, wir kannten uns über Boris schon seit unserer Kindheit. Er raunte mir aus dem Mundwinkel zu, der schreckliche Dada habe gestern eine Bombe in das Zimmer geworfen, in dem Vukotić mit seiner schwangeren Frau zu Mittag aß. Er und Boris seien gestern nach Thessaloniki geflohen und wollten dort bleiben, bis sich der Staub gelegt hatte.

Im Gänsemarsch mit dem Kranz in den Händen erreichten wir die ausgehobene Grube. Auf einer Holztafel stand Nebojša Domanović. An der Grube stand die mit Beruhigungsmitteln vollgepumpte Belgrader Tante neben einer Montenegrinerin mit tieftraurigen Augen. Dupli war ein Städter durch und durch gewesen, mir wäre nie in den Sinn gekommen, dass er vom Dorf kam, noch dazu aus Montenegro. Die Klageweiber stimmten ein Wolfsgeheul an. In der bäuerlichen Kultur galt ihr Klagelied als Ausdruck wahrer Trauer. Das rituelle Schauspiel hatte Vorrang vor der Aufrichtigkeit. Mich überlief ein Schauder. Die metallischen Stimmen, die das Leben von Pflanzen, Tieren und Menschen im Keim erstickten, trieben mich in die Flucht. Ich rettete mich mit der Werbung des Bestatters aus Požega:

Alles ist erstklassig, allerbeste Ware.
Hier entkommt kein Toter der Bahre.

Dann stellte sich Duplis Onkel aus Montenegro neben dem Grab aufrecht hin und begann, die tränenden Augen fest auf Duplis Foto in der Todesanzeige geheftet, mit seiner Grabrede. Er hob die Hand, um die Frauen zum Schweigen zu bringen, und intonierte seinerseits: »Mein Falke, mein Nebojša, eins werde ich dir nicht verzeihen: Dass du mir das Unrecht antust, vor mir in die schwarze Erde zu gehen. Die Reihe war noch lange nicht an dir! Du lässt mich einfach in meinem Jammer sitzen!«

Der Onkel drehte seine epische Riesennase der Tante zu, die bereits sei drei Tagen unter Beruhigungsmitteln stand. Er sah ihr in die fröhlichen Augen. Unerwartet nüchtern sagte er mit völlig normaler Stimme: »Dieses grässliche Bild kannst nur du ausgesucht haben.«

Dann fiel er mit charakteristischer Leichtigkeit vom normalen Tonfall zurück in epische Trance. Wieder hob er die Hand und jammerte: »Was mich verbittert …«

Der Wechsel schockierte mich, mir nichts dir nichts rein in die Kartoffeln, raus aus den Kartoffeln, rein ins Epos, raus aus dem Epos. Und ich dachte: In dieser geheuchelten Trance liegt der Schlüssel zu allem, was in den letzten acht Jahren geschehen ist. Der Onkel redete den toten Dupli an, als sei dieser zwar blind, nicht aber taub. Wie bei einer Art Auktion teilte er dem Verstorbenen mit, wer alles gekommen war, um ihn zu sehen.

»Die Kameraden aus dem Judo-Verband sind gekommen, Nebojša. Sie wollen dich ein letztes Mal grüßen!«

Die Jungs mit den Goldkettchen standen stocksteif mit versteinerten Mienen da. Die bucklige Tante aus dem Karst schluchzte. Einige Judokas heulten wie die Schlosshunde. Zwei hielten eine Rede. Zwei aufgetakelte Frauen in Schwarz wechselten erst über den Kranz hinweg böse Blicke und standen dann ganz friedlich nebeneinander. Der erste Strauß fiel dumpf auf den Sarg.

Die Frau hinter uns schüttelte sich und seufzte: »Am schlimmsten ist es für den, der nicht mehr ist.«

Jeder warf eine Handvoll Erde auf den Sarg. Die Totengräber füllten die Grube schnell auf. Ein ganzer Berg von Kränzen wurde auf dem Grabhügel niedergelegt. Ich fragte mich, ob die Zigeuner auch die Blumen von Duplis Beerdigung wieder in die Friedhofsgärtnerei brachten zwecks neuerlichem Verkauf.

Die alten Frauen besprachen, welchen Marmor sie für den Grabstein aussuchen sollten. Es gab niemanden, von dem ich mich hätte eigens verabschieden wollen. Ich winkte Bikčić zu, mit dem ich den Kranz getragen hatte, und verließ die Beerdigung. Ich ging an dem bronzenen Grabmal eines Jungen vorbei, dessen Verwandte ihm täglich den Sportteil der Zeitung aufs Grab legten. Aus schwarzem Marmor schaute mich eine Familie an, lässig an den Mercedes gelehnt, in dem sie umgekommen war. Ich ging an dem Grab eines Knaben vorbei, dessen Abbild in einem bronzenen Spielauto saß. Kitsch ist der Freund des Historikers, dachte ich. Kitsch sagt mehr über die Menschen als guter Geschmack.

Über immer stillere Pfade schlängelte ich mich zu einer abseits liegenden Allee und blieb vor einem Grabmal aus grauem Marmor stehen. Ich betrachtete Zoras Bild und brach in Tränen aus. Ich betrauerte meine Zora nicht mit rituellem Klagen, sondern mit heißen, lautlosen Tränen. Dann merkte ich, dass jemand neben mir stand … Irina war die letzte Person, der ich erlaubt hätte, mich weinen zu sehen. Trotzdem riss ich mich nicht zusammen. Ich ließ die Tränen laufen.

Irinas Augen schrien. Sie war jetzt eine geschiedene, vereinsamte, nicht mehr junge Frau, vielleicht wieder auf Heroin. Mir schien, als hätte sie all die Jahre den Dreck unter den Teppich gekehrt und stünde jetzt nicht an Zoras Grab, sondern vor einem

Trümmerhaufen. Von da sah sie mich mit schreienden Augen an.

»Milan«, sagte sie mit der Stimme einer Blinden, die mit den Fingern das Gesicht eines Bekannten ertastet. »Milan ...«

Sie schwenkte den Strauß, den sie in der Hand hielt. Ihre Geste umfasste den gesamten Friedhof.

»Diese Zeit hat die Liebe in den Menschen getötet«, schluchzte sie. »Aber man lebt doch für die Liebe. Nur für die Liebe.«

Sie erschreckte mich. Ihre Worte erschreckten mich. Der Ohrwurm aus der Bestatter-Werbung wurde von einem Vers verdrängt, mit dem Patriarch Arsenije IV. Šakabenta im 18. Jahrhundert Belgrad gedroht hatte:

Der Eber wird deine Kinder verschlingen.

XLII. Kapitel

*Von der großen Einsamkeit und der
Vorahnung eines neuen Zerfallsstadiums*

Nach der Begegnung mit Irina an Zoras Grab stellte
ich mir eine womöglich sentimentale, vielleicht aber
auch essentielle Frage: Wie vielen Menschen auf dieser Welt war ich überhaupt noch wichtig? Am liebsten hätte ich die Frage, kaum gedacht, wieder zu-
rückgezogen, aber es war zu spät. Es fällt schwer, mit
offenen Augen in die Sonne zu sehen. Oder in den
Tod. Oder ins eigene Leben.

Der Countdown für das Millennium schleppte
sich dahin. Im Jahre 1998 geschah nichts, außer dass
Hegels absolute Idee von Ost nach West wanderte.
Im Ernst, mir fällt praktisch nichts ein, was in dem
Jahr passiert ist. Im Wesentlichen vermehrte sich das
langweilige Böse. Tarquinius Superbus versuchte im
Bund mit den Faschisten die Universität und die un-
abhängige Presse zu zertreten. Das im Kosovo herrschende Elend schlug in einen bewaffneten Aufstand
der Kosovo-Albaner um. Das läutete fast unvermeid-
lich das nächste Zerfallsstadium ein. Konfrontiert mit
der Gewissheit eines neuerlichen Krieges, zitierte ich
Zoras schwarzhumorigen Trost: »Das Leben dauert
ja nicht ewig.«

Ich schreckte mitten in der Nacht hoch, weil ich an
die unzähligen Unschuldigen denken musste, deren
Leben in diesem Land vernichtet worden war, und
fing an zu weinen.

Meine Welt löste sich wie ein Stück Zucker in
einem Glas Wasser auf. Ich war wie der Vogel aus
Neuguinea, der sein Leben lang über Wasserpflan-
zen läuft und niemals festen Boden unter den Füßen
spürt. Alles um mich herum war eingestürzt, aber ich
lebte und die Dinge bewegten sich. Es ging mir nicht
in den Kopf, wie die Sonne nach all dem weiterhin
scheinen, ich morgens aufwachen und weitermachen
konnte.

In meiner Einsamkeit erinnerte ich mich an den
Pantomimen Jean-Louis Barrault, der sich in dem
Film »Die Kinder des Olymp« mit einem Strick er-
hängen wollte. Ein Mädchen nahm ihm den Strick
aus der Hand und benutzte ihn zum Seilspringen.
Dann nutzte ihn eine Hausfrau zum Wäschetrock-
nen. Jean-Louis Barrault sah in den Spiegel und lächelte sich zu. Zu meiner Überraschung überlebte ich
das Wegbrechen sämtlicher Säulen, auf denen meine
Welt ruhte, aber ich blieb allein. Schon Thomas Mann
hat gesagt, dass Bewusstsein auf Einsamkeit hinaus-
läuft, aber – ist das ein Trost?

Ich war so allein wie ein Neugeborenes, so allein
wie auf der Totenbahre.

Ich war entsetzlich allein.

XLIII. Kapitel

*In dem sich New York wie ein Blizzard um
Bane dreht, er meinem Vater begegnet und
sich mit ihm streitet*

Eine wichtige Neuerung in meinem einsamen Leben war der Kauf eines Computers und der Beginn eines E-Mail-Wechsels mit Bane in New York. Srđan Šaper von den »Idoli« sagte einmal, jeder Auswanderer nehme ein Stück Belgrad mit und dann könnten wir mit diesem ausgewanderten Stück Belgrad kommunizieren. Das war gut gesagt.

Ich erzählte einem solchen »ausgewanderten Stück Belgrad« von meinen Versuchen, Frauen zum Essen auszuführen und dass die Chemie nie stimmte. Ich schrieb Bane von der abgrundtiefen Langeweile dieser »romantischen Treffen«. Lieber würde ich zum Zahnarzt gehen, schrieb ich, unter der Bedingung, dass er mir eine Betäubungsspritze gibt, als noch mal so einen Abend mitzumachen.

In der nächsten Mail teilte ich Bane mit, dass mir mein Opa Teofil auf seine alten Tage ein enger Gefährte geworden sei. Teofil Đorđević hatte einst angenommen, die Menschen würden aus Unvorsicht alt oder zur Strafe, weil sie etwas Schlimmes getan hatten. Jetzt war er selbst hoch betagt. Seine Lippen sahen wie die einer Mumie aus und seine Nase wie die eines Fossils. (»Lieber Bane, werde ich eines Tages auch so aussehen?«) Er kaufte sich eine Irish-Setter-Hündin, Žika, die er innig liebte und regelmäßig Gassi führte. Kam er abends vom Spaziergang zurück, ließ er die Medikamentenfläschchen klirren und summte: »Der Arzt in seinem weißen Kittel erschreckt mich wie ein Vampir.«

»Je älter du wirst, desto weniger bist du du selbst«, sagte mir Teofil, »und alles fällt dir immer schwerer. Aber wer wird dich von dir trennen?«

Ich schrieb Bane, die Situation in Belgrad beruhige sich nicht. Es war, als gähne unter diesem Gebiet der Eingang zum Hades. Die Stadt hatte ihre geographische Lage nicht verändert, aber sie schien immer stärker abzudriften. Die Gebäude versanken. Millimeterweise bewegten sich die Erdmassen, auf denen die Stadt stand. Das Fernsehen spülte immer noch Idioten in meine Wohnung. Ich verbrachte viel Zeit damit, ihre Auftritte zu verfolgen – was hat der Blutsauger wieder angestellt, was kündigt der Werwolf an? Ich lebe, schrieb ich Bane, auf einer Gefühlswippe. Mal denke ich, in meiner Stadt steckt enorm viel Kraft. Und dann wieder war mir, als wären Bosheit und Neid der Kitt der Gesellschaft, nicht anders als bei dem Inselvolk auf Dobu vor Papua-Neuguinea, das Ruth Benedict 1934 in »Urformen der Kultur« beschrieben hat. Ich beendete den Brief mit den Worten: »Du meinst, du wärst überall auf der Welt ein guter Mensch? Irrtum, wenn du hier leben würdest, wärst du ein Säufer.«

Trotz der scharfen Worte, die ich an mein Belgrad richtete, kränkte mich Banes Begeisterung für New York. Bane beschrieb mir die Stadt mit einer Verve, als wolle er sie mir verkaufen. In den U-Bahn-

Stationen spielten immer Straßenmusikanten, da sei immer was los, schrieb er. Bane genoss die Energie, von der die Straßen New Yorks nur so brummten. Er konnte gar nicht genug kriegen von der Stadt. Morgens beobachtete er die Rosenfinger der Morgenröte im verschlafenen Gesicht eines Latinos. Nachmittags sah er, wie sanft die Lider der Müden in der Metro zufielen.

In New York mischten sich laut Bane die Kulturen der ganzen Welt. An diesem universalen Ort jodelten mexikanische Gerippe zu Ehren des Buddha Amida. Kubaner lachten durch ihre Posaunen, wenn sie sumerische Musik aus Ur spielten, komponiert im dritten Millennium vor unserer Zeitrechnung. Gleichzeitig glich New York einem verwilderten Marseille. Jede zweite Frau auf den Straßen hatte mediterrane Züge wie unsere Zora.

Bane gestand, dass er regelmäßig mit der unsichtbaren Zora im Central Park spazieren ging. Zora war der einzige Mensch, der nach seinem Tod in die Vereinigten Staaten emigrierte. Ein solcher Emigrant kommt in den Chroniken von Ellis Island nicht vor. Bane beschrieb, wie er und Zora die Spirale des Guggenheim-Museums entlang schlenderten oder die Nachmittage im antiken Ägypten verbrachten, das im Sackler-Flügel des Metropolitan untergebracht war. Der lebendige Bane und die tote Zora lehnten mit der Stirn am dunkeln Glas im obersten Stockwerk des World Trade Center und sahen von dort auf die Stadt. Die Straßen waren Gold. Die Lichter der Stadt waren Sterne. Bane und Zora schwindelte, als sie über die Doppeltreppe auf das Dach des höchsten Gebäudes in der Stadt traten. Sie dachten, die Türme müssten jeden Moment einstürzen. Sie legten die Hand auf ihre aufgeregten Bäuche und schauten hinunter auf den Hudson, den East River, New Jersey und Queens. Sie ließen den Blick auf Brooklyn ruhen, wo Bane in einer ehemaligen rumänischen Synagoge wohnte. Neben ihm wohnte ein Puertoricaner, der auf der Feuerleiter Kampfhähne hielt. Es war nicht die schönste Wohnung der Welt, aber Bane mochte sie. Überhaupt mochte Bane die glitzernde Stadt, in der er wohnte.

»Merkwürdige Stadt. Gute Stadt«, sagte er zu der Inhaberin des griechischen Restaurants, in dem er arbeitete.

»Sie ist normal«, antwortete Polymnia Papas. »Alle anderen Städte sind merkwürdig.«

Das Restaurant »Delphi«, in dem Bane arbeitete, lag an der Ecke 8. Avenue/46. Street. Der Besitzer hieß Sotiris Papas, ein Grieche aus Alexandria. Sotiris war schon alt, seine dicke Tochter Polymnia führte das Geschäft. Der Name der guten Frau war die Schwundform der Muse der Dichter – Polyhymnia. Die Arbeit als Kellner fand Bane anfangs hoch romantisch. Er zündete gern die Teelichter unter den silbernen Kuppeln an, um das Essen warm zu halten. Wenn er einen Eimer mit Eis füllte, sahen die Würfel für ihn wie lauter Diamanten aus. Im Restaurant fühlte er sich wie Hermes oder Felix Krull.

Bane sah in dem weißen Hemd mit schwarzer Fliege gut aus. Ungeheuer liebenswürdig trat er an die Tische und nahm Bestellungen auf. Flink kam er wieder und stellte Lammwürstchen oder Tintenfischsalat vor die Gäste. Er hatte gelernt, dass man beim Einschenken die Finger in die Einbuchtung am Boden der Weinflasche legt. Er addierte in Sekundenschnelle die Rechnung. Er drehte fleckige Tischdecken mit der Gewandtheit eines Toreros um. Er verstand es meisterlich, wie der Blitz Nachspeisen zu mopsen und aufzuessen, so wie der verfressene Lakai aus einer Mozart-Oper. Polymnia Papas tolerierte seine Verfressenheit, auch wenn sie ihn gelegentlich dafür bestrafte. Das Einzige, was im »Delphi« nicht geduldet wurde und den sofortigen Hinauswurf bedeutet hätte, war Diebstahl an den Gästen.

Und dann stritt sich Bane mit einem Kunden.

Der Kunde, mit dem sich Bane stritt, war mein Vater. Während eines Aufenthalts in New York wurde Andrija Đorđević von seinem Galeristen ins »Delphi« eingeladen. Ein paar französische Serben und ein paar Russen aus Brighton Beach waren mit von der Partie. Alle waren angetrunken und hatten Hunger. Andrija bestellte Pita mit Spinat und Retsina. Bane schenkte ihm den Wein mit gespielter Liebenswürdigkeit ein. Dann ließ er die Kellnermaske fallen und fragte: »Sind Sie Andrija Đorđević?«

»Ja.«

»Ich bin ein Freund Ihres Sohnes.«

»Aha«, rief Andrija so laut, dass sich die Leute am Nachbartisch umdrehten. Der Maler schob den Stuhl zurück und stand auf. Er rief die Chefin. Er teilte ihr mit, der Kellner sei ein Freund seines Sohnes, und bestand darauf, dass sich Bane zu ihm setzte und ein Glas mittrank. Ohne die Antwort abzuwarten, drohte Andrija: »Wenn der Junge sich nicht zu uns setzt, gehen wir alle.«

»Natürlich, er soll sich dazusetzen«, antwortete die dicke Muse prompt. Polymnia stimmte teils aus Güte zu, teils weil sie die Kunden nicht verlieren wollte, die alle fünf Minuten eine neue Flasche Wein orderten. Bane setzte sich, immer noch im Kellnerhemd mit Fliege, mit an den Tisch, und die Gesellschaft trank weiter.

»Wie ist es in Belgrad?«, fragte Andrija.

Bane hüstelte und antwortete: »Tarquinius Superbus hat mittelalterliche Elemente in die serbische Kultur wieder eingeführt. Die Staatsgewalt wurde privatisiert. Anekdoten sind wichtiger als Prinzipien, Rhetorik ist wichtiger als Logik. Die Bedeutung der Religion ist gewachsen. Räuberbanden haben eine Kriegswirtschaft eingeführt. Wieder einmal bestätigt sich der Grundsatz: ›Besser ein Tyrann als mehrere.‹«

»Aber nicht doch«, murmelte Andrija Đorđević.

»Ich fürchte, unser Land hat in den letzten zehn Jahren eine stärkere gesellschaftlich-kulturelle Regression erlebt als jedes andere Land im 20. Jahrhundert«, schloss Bane.

»Aber nicht doch«, antwortete mein Vater jetzt schon offen feindselig. »Die Pariser Serben erzählen mir etwas anderes. Sie sagen, in Belgrad gebe es alles zu kaufen, und die Menschen lebten ganz normal.«

Bane fiel ihm ins Wort: »Vielleicht interessiert Sie mehr, was Ihr Sohn sagt? Er behauptet, wenn ich in Belgrad leben würde, wäre ich sicher ein Säufer.«

In seiner Jugend war Andrija Đorđević wunderlich, wild und unverwechselbar, als sei er nicht von dieser Welt, sondern ein Außerirdischer. Jetzt war er zu Banes Leidwesen zu einem nicht sonderlich originellen Nationalisten verkommen, der mehr oder weniger intelligent die Plattitüden aus den Zeitungen wiederholte. Manche seiner Einwände waren interessant, andere völlig abwegig, und er sprang ohne Unterlass vom einen zum anderen. Bane war fassungslos, als Andrija sagte, er liebe Tarquinius Superbus. Und bald schon stritt sich Bane, wie das unter Emigranten eben so ist, lautstark mit meinem Vater und dessen Freund. Der französische Serbe erwies sich als kapitales Exemplar eines komplett durchgeknallten Emigranten. Seine Halsstarrigkeit erinnerte Bane an die

Kieferstarre bei Bullterriern. Er brüllte, die Albaner reklamierten die heilige serbische Erde für sich, um dort mit Heroin zu handeln und ein Dutzend Kinder pro Paar zu werfen.

»Erstens werden sie von Müttern geboren, nicht anders als wir«, entgegnete Bane angeödet. »Zweitens ist ein dürrer Friede besser als ein dicker Bürgerkrieg.« »Du hast keine Ahnung«, deckelte ihn Andrija von oben herab.

»Nein, Sie haben keine Ahnung.«

Bane trank immer heftiger mit den Malern, und Polymnia Papas bediente. Polymnia zählte panisch die Retsina-Flaschen, die sie an den Tisch gebracht hatte.

»Warum trinkt ihr diesen Mist?«, schrie Bane und bestellte erst »Demestika«, dann »Daniel's« und schließlich einen teuren zypriotischen Wein.

Je mehr sie tranken, desto weniger bewegte sich das Gespräch in den Grenzen der Höflichkeit. Sie stritten nicht nur über Politik, sondern über alles. Es war halb Gespräch, halb Delirium ... Traurige Emigrantengespräche ... Während sich die Emigranten stritten, drehte sich New York um sie wie ein Blizzard. An den Delis leuchteten die Neonreklamen. Eine schwarze Obdachlose mit vielen Plastiktüten las im Licht der Reklame in einem spanisch-englischen Wörterbuch. Gelbe Taxis hupten. Menschen eilten die Straße hinunter. Der russische Maler sagte, die Vielgesichtigkeit New Yorks erinnere ihn an das alte Konstantinopel. Bane und der Freund meines Vaters erzählten und schrien und stritten sich. Bane verlor wegen dieses Streits keineswegs seine Arbeit, vielmehr setzten sich am Ende noch die Muse Polymnia und der hundertjährige Sotiris Papas mit an den Tisch. Polymnia zeigte Andrija ein Bild ihrer Tochter, die Medizin studierte.

»Serbien darf nicht klein beigeben«, rief Andrija Đorđević und äußerte Angst vor der weltweiten Ausbreitung des Islam. Polymnia und der hundertjährige Sotiris Papas pflichteten ihm bei. Mit dünner Greisenstimme klagte Sotiris, die Türken hätten in Amerika viel mehr Einfluss als die Griechen.

»Warum ist das so?«, fragte Andrija.

Anstelle einer Antwort verdrehte Sotiris die Augen wie der heilige Sebastian. Der französische Serbe verzweifelte, weil die serbischen Klöster nicht in die Ausstellung »Glanz von Byzanz« im Metropolitan aufgenommen worden waren. Die inoffiziellen Mitglieder des byzantinischen Commonwealth tauschten sich zornig mit wedelnden Armen, bedeutungsvoll hochgezogenen Augenbrauen und eloquentem Achselzucken aus. Im »Delphi« wurde prophezeit, dass der Islam sich auf der ganzen Welt ausbreiten werde. Bane wusste von einer italienischen Parawissenschaft namens *dietrologia*, nach deren Verschwörungstheorien nichts so ist, wie es scheint. Es stellte sich heraus, dass Andrija Đorđević, Sotiris Papas, Polymnia und sogar Vaters amerikanischer Galerist große Dietrologen waren. Alle außer Bane waren überzeugt, dass die Fäden der Weltpolitik von unsichtbaren Puppenspielern gezogen wurden und in der Welt ein einziger großer Betrug herrschte. Der Galerist – er war ein Albino – verstieg sich zu der Behauptung, die Mondlandung sei ein Fake, die Aufnahmen von Armstrongs Sprüngen auf dem Mond seien gefälscht worden, um im Kalten Krieg zu punkten …

»Nichts ist seltener auf dieser Welt als ein Plan«, widersprach Bane mit einem Napoleonzitat.

»Selbst der Paranoiker hat Feinde«, antwortete der Galerist mit einem Zitat von Delmore Schwartz.

Nachdem sie eine weitere Flasche geleert hatten, fragte mein Vater Bane nach mir aus. Er fragte, wie es mir gehe und wie ich lebe. Bane warf ihm, total besoffen, an den Kopf, dass er mich viel zu selten getroffen hätte. Andrija sah ihm in die Augen und sagte: »Erstens kann ich bei meiner Biografie gar kein guter Vater sein. Zweitens«, und da änderte Andrija seinen Gesichtsausdruck, »habe ich ein Ziel, und für dieses Ziel würde ich über die Leichen meiner Kinder gehen.«

»Das rechtfertigt nichts«, winkte Bane ab.

Andrija stimmte in keinem Punkt mit meinem Freund überein, aber ihm gefiel Banes Ungezogenheit. Am Ende des Abends umarmte er ihn und sagte: »Der Ort unserer Geburt, Belgrad, ist eine Wunde. Kaum ist Schorf über die Wunde gewachsen, wird er von schmutzigen Nägeln wieder heruntergekratzt. In Belgrad kann man seit Jahrhunderten nicht mehr leben, sondern nur dorthin flüchten und zurückkommen. Ich habe Belgrad wegen eines Übels verlassen. Dich hat in der nächsten Generation ein anderes vertrieben. Würden wir in einer normalen Welt leben, wären ich und du Freunde in Belgrad.«

Auf diese ausgezeichneten Worte hin hob Bane den Finger und antwortete, weinselig lallend: »Das Problem ist, dass Verstand derzeit in unserem Land verboten ist. Weißt du, mal ist der Hintern im Recht und mal der Schwanz, aber meistens hat der Verstand Recht.«

Andrija brüllte vor Lachen, umarmte und küsste ihn. Sie öffneten die Tür und Zigarettenrauch quoll aus dem Lokal in die Straße. Der Abschied dauerte lange. Der weibische Galerist gab Bane seine Telefonnummer.

»Wenn Sie wieder nach New York kommen, besuchen Sie uns. Sie sind eingeladen«, rief Polymnia Andrija Đorđević nach.

Während er die 46. Straße hinunter stolperte, zersplitterten die Häuser rings um ihn in kubistischer Manier. Die Farben vermischten sich und wirbelten vor seinen Augen. Alle Geräusche der Stadt ringelten sich aus einem Schneckenhaus und zogen in sein Ohr. Wie ein Schutzengel rettete ihn Zora knapp davor, überfahren zu werden. Schließlich hielt Bane einen indischen Taxifahrer an und nannte ihm seine Brooklyner Adresse. Er fläzte sich in den bequemen Sitz und seufzte, bevor er wegdöste: »Das Leben ist schon komisch …«

XLIV. Kapitel

*In dem mich Bane darauf hinweist, dass mir
Bomben auf den Kopf fallen werden*

Kaum hatte ich mich morgens gewaschen, linste ich
auch schon in den virtuellen Abgrund auf dem Bildschirm meines Computers. Im Schlafanzug kochte
ich mir einen Kaffee und sah unterwegs in den Spiegel. Die Haartolle von meinen Kinderbildern kräu-
selte sich noch immer in der Mitte der Stirn, aber an
beiden Seiten hatte sie sich gelichtet. Die Haut unter
den Augen war faltig. Ich saß im T-Shirt vor dem
Computer und beäugte eine Zeitlang interessiert den
fluoreszierenden Harnfleck auf meiner Unterhose.
Dann öffnete ich, den ersten Kaffee trinkend, das E-
Mail-Programm, las Banes Nachrichten und antwortete. Wir schrieben, was uns gerade in den Sinn kam,
völlig ungeordnet. Ich informierte ihn, dass in man-
chen Bussen Teile des Bodens fehlten und in anderen
nachts keine einzige Glühbirne funktionierte und
dass das in Belgrad inzwischen ganz normal war. Ich
gab meinem alten Freund gegenüber zu, dass ich ihn
beneidete. Bane antwortete, ein Emigrant sei wie der
Held der »Berichte aus der dunklen Welt«. Wer die
Gelegenheit ergreift, wird es bereuen, wer sie nicht
ergreift, wird es auch bereuen. Ich antwortete, nein,

nur die Zauberer hätten in den Berichten wirklich Grund zur Reue gehabt.

Bane schrieb, wenn er nicht im Restaurant arbeite, besuche er Kurse für Programmierer an der Columbia University. Er sei in der Lage, behauptete er, den »Macintosh« in Ostserbien erfolgreich zu vermarkten: Man müsse den Rechner nur mit der Erinnerungsfunktion für Todestage und Gedenkgottesdienste anpreisen. In der Timočka Krajina würde sich der Mac mit dem Hinweis verkaufen lassen, »wie Sie die Software auf Ihrem PC vor dem Zugriff der Obrigkeit schützen ...« Bane prophezeite, mit ein paar Tastatureingaben könnten die Leute auf dem Bildschirm die Träume aller historischen Persönlichkeiten verfolgen. Er prophezeite, dass wir bald schon über den PC die Gedanken der Engel lesen könnten. Die Engel würden uns verraten, was wir vom neuen Millennium erwarten dürften.

Und die Engel würden uns sagen: »Wenn das Millennium kommt, ist der Augenblick für das Paradies auf Erden, das Reich Gottes und (für unsere Eltern) das Reich des Kommunismus gekommen. Für den Anfang wird jeder Mensch eine weiße Katze haben. Die Menschen werden mit weißen Katzen durch die Straßen gehen. Die Toten kehren ins Leben zurück, und wir haben Zeit, ausführlich mit allen zu reden, mit denen wir das im Leben nicht geschafft haben. Wir werden die Fragen stellen, auf die wir nie eine Antwort bekamen. Wir werden uns bei denen entschuldigen, denen wir Leid zugefügt haben, und bei uns werden sich die entschuldigen, die sich an uns versündigt haben. Die Zeit fließt nicht mehr linear, die Dinge werden vielmehr simultan geschehen. So werden wir Zeit haben, mehrmals zu den schönsten Momenten unseres Lebens zurückzukehren. Jeder

Mensch wird gewissermaßen viele Menschen sein. Die Jahreszeiten werden simultan auftreten. Ein Wintertag, ein Sommertag, der goldene Herbst werden sich abwechseln wie duftige Melonenspalten. Und zum Dessert kommt der leichtsinnige Frühling, in dem der Wind Schmetterlinge durch die Landschaft schaukeln lässt und alle Dinge gut riechen. Ich hoffe«, schrieb Bane, »dass ich dann Gelegenheit haben werden, einige Sprachen zu lernen und einige Handwerke. Ausgenommen das des Kochs. Ich würde mich gern mein Leben lang mit Tai-Chi beschäftigen …«

Dann schaltete mein geistreicher Freund ein paar Sprachebenen herunter und räumte ein, New York habe ihn nicht verändert, er glotze immer noch in Ausschnitte und unter Röcke. Was ihn an der Columbia University, an der einst Mihajlo Pupin unterrichtete, am meisten beeindruckte, fasste Bane in einer E-Mail zusammen mit dem Betreff:

Beschreibung eines Hinterns
»Sie hat sehr schöne Hüften und eine schlanke Taille. Sie stemmt gern die Hände in die Hüften, wenn sie redet. Ihr Po ist … betörend. Er hat eine schöne Form und ist größer, als ein Modeschöpfer es für wünschenswert halten dürfte. Die kräftigen Pobacken sehen im Profil besonders interessant aus. Sie hat den Hintern einer Schwarzen, obwohl sie eine weiße Frau ist und blond. Heute trägt sie eine violette Hose. Sie schreibt etwas an die Tafel, und die Taille kommt sehr schön zur Geltung. Beim Schreiben vibriert ihr Hintern leicht, und ich sehe es mit Tränen in den Augen, so wie ein Romantiker Chopin hört. Obwohl sie sich zur Tafel gedreht hat, stemmt sie eine Faust in die Taille und überkreuzt die Beine. Hat

sie die Bewegung geübt? Die Unterhose zeichnet sich ab, nicht besonders deutlich … aber sichtbar. Besonders interessant sind die Teile der Pobacken, die nicht vom Slip bedeckt sind. Mein Gott, welche Farbe der Slip wohl hat? Egal welche, ich würde ihn gern mit den Zähnen zerreißen. Sie spricht gerade über ›Fuzzy Logic‹. Sie ist meine Professorin für ›Wissenschaftliches Programmieren in C‹ und heißt Jane Martinson.«

Mir fiel auf, dass Bane mir immer sehr persönliche Dinge schrieb, ich ihm hingegen historische und Vorfälle aus der so genannten Politik. Auf seine fröhlichen Briefe antwortete ich mit düsteren E-Mails, in denen ich nicht mit meiner Überzeugung hinterm Berg hielt, dass sich die Lage im Kosovo, in Restjugoslawien, in Belgrad massiv verschlechtern würde. Ich prophezeite, dass sich die Dinge weiterhin nicht nur in die schlimmstmögliche, sondern auch in die dümmste Richtung entwickelten. Nach der in Serbien herrschenden Logik wurde eine blutige Niederlage jedem Vertrag vorgezogen. Denn ein Vertrag, schrieb ich Bane, gälte gemäß dieser gewalttätigen Logik als größte Niederlage. Ich jammerte, mein Volk sei wie Titania im »Mitsommernachtstraum« seit zehn Jahren in einen Esel verliebt. Ich könnte nur hoffen, dass die Wirkung der Droge bald nachließ. In der Zwischenzeit prophezeite ich das Schlachten im Kosovo und sah bereits die Bomben auf Belgrad fallen.

Bane schrieb zurück, ich sei inzwischen paranoider als mein Vater. Er schrieb mir, gute und schlechte Regierungen würden kommen und gehen, aber Weiberhintern würden die Männerwelt bis ans Ende der Zeit bezaubern. Männer würden nach Frauen lechzen und Frauen nach Männern, in Ewigkeit, Amen.

Offenbar gab sich Bane alle Mühe, mich aus meinem niedergeschlagenen Geisteszustand herauszuholen. Im Postskriptum schrieb er:

»Lass uns der großen Themen abschwören, Milan. Wie geht es dir?«

»Ich lese deutsche expressionistische Lyrik und tue so, als sei alles normal«, schrieb ich zurück. »Was soll ich sonst tun?«

Ich lehnte es ab, mit Bane über unwichtige Dinge zu plaudern. Ich fand es doof, dass ich etwas ignorieren sollte, wovon mein Leben abhing. Zu Beginn des Zerfalls von Jugoslawien 1991 hatte ich noch gehofft, dass der Fall irgendwann abgebremst würde oder wir rechtzeitig aufwachen würden oder die Mauer verschwände, auf die wir zurasten. Jetzt, Anfang 1999, hoffte ich nicht mehr auf Wunder. Müde von einem Leben in einem Tunnel ohne Ende rechnete ich mit einem neuen Krieg. Meine Gefühlswippe kippte auf die Seite des Selbsthasses. Ich verfiel einem autorassistischen Delirium.

»Ich bin kein Rassist«, schrieb ich in der nächsten E-Mail. »Aber wir haben einen genetischen Defekt. Wann werden wir aussterben, frage ich mich, und anderen Völkern Platz machen? Das Land ist schön, es ist so schade drum!«

»Das bist nicht du«, antwortete Bane, »aus dir spricht die pure Verzweiflung. Selbsthass ist genauso abstoßend wie jede andere Form von Rassismus. Was unsere so genannte Heimat betrifft: aus meiner derzeitigen Entfernung betrachtet, hat sie etwas, das ich aus der Nähe nicht wahrgenommen habe. Weißt du, wo sich der Bibel nach die Hölle befindet? Auf der Sonne! Aus der Entfernung betrachtet wird sie zum Ursprung des Lebens.«

Es ist klar, warum ich so viel Zeit vor dem Computer verbrachte und mit Bane redete – ich war der einsamste Mann auf der Welt. Aber warum verschwendete Bane seine Zeit im Briefwechsel mit mir? Offenbar war auch Bane einsam. Der Bildschirm war ein abstrakter Gesprächsraum für zwei Einsame, einer in New York, einer in Belgrad.

Mitunter ähnelte unser Briefwechsel weniger einem Dialog als zwei Monologen, die nebeneinander her liefen. Ich war eine dieser unangenehmen Figuren geworden, die sich von ihren obszessiven Themen nicht losreißen können. Krieg dich wieder ein, lass die Politik, redete Bane auf mich ein. Es ging nicht. Ständig sprach ich vom Bösen und sah Böses auf uns zukommen. Ich schrieb, Woche für Woche sterbe ein Dutzend Polizisten im Kosovo. Zehn Jahre mit einer katastrophalen Regierung und zwei einander entgegen gesetzten Nationalismen führten in einen Krieg, in dem Jugoslawien der Nato gegenüber stehen würde. Ich schrieb Bane von einem schlauen serbischen General, der keinen Grund sah, warum Jugoslawien nicht die 19 Mitgliedsländer des Nordatlantischen Verteidigungsbündnisses besiegen sollte. Dieser General und sein Puppenspieler Tarquinius Superbus glichen in meinen Augen Menschen, die im siebten Stock stehen und überlegen, ob sie springen sollen. Wohlmeinende Beobachter raten ihnen: Wenn ihr springt, seid ihr tot oder verkrüppelt. Aber sie wollen es lieber selbst ausprobieren.

Und sie haben es ausprobiert.

Und dann begriff Bane, dass ich nicht so paranoid war, wie es den Anschein hatte. Am Dienstag, den 23. März, riss er mich mit einem Anruf aus dem Schlaf: »Pass auf, die fangen wahrscheinlich heute oder morgen an, euch zu bombardieren.«

»Danke!«, sagte ich tonlos und legte auf.

An dem Tag öffnete ich Banes E-Mail mit Verspätung, in der er schrieb, wie aufgeregt Amerika auf das neue Millennium warte. Bane war bei der Post gewesen, um Briefmarken zu kaufen; dort hing eine digitale Uhr, die wie besessen die Tage, Stunden, Minuten und Sekunden bis zum Millenniumswechsel herunterzählte. Bane schickte mir Millenniumsreklame für die Universal Studios Escape in Hollywood, die in der Zeitschrift »People« erschienen war. Darin stand:

Im Sommer 1999
Wird die Evolutionstheorie umgeschrieben
Naturgesetze werden überschritten
Der Materiebegriff verändert sich für immer
Die Erdanziehung wird abgeschafft
Und die Zeit bewegt sich nicht mehr nur in eine Richtung.
Bleibt nur eine Frage:
Seid ihr bereit?

XLV. Kapitel

In dem Bojan und ich den
Millenniumshimmel schauen

Als die Bomben anfingen, mir auf den Kopf zu fallen, war die Reaktion anfangs nicht Angst, sondern Ungläubigkeit. Die Sirene, die die Bombardierung ankündigte, klang, als hätte Zeus soeben Europa entführt und brüllte zornig, verwandelt in einen riesigen Stier, direkt über Belgrad. Am ersten Tag fand ich sein Gebrüll lächerlich, später schrecklich. Die Atmosphäre in der Stadt war wahrlich millenniumsmäßig. Die Menschen kletterten auf Dachterrassen und betrachteten den Feuerkreis um die Stadt. Die Tomahawk-Raketen erinnerten an Meteoriten. Wenn sie ihre Ziele in Batajnica trafen, schwebte meine Stadt für einen Moment, bevor sich alles wieder an seinen Platz setzte. Manchmal schien es mir, als würde mir der Einschlag den Boden unter den Füßen wegziehen und mich, zusammen mit der Stadt, fünfzig Kilometer forttragen. Ich war wie aus meinem Körper katapultiert. Ich fragte mich, ob mein Haus noch stand oder nicht. War ich noch da oder nicht? Den Raketen am Himmel sekundierten am Boden die roten Blitze der Luftabwehr. Der Himmel glich einem großen Feuerwerk, aber mir gefror das Blut in den Adern bei dem Gedanken, was das Feuerwerk den Menschen oder und auch mir bringen könnte.

Im Schutzraum, der in unserem Fall ein gewöhnlicher Keller war, las ich »Lyrik des deutschen Expressionismus«. Die Frau, die mir gegenüber saß, war eine aus Kroatien geflohene Serbin. Sie war frisch operiert, man hatte ihr die Brust abgenommen. Die erste Nacht nach der Entlassung aus dem Krankenhaus verbrachte sie im Keller. Ich sah sie weinen. Albanische Frauen weinten überall im Kosovo. Diese Frau weinte. Meine Mutter weinte, wenn ich sie anrief. Ich fragte mich, ob es eine Waage gab, um die Tränen gegeneinander aufzuwiegen, um festzustellen, welche schwerer, welche leichter wogen, welche gerechtfertigt und welche falsch waren, welche zu vernachlässigen waren und welche nicht. Statt mir dauernd den Kopf über solche Sachen zu zerbrechen, steckte ich die Nase in die »Lyrik des deutschen Expressionismus«. Während sich an der Peripherie Belgrads rote Flammensäulen erhoben, las ich im Keller »Weltende« von Jakob van Hoddis:

Dem Bürger fliegt vom spitzen Kopf der Hut,
In allen Lüften hallt es wie Geschrei.
Dachdecker stürzen ab und gehn entzwei
Und an den Küsten – liest man – steigt die Flut.

Der Sturm ist da, die wilden Meere hupfen
An Land, um dicke Dämme zu zerdrücken.
Die meisten Menschen haben einen Schnupfen.
Die Eisenbahnen fallen von den Brücken.

Als ich den letzten Vers las, bebte das Gebäude durch einen Einschlag in einiger Entfernung. Zuerst sperrte ich den Mund auf. Dann ließ ich das Buch mit dem

Millenniumsgedicht fallen. Ich begriff, wie klein ich war. Ich begriff, dass ich nichts tun konnte. Ich spürte mit erzwungener Demut, die ihr christlich nennen könnt, wie bedeutungslos ich war. Ich spürte die Gegenwart Gottes. Aber im Unterschied zu Boris, der die Gegenwart Gottes bei den Bomben spürte, die auf Sarajevo fielen, spürte ich die Anwesenheit Gottes bei den Bomben, die auf Belgrad fielen.

Nachts heulte die Sirene, und am Himmel blühte das schreckliche Feuerwerk. Tags flog die Pappelwolle über der Donau und alles sah normal aus. An einem solchen »normalen Tag« in der zweiten Woche der Bombardierungen klopfte es an meiner Tür. Ich fasste es nicht, als ich Irina auf meiner Schwelle stehen sah. Sie hatte einen Koffer in der einen Hand und hielt an der anderen einen vierjährigen Jungen mit todernstem Gesicht.

Ich reichte ihr die Hand: »Willkommen!«

»Du hast eine Zigarette in der Hand«, merkte Irina an.

Wir waren beide angespannt, als wir ins Zimmer gingen. Das Zimmer war mitten am Tag dunkel, und ich machte das Licht an. So wirkte die Lampe neuer. Im Licht sah ich, dass mein Gast Ringe unter den Augen hatte und sehr beunruhigt wirkte.

Irina setzte sich auf die Couchkante. Irina biss sich auf die Lippen. Sie sah zur Seite. Sie redete unzusammenhängend. Sie sagte, sie hätte sich mit ihrem Sohn Bojan eine Zeitlang im Haus von Boris' Eltern im Dorf Tutunović Podrum versteckt. (Ein Glück, dass das Haus wenigstens einmal zu was gut war.) Irina sagte wiederholt, sie habe Angst um Bojan. Ich wusste, dass Boris und Dada den jüngeren Vukotić und seine schwangere Frau getötet hatten. Irina erinnerte mich daran, dass der Vater dieser Frau, genannt der Finstere, Rache geschworen hatte. Als ihr Vater Čedomir nach Moskau zog, wo er eine Import-Export-Firma hatte, durfte Irina nicht mit. Ich fragte mich gerade, warum sie mir das alles erzählte, als sie mir in die Augen schaute und fragte: »Kann ich Bojan bei dir lassen? Bitte, Milan. Von dir weiß keiner.«

»Obacht!«, dachte ich. Da stimmt etwas nicht. Irinas Vater Čedomir war weder naiv noch machtlos. Er hatte Zugang zu Tarquinius Superbus höchstpersönlich. Er hätte zehn Leibwächter engagieren und Bojan zum Flugzeug eskortieren lassen können. Ich wusste, dass es Scharfschützen gab, die das Kind am Flughafen oder auch in Moskau erschießen konnten. Trotzdem war an der Sache etwas grundlegend faul. Ich sah Irina forschend an: War sie extrem verängstigt? Oder auf Heroin? Oder, Gottverzeihmir, verrückt geworden und wollte deswegen das Kind bei mir lassen? Irina nahm meine Hand und wiederholte: »Von dir weiß keiner.«

Dann fing meine frühere Liebste an zu weinen, schrill, als würde sie ein Messer über Glas ziehen. Ich versuchte mich daran zu erinnern, wie lustig sie gewesen war. Ich versuchte mich daran zu erinnern, wie lieb ich sie gehabt hatte. Als es mir nicht gelang, wusste ich, dass die Hälfte meines Lebens unwiederbringlich vorbei war. Das Frauengesicht vor mir war wie ein fallengelassener Teller zersprungen. Irina weinte mit diesem schrecklichen, schrillen Weinen. Der kleine Bojan sah versteinert zu, wie seine Mutter weinte. Dann zitterten auch seine Lippen.

»Es reicht. Ich mach's. Ich mach alles, aber hör auf zu weinen.«

Der Ausruf war mir wider Willen entschlüpft und erschreckte mich zutiefst. Die verstorbene Zora hatte sich oft gefragt: Muss man auch mit bösen Idioten

Mitleid haben?, und geantwortet: Ja! Alle denken immer an die Unschuldigen und dann hat das Böse nie ein Ende, dachte ich. Selbst wenn Irina verrückt war, das Kind war nicht verrückt. Es brauchte Hilfe.

»Dank dir, danke«, sagte Irina und lächelte, als lutsche sie an einer Zitrone.

»Das ist ein guter Onkel«, sagte sie zu Bojan. »Hab ihn lieb und sei artig. Mama kommt bald zurück.«

Sie gab mir den Koffer mit Bojans Sachen. »Nur bis das vorbei ist.«

Nur bis das vorbei ist? Ich ließ mir die Telefonnummer von Čedomir in Moskau und die von Boris in Thessaloniki geben, weil ich hoffte, einer von den beiden würde vernünftiger sein als Irina.

Unsere flüchtige Umarmung glich der Umarmung zweier Kosmonauten im luftleeren Raum. Die Tränen hatten Irinas Schminke verschmiert. Der vierjährige Bojan starrte seine Mutter mit versteinertem Gesicht an. In Irinas Gesicht konnte man in diesem Moment lesen wie in einem Buch. Darin stand (in Druckschrift): »Alles ist verloren!«

»Dank dir«, rief sie mir von der Tür aus zu. »Ich liebe dich.«

Niemals zuvor hatte sie mir gesagt, dass sie mich liebe. Ich biss mir auf die Lippen, weil sich noch einer meiner Lebensträume als Farce realisierte.

Irina war weg, und ich spielte mit den Fingern auf meiner Stirn wie auf einem Klavier: Was jetzt? Da saß ich in der bombardierten Stadt, um auf ein Kind aufzupassen, dass einer aus Rache umbringen wollte. Ich erschrak so sehr über meinen unerwarteten Mut, dass ich mich am liebsten selbst geohrfeigt hätte. Warum hatte ich Irina nicht gesagt: »Entschuldige, aber du redest kompletten Blödsinn.« Warum hatte ich ihr nicht gesagt, dass sich eine Mutter um ihr

Kind kümmern muss? Warum hatte ich sie nicht abgeschüttelt?

Boris prahlte immer mit seinem Mut. Ich war immer der Hamlet. Wie war es soweit gekommen, dass ich seinen Sohn vor der Rache schützte? Wegen dem kleinen Bojan konnten ich und Großvater draufgehen. Aber jetzt war es zu spät. Ich konnte nur hoffen, dass wirklich keiner der Typen von meiner Existenz wusste. Ich konnte nur beten, dass die Mörder in einer Stadt unter Bomben andere Sorgen hatten.

In den folgenden Tagen unternahm ich alles, um mich mit Bojan anzufreunden. Ich sagte ihm, dass ich mit seiner Mama und seinem Papa aufgewachsen war. Ich versprach ihm, Mama und Papa würden bald zurückkommen und dass wir mit ihnen telefonieren würden. In der Zwischenzeit wählte ich Irinas Nummer in Neimar, versuchte Thessaloniki und Moskau zu erreichen. Keiner nahm ab. Ich wusste nicht, was ich mit dem kleinen Kind reden sollte, also fragte ich: »Was findest du schöner, Pipi oder Kaka?«

»Weiß nicht«, antwortete der kluge Bojan. »Nichts ist schön.«

Da musste ich zum ersten Mal lächeln. Ich küsste ihn aufs Haar und nahm ihn mit, um ihn Teofil vorzustellen. Wir fanden Teofil in seinem Zimmer, wo er die Fläschchen klirren ließ und ein dummes Liedchen trällerte: »War in der Apotheken, die woll'n mir an die Gräten …« Ich hüstelte, legte Bojan meine Hand auf die Schulter und sagte, der Kleine würde eine Zeitlang bei uns wohnen. Den alten Surrealisten erstaunte es nicht, dass ein unbekannter Junge in unserer Wohnung auftauchte. Ihn wunderte konstant nur eins – warum er, Teofil, auf der Welt war. Großvaters Irish Setter verbellte das kleine Kind, und Bojan brach in Tränen aus. Teofil tat so, als haue er den

Hund, wischte Bojan die Tränen weg und nahm ihn auf den Schoß.

»Was willst du werden, wenn du mal groß bist?«, fragte er den Knaben, um ihn zu beruhigen.

Bojan verstand die Frage, sagte aber nichts.

»Egal«, lachte Teofil mit seinem Schildkröten-lachen, »ich weiß auch noch nicht, was ich werde, wenn ich erwachsen bin.«

Erst als wir wieder in meinem Zimmer waren, drückte mir der Junge den Mund ans Ohr und ge-stand: »Ich will König werden.«

Das ungewöhnliche Leben, das wir tagsüber führten, wirkte ganz normal. Es war Frühling. Ich erwähnte schon, dass die Pappelwolle über den Fluss flog. Ich habe vergessen zu sagen, dass die jungen Männer täglich in den Cafés saßen und den jungen Frauen hinterhersahen. Man konnte fast vergessen, dass Krieg war. Aber jeden Abend brüllte Zeus als Riesenstier über der Stadt herum: Luftalarm. Auf-geschreckt durch die Sirene, beging das dünnhäutige Nashorn im Belgrader Zoologischen Garten Selbst-mord, indem es mit dem Kopf gegen die Wand rann-te.

Wegen Bojan revidierte ich meine Entscheidung, nicht mehr in den Schutzraum zu gehen. Jeden Abend trug ich das Kind in den Keller, in dem der Luftzug die Spinnweben tanzen ließ. Ich nahm die »Lyrik des deutschen Expressionismus« mit und eine Angora-decke für den Kleinen. Teofil blieb in der Wohnung. Er ignorierte den Krieg einfach. Zu jeder Tages- und Nachtzeit führte er Žika Gassi und murrte: »Der Hund geht pinkeln, wenn er will, und nicht, wenn es die Nato will.«

Wenn mich vor der Dämmerung die Sirene aus dem Keller befreite, fand ich meinen Großvater zusammengesunken in dem Sessel unter dem Bild »Der heilige Georg auf dem Drachen tötet das Pferd«.

»Es ist aus!«, dachte ich. Und schon leuchteten unter dem zusammengesunkenen Großvater golden die Lettern des Epitaphs: »Teofil Đorđević, geboren im Ersten Balkankrieg, verschieden im letzten Jahr des Millenniums. Geboren im Krieg. Gestorben im Krieg.«

Unterdessen schlug Teofil die Augen auf und zwinkerte: »Interessant, ha?«

Mein »Scher dich zum Teufel, alter Narr!« konnte ich nur mit Mühe zurückhalten. Ich versuchte immer noch, Thessaloniki und Moskau zu erreichen, keiner ging dran.

Inzwischen hatte ich Bojan beigebracht, sich die Hände zu waschen. Bojan drehte die Seife zwischen den Fingern und bestaunte genussvoll die weißen Handschuhe aus Schaum, bevor er sie mit Wasser abstreifte. Am schwersten war es, ihn zum Einschlafen zu bringen. Wenn die Sirene heulte oder die Fundamente bebten, weinte er nicht, er riss nur seine Augen auf, als wolle er die ganze Welt einsaugen. Ich wickelte ihn in die Decke und tätschelte ihn. Die Nachbarn im Schutzraum dachten, es wäre mein Sohn. Sie zwinkerten sich zu und raunten, die Mama hätt die Katz gefressen.

Die Flammensäulen erhoben sich längst nicht mehr nur an der Peripherie Belgrads. Wir alle senkten beschämt den Blick, wenn wir an den Ruinen im Zentrum vorbeigingen. Die Stadt ähnelte immer mehr jener vor fünfzig Jahren, die Čedomir befreit hatte. Die Uhr am Eisenbahnministerium war kaputt, und wir fragten uns: In welcher Zeit leben wir? Die Bomben beschädigten die chemische Industrie in Pančevo. Giftstoffe flossen in die Donau. Meine Tante floh aus dem vergifteten Pančevo und schlief bei meiner Mutter. Ich rief meine Mutter täglich an, um ihr Mut zu machen. Sie sagte, ihre Nachbarn bewegten sich wie Zombies. Es konnte passieren, dass ein Unbekannter auf der Straße den Kopf hob und fragte: »Wohin soll das führen? Was wird aus uns?«

Im Schutzraum lernte ich Nachbarn besser kennen, denen ich früher kaum einen »Guten Tag« gewünscht hatte. Die Nachbarn erzählten Geschichten. Machten sich Mut. Ein kluger Mann sagte, man könne schwerlich eine Demokratie willkommen heißen, die einem in Form von Bomben nahe gebracht wird. Sie redeten über die Bombe, die das Granitgebäude neben der Geburtsklinik getroffen hatte. Mütter rannten blutend durch den Raum mit Babys im Arm, Ärzte trennten sie und evakuierten sie der Reihe nach. Die Nachbarn redeten über Clusterbomben, die das Zentrum von Niš durchpflügt hatten. Sie erzählten von einem Radfahrer in Novi Sad, der mit der getroffenen Brücke in die Luft geflogen war und überlebt hatte. Sie redeten über Leute, die auf den Brücken Belgrads Kerzen anzündeten. Sie machten eine Ikone aus dem kleinen Mädchen, das in Batajnica auf dem Töpfchen gestorben war. Ich wusste, dass im Kosovo Verbrechen verübt wurden. Andere in diesem Keller lehnten es ab, die Kolonnen albanischer Flüchtlinge zu bemerken, die über die Grenzen nach Albanien und Mazedonien flohen. Ich dachte an die Tränen dieser Flüchtlinge im kalten Gebirge. Ich stellte mir vor, wie eine Familie an der makedonischen Grenze stand und sich fragte: »Wo sind unsere Angehörigen? Wo ist der Onkel? Wie ist es den Nachbarn ergangen?« Mir fiel der Vers ein, der da lautet: »Jeder Satz, jedes Lied kennt nur seine Liebe.«

Manchmal wachte Bojan ganz unabhängig von den Bombardierungen auf. Dann hatte es den Anschein, als würden mich seine verklebten Augen nicht erkennen, denn er wimmerte: »Wann kommt Mama?«

»Sie kommt. Mama kommt, keine Angst«, ich deckte ihn zu, während er sich mit den Fäustchen die Tränen wegwischte.

Ein Vorfall, der mit dem Kind in Verbindung steht, ist mir deutlicher in Erinnerung als jeder andere Vorfall während dieses Krieges. Der heitere Himmel über Belgrad wurde von dem infernalischen Feuerwerk verschönt. Ich lag wach neben dem schlafenden Bojan, vertieft in Gedichte von Georg Heym in der »Lyrik des deutschen Expressionismus«. Als ich mich umdrehte, war Bojan nicht mehr im Schutzraum. Er war einfach weg. Die Decke, in die ich ihn gewickelt hatte, lag noch da. Ich schnappte die Jacke und rannte auf die Straße. Ich machte eine Schritt nach links und dann einen nach rechts. Wo war er? Zwei Gedanken schossen mir durch den Kopf: »Wenn ich ihn nur finde«, und: »Den schlag ich windelweich, wenn ich ihn kriege.«

Mit überraschender Sicherheit lief ich Richtung Kosančićev Venac.

Ich sah Bojan gegenüber dem Haus von Mika Alas. Ich wollte ihn packen und in den Schutzraum schleppen. Aber irgendwas in der Haltung des Jungen gebot mir Einhalt. Das Kind stand da, den Kopf zurückgeworfen, und war völlig fasziniert. Es sah in den Belgrader Himmel, der von Tomahawks und dem Geflacker der Luftabwehr erleuchtet war. Mit geballten Fäusten und weit aufgerissenen Augen starrte es in die Himmelserscheinungen. Es sah so aus, als würde Bojan mit offenem Mund auf einen Kometen warten wie ein Feuerschlucker auf die Fackel. Als ich

das vierjährige Kind betrachtete, fielen mir die letzten Verse aus Georg Heyms Gedicht »Die Vorstadt«
wieder ein, das ich kurz zuvor gelesen hatte:

Am Mauertor, in Krüppeleitelkeit
Bläht sich ein Zwerg in rotem Seidenrocke,
Er schaut hinauf zur grünen Himmelsglocke,
Wo lautlos ziehn die Meteore weit.

XLVI. Kapitel

Das meinen Streit mit der Welt behandelt

Bane lebte in Amerika, und ich lebte in Belgrad. Da
»Amerika« Belgrad bombardierte, hieß das, dass
»Bane« »mich« bombardierte. Während des Krieges
funktionierte die E-Mail einwandfrei, also tauschten
wir weiterhin Nachrichten aus. Mir schien, als lebten
wir, die wir uns schrieben, in völlig verschiedenen
Umständen. Bane sah vom World Trade Center auf
New York. Er schrieb vom Gipfel der Welt. Ich antwortete aus dem untergegangenen Atlantis, in dem
sich die Vögel vor langer Zeit in Fische verwandelt
hatten. Oder schrieb ich aus der Unterwelt Dosto-
jewskis? Egal.

Da die Dinge den schlimmstmöglichen Verlauf
nahmen, überraschte es mich nicht, dass Bane und ich
anfingen zu streiten. Wir wussten beide, dass in jedem
neuen Krieg Menschen durchdrehen, wir konnten
uns nur nicht einigen, wer von uns beiden in diesem
durchgedreht war. Wir saßen mit unseren Gefühlen
auf einer Wippe, und die kippte hoch und runter. Jetzt
verteidigte ich Belgrad und Bane attackierte es.

Bane Janović hatte im amerikanischen Fernsehen
gesehen, wie Hunderttausende albanischer Flüchtlinge an der makedonischen Grenze kampierten. Seine

Chefin, Polymnia Papas, war trotz ihrer Angst vor der islamischen Weltverschwörung zutiefst betroffen. »Diese Kinderaugen!«, rief sie. »Mein Herz! Mein Herz! Diese Kinderaugen!«

Bane und ich hockten vor unseren PCs und stritten uns in dem abstrakten Raum zwischen der New Yorker und der Belgrader Einsamkeit. In gewisser Weise war es ein Streit zwischen »mir« und »der Welt«, nur dass die »Welt« für mich in der Person meines Freundes Bane verkörpert war.

Die Welt sagte mir:

»Der Terror im Kosovo muss um jeden Preis aufhören.«

Ich antwortete: »Ich wünsche denen, die sich an albanischen Zivilisten schuldig gemacht haben, dass sie ihre blutigen Hände mit Tränen abwaschen. Aber ich wäre ruhiger, wenn mir die Verlogenheit, die ich für das Privileg eines Tarquinius Superbus hielt, nicht in den Verlautbarungen der Nato über diesen Krieg wieder entgegenschlagen würde. Die Autoren dieser Berichte tun so, als gäbe es keine Umweltkatastrophe in Pančevo. Der Krieg wird offiziell gegen Tarquinius Superbus geführt, der völlig sicher in seinem Schutzraum sitzt. Er ist nicht gefährdet, ich schon.«

Ich schrieb: »In Belgrad treiben die Stromausfälle und die unterbrochene Wasserversorgung seltsame Blüten. Ich spüle unser Geschirr bei Kerzenschein, es ist wie ein satanisches Ritual. Jedes Mal, wenn die Sirene heult, zittert der kleine Bojan am ganzen Leib. Ich frage ihn, ob er Angst hat. Er sagt: ›Nein, mir ist nur ganz kalt.‹ Was soll ich dazu sagen? Ich bin nicht klug. Manchmal habe ich den Eindruck, als wären wir zu Untermenschen degradiert worden, die man noch so schlecht behandeln kann, man behandelt sie immer noch zu gut.«

Die »Welt«, verkörpert von meinem besten Freund, fragte mich, warum ich vom Westen gegenüber einem Staat, der sich nicht einmal an die zehn Gebote hält, höchste Rechtsstandards erwarte?

»Richter vergewaltigen Vergewaltiger nicht und verspeisen auch keine Kannibalen«, antwortete ich. »Der Unterschied zwischen einem Kriminellen und einem Richter liegt darin, dass sich der Richter ans Gesetz hält. Andernfalls haben wir es mit einem Kriminellen unter dem Deckmäntelchen des Richters zu tun.«

Die »Welt« fragte mich: »Was erstaunt dich so? Beklagst du nicht selbst seit Jahren die unerträgliche Schönfärberei, mit der die Verbrechen bemäntelt werden, diesen ganzen amoralischen Selbstbetrug? Es ist doch klar, dass man erntet, was man gesät hat!«

Ich erinnerte Bane an die Zeit, als er, eingerollt und verkrampft, am Wahnsinn des Krieges verzweifelte. Ich erinnerte ihn an den Bauch des Wals und die Löwengrube. Ich erinnerte ihn an die Tatsache, dass mich keiner auf der Welt mit ausgebreiteten Armen erwartete, dass ich für jedes andere Land ein Visum brauchte. Ich fragte ihn, ob er es für eine sonderlich ausgefeilte Taktik hielt, einem, dem die Bomben auf den Kopf fielen, Predigten zu halten?

»Meinst du, du wärst schlimmer dran als die in Sarajevo?«, fragte mich die »Welt«.

»Natürlich nicht«, antwortete ich. »Aber schlimmer als du, der du mir Vorhaltungen machst. Einerseits wünsche ich denen, die Verbrechen an Zivilisten begehen, die Pest an den Hals. Um dir zu sagen, was ich von denen halte, werde ich eine religiöse Parabel verwenden: Stell dir einen Sandhaufen vor, so groß wie das Weltall, von dem alle zehntausend Jahre ein Sandkorn fortgetragen wird. Der Tag, an dem der

Sandhaufen verschwunden ist, wird kommen, aber die Qualen der Verdammten in der Hölle werden ihrem Ende nicht näher sein als jetzt. Andererseits denke ich, dass in Belgrad alle Blutkrebspatienten, Gauner, Greisinnen, Homos, Politiker und Rentner dafür bestraft werden, dass sie eine Schachtel Zigaretten in der Stadt kaufen, in der sie geboren sind. Und ich denke, dass die Vorstellung, alle Mitglieder einer Gruppe seien gleich wie die Pinguine, und die Idee der Kollektivschuld im Kern faschistische Ideen sind. Niemand, der daran glaubt, darf sich Antifaschist nennen.«

Ich bekenne demütig, dass ich ein Individuum bin. Ich habe so oft vor dem Spiegel gestanden, dass ich inzwischen von meiner Existenz überzeugt bin. Ich bin Milan Đorđević, ein vereinsamter Belgrader. Ich lebe zwischen Tarquinius Superbus, der mich einen Verräter nennt, und ausländischen Journalisten, die mir Faschismus unterstellen. Die genannten Journalisten sind die besten Freunde von Tarquinius Superbus. Sie verstehen sich prächtig und haben dieselben Vorurteile, durch die ich unsichtbar werde. Kann euch die Frage beunruhigen, warum ich unsichtbar bin?

»O Welt«, rief ich. »Versetzt du dich je in meine Lage? Ich äußere mich seit Jahren öffentlich mit scharfen Worten in der Presse gegen Tarquinius Superbus, und was passiert? Nichts! Und jetzt kriege ich, der Kritiker von Tarquinius Superbus, die Bomben ab, sie fallen auf meinen und nicht auf seinen Kopf! Dass seit zehn Jahren in meinem Namen ein blutiger Krieg geführt wird, heißt noch lange nicht, dass ich nichts zu melden hätte. Ich kann mein Haupt nicht ständig mit Asche bestreuen, wenn ich die Augen offen halten will. Und das muss ich, um die

Schäden zu sehen, die der Rauch aus den getroffenen Chemiefabriken in Pančevo über die Region bringt, in der ich wohne. Ich will sehen, ob der Kommandant der kosovarischen Befreiungsarmee nicht genauso viele Verbrechen begangen hat wie Tarquinius Superbus. Ich will die serbischen Flüchtlinge sehen, die zu Hunderttausenden in ›menschenunwürdigen Verhältnissen‹ leben und denen kein Moralist auch nur einen Cent schickt. Ich bilde mir nicht ein, etwas sonderlich Wichtiges zu schreiben«, schrieb ich der »Welt«. »Ich bilde mir noch nicht einmal ein, dass du mich hörst und der goldene Hahn im Paradies und der rote Hahn in der Hölle gemeinsam krähen werden. Ich bin Historiker und weiß, dass nichts wandelbarer ist als die Vergangenheit. Ich weiß, dass Gott, der Taschenspieler, die Dinge im Handumdrehen in einem anderen Licht erscheinen lässt. Diese Schrift soll nur Zeugnis ablegen von meiner Verzweiflung und Ungewissheit«, sagte ich der »Welt«. »Sie soll bleiben als Dokument menschlicher Schwäche und Zweifel unter einem umkämpften Himmel im ›falschen‹ Teil der Welt.«

»Mein Herz! Mein Herz! Diese Kinderaugen!«, antwortete die Welt mit den Worten der Polymnia Papas. »Du reduzierst die Angelegenheit auf die Verurteilung oder Verteidigung von Verbrechen. In welche Kategorie gehören deine Worte, was meinst du? Du willst doch nur, dass die Menschheit mit Tränen in den Augen gesteht, dich verkannt zu haben. Du willst gestreichelt werden von der Welt und hören: ›Ach du Armer!‹«

»Ich bin nicht arm«, antwortete ich. »Nicht mal wenn ich tot bin, werde ich mich als arm bezeichnen.«

Banes und mein Zusammenstoß war um so heftiger, als wir beide die leisesten Zweifel abwehren

mussten, die unsere Position hätten schwächen können. Deswegen stritten wir uns so unbarmherzig.

»Bist du einsam?«, fragte mich Bane mitten im
Streit.

»In meiner Einsamkeit gibt es nicht mal mich«,
antwortete ich.

Trotzdem er mit so viel Elan die Rolle der »Welt«
spielte, spürte ich aus Banes Briefen eine Müdigkeit,
die viel größer als früher war. Er war das ewige Kell-
nerlächeln leid, hatte die Tische im Delphi zu oft ein-
und abgedeckt, als dass er die Arbeit noch romantisch
finden konnte. Bane sah sich nicht mehr als Hermes
oder Felix Krull. Abends träumte er von Löffelklap-
pern und Gläserpyramiden. Nach Mitternacht fühlte
er sich in den leeren Schaufenstern des Restaurants
wie in einem Bild von Edward Hopper.

Weil ich Banes Verdruss spürte, fragte ich, ob er
New York noch auf die gleiche Weise möge.

»Ich bin New York«, antwortete Bane.

Ich zog den Kopf ein und fragte mich, ob ich von
mir behaupten könnte: »Ich bin Belgrad.« Ich begriff,
dass ich dem, was ich war, nicht entging. Langsam
hob ich den Kopf wieder und sagte: »Ja. Ich bin Belgrad.«

XLVIII. Kapitel

Lamento über Belgrad, das ich nicht geschrieben
habe, um nicht vor meinem Leben
ins Epos zu flüchten

Ich bin Belgrad.
  Es ist wieder Krieg.
  Die auf dem Balkan omnipräsente Legende erzählt
von einem Land, das keine Stadt in sich duldet. Die
Legende handelt von mir. Wieder sterben meine Bürger gewaltsame Tode. Überlegt mal, wo sind die Reste
meines römischen Forums, der öffentlichen Bade-
anstalten, der mit Dampf beheizten Häuser? Wo ist
der mächtige Turm von Konstantin dem Großen aus
römischer Zeit? Wo ist der Bischofssitz, den Justinian erneuerte? Wo sind die zahlreichen Bauten, mit
denen mich Despot Stefan Lazarević »kunterbunt
schmückte«?
  Wo sind meine Türme und Schlösser aus den verschiedenen Jahrhunderten? Wo ist der Turm des byzantinischen Strategen? Wo ist das Schloss von Despot Stefan Lazarević, das mit seinen vier Türmen dem
»Hause Davids« glich? Wo sind die Schlösser der beiden Jakšićs, die einst neben der Rosenkirche standen?
Wo ist die Belgrader Residenz des Ulrich von Cilli?
Wo sind die Aufbauten der Galeeren, die mich zu

Wasser beschützten? Wo sind der Turm der Müller, Šahin Kula, Karamustafas Turm, der Uhrturm?

Wo sind meine Tore? Uhr-Tor, Rospi-Tor, Save-Tor, Sukapija, Zindan-Tor? Wo sind sie hin, zu was wurden sie umgebaut?

Wo sind meine Kirchen, die die Türken abrissen, um die Steine für ihre Moscheen zu verwenden? Wo ist die große Kathedrale des Erzengels Michael, die der serbische König Dragutin für die Ikone der Gottesgebärerin – eigenhändig vom Apostel Lukas gemalt – bauen ließ? Wo sind die Franziskanerkirche in der Unterstadt und die Kirche der Heiligen Magdalena jenseits der Stadtmauer? Wo sind das Haus des Erzengels Michael und die Mariae-Himmelfahrtskirche? Wo sind die drei christlichen Kirchen, deren Steine in der Karawanserei des Mehmed Pascha Sokolovi »gleich einer Kathedrale« verbaut wurden? Wo ist die Karawanserei?

Wo sind meine Moscheen, die Deutsche, Ungarn und Serben abrissen, um aus den Steinen Kirchen zu bauen? Wo ist die Moschee von Suleiman dem Prächtigen, zu der hundertfünfzig Stufen hinaufführten, deren Steine der große Sinan wie Holz sägen ließ und deren Innenraum »harmonisch und angenehm wie ein Spiegel« war? Wo sind Ibrahim-Beg-Moschee, Imaret-Moschee, Bajram-Beg-Moschee, Hadschi-Mehmed-Moschee, Durgut-Pascha-Moschee, Halil-Efendi-Moschee? Wo ist der Palast des Großwesirs? Wo sind die zwanzig erträumten Herbergen, die zehn Hamams mit ihren nackten Kuppeln, die siebenundzwanzig besungenen Brunnen aus der Zeit, als Belgrad Bagdad war?

Wo ist die geradezu übertrieben wehrhafte Stadt aus den barocken Kupferstichen, über deren Mauern Kanonenkugeln wie Flöhe hüpfen? Was blieb von den Festungsanlagen des Italieners Andrea Cornar vom Ende des 17. Jahrhunderts, was von den Festungsanlagen des Schweizers Nicolas Doxat de Démoret vom Beginn des 18. Jahrhunderts? Wo ist die Esplanade entlang der Donau mit ihrer einstöckigen Bebauung aus österreichischer Zeit? Wo sind die Kirche und das Kloster am Studentski Trg? Wo sind das Jesuitenkloster mit seiner Schule und das nach dem heiligen Johannes benannte Stadtkrankenhaus? Wo ist die Kathedralkirche? Wo ist der Prinzenpalast am Dorćol? Wo sind die Erdeljska, Trgovačka, Ribarska … Straße? Verschwunden, aufgelöst in der Zeit wie Tränen im Regen.

Ich sehe nur aus wie eine steinerne weiße Stadt. In Wirklichkeit bin ich aus Wachs, und die unsichtbare Flamme der Zeit formt und gestaltet mich seit jeher um. Seit Jahrhunderten treten meine Einwohner vom Katholizismus zur Orthodoxie und von der Orthodoxie zum Katholizismus über, nicht anders als sich niedergetrampeltes Gras wieder aufrichtet. Manche Belgrader nutzten die Steine meiner Kirchen als Baumaterial für Moscheen. Andere Belgrader nutzen die Steine meiner Moscheen, um Kirchen zu bauen. Kluge Köpfe halten das für schlecht, denn »ein krummer Pfahl lässt sich nicht in die Erde einschlagen«. Andere halten es für gut, denn die Götter wohnen im Raum zwischen den Sphären.

Kennt ihr diese Zeitraffer-Aufnahmen, die das Auf- und Verblühen einer Blume in wenigen Sekunden zeigen? Stellt euch eine solche Zeitraffer-Aufnahme von Belgrad vor. Stellt euch vor, ihr könntet in zwanzig Minuten zweitausend Jahre Geschichte sehen. In einem solchen Film fräßen Flammen die Dächer und der Wind pfiffe in den Türmen wie Pan auf seiner Flöte. In einem solchen Film würden Häuser erbaut und verwelken wie Blüten. In einem solchen Film würde ich, Belgrad, mit Kirchen und Moscheen glänzen, nur um mich im nächsten Augenblick in den Erdboden zurückzuziehen, wie eine Schnecke, die ihre Fühler aus dem Haus streckt und wieder einzieht.

EPILOG

Als ich sie erneut träumte, war mir, als wäre ich nach langen Jahren wieder aufgetaucht und holte Luft.

Ich träumte die Stadt.

Ich träumte Tempel und Paläste, träumte das Theater am Platz der rezitierenden Poeten. Ich träumte fein gekleidete alte Männer und Frauen, die beschwingt im Park spazieren gingen, und Liebende, die sich einer am Atem des anderen berauschten. Ich träumte steinerne Figuren an Fassaden und öffentlichen Plätzen. Ich träumte tausend Gaststätten, in denen die Speisen von tausend Völkern serviert wurden, träumte Weinstuben, so gut sortiert wie Bibliotheken. Ich träumte eine Stadt, deren Sorgen samt und sonders von zwei Flüssen fortgespült wurden, so dass sie sorglos zurückblieb.

Ich träumte Buchhandlungen und Teestuben, in denen man gern alt werden würde. Ich träumte eine kleine Stadt, in der es ein Vergnügen ist, den Wechsel der Jahreszeiten zu verfolgen. Ich träumte einen Ort, der mich mit Details verführte und im Ganzen verliebt hielt. Ich träumte *die* Stadt.

Im Traum lächelte ich der Stadt zu. Es war die Stadt des ewigen Mittags, die weder Dämmerung noch Schatten kennt. Durch die Straßen wandelten Engel, und Frauen schüttelten prall mit Bonbons gefüllte Kissenbezüge aus den Fenstern. Von geräumigen Balkonen winkten mir weiße Hände zu.

Als ich die Lider öffnete, stand ein Engel über mir. Er wies auf den Felssporn über den Wassern und sagte: »Siehe!«

Ich folgte dem Zeigefinger des Engels und – alles war da! Auf dem Felssporn stand die Stadt. Wände, weißer als Sepiaschalen, leuchteten in der Sonne. Architektonische Massen wetteiferten miteinander in lieblicher Unordnung. Engel winkten von den Mauern, darunter Simcha Cohen, Jehuda Lerma, Despot Stefan Lazarević, der Heilige Sava, Nurulah Muniri Belgradi, der Engel mit der Brille, Dositej Obradović, Vladislav Petković Dis. Die Helden dieses Buches verbeugten sich einer nach dem anderen, wie wenn im Theater der Vorhang fällt. Bojans Gesicht mit dem verschämten Lächeln stach besonders hervor. Meine Augen wurden müde vom Wiedererkennen. Unabsehbare Massen winkten mir im Traum von den Mauern Belgrads zu, ohne dass ich ihre Gesichter erkennen konnte. Es müssen Heruler, Gepiden, Awaren, Byzantiner, Petschenegen, Hunnen, Ungarn, Bulgaren, Römer, Kelten, Deutsche, Zinzaren, Armenier, Türken und Serben gewesen sein. Mein Bewusstsein war verändert; ich konnte nicht erkennen, ob die Winkenden tot oder ungeboren waren.

Mit großen Augen verschlang ich meinen Wirklichkeit gewordenen Traum. Er erschreckte mich zutiefst. Jetzt, da der Traum Wirklichkeit war, hätte ich platzen können wie eine Seifenblase. Plötzlich fühlte ich mich zu klein, um die Verantwortung für meinen Traum zu übernehmen. Ich wollte meine Rolle in der heiligen Sisyphusarbeit der Stadtgründung ausschlagen. Ich hätte wimmern mögen. Ich hätte schreien mögen. Ich hätte mich verkriechen mögen. Ich wollte meinen sehnlichsten Wunsch verhöhnen.

Ich biss mir auf die Lippen und ermahnte mich: Nur Mut! Hatte ich nicht Millionen Mal vor dem Spiegel gestanden und mich darauf vorbereitet, mich ernst zu nehmen und in meinem Traum fortzufahren? Auf unsicheren Beinen tat ich den ersten Schritt Richtung Belgrad, dann den zweiten und den dritten. »Ist dies das Ende meiner Obdachlosigkeit?«, stotterte ich in einer Sprache, die ich nicht kannte. Meiner eigenen! Jetzt weiß ich, dass ich meinem Traum nicht den Rücken kehren werde. Hinter mir wird der Engel nicht von den weißen Mauern schreien. Ich betastete das Tor zu Belgrad wie ein Blinder. Den Bauch voller Schmetterlinge, tanzten die Finger vor Aufregung. O, wird mein Traum im neuen Millennium endlich mein Zuhause?